家有小福妻

2

目次

壹之章 採花情事幾多難

鎮國公府這十來年一直游離在京城高官貴冑圈外，雖然爵位高，但是現在的鎮國公文不成武不就，整日流連後院，極少與外人打交道。倒是有一些想巴結的，或是想混他銀子花的人勾著他去勾欄，只是鎮國公去了兩回就沒去了，一是覺得出門太麻煩，二是鎮國公有點潔癖，覺得勾欄的女子不乾淨，喜歡什麼樣的，百八十兩銀子就買回來，何苦去玩那些不知有沒有人動過的女子。一來二去，京城的人都知道鎮國公是什麼樣的人，也鮮少有人找他。

按理來說，夫人外交是這些高官們來往的重要手段，也是各家族維持良好關係的橋樑。朱子裕的生母，原鎮國公夫人楊氏，是楊老將軍唯一的女兒，自小性情俐落爽快，處世樣樣叫人稱讚，唯一不如意的是，打出生時就定了鎮國公府的親事。

楊老將軍原本認為虎父無犬子，像老國公這樣剛烈的英雄，定會有個勇猛的兒子，等回京見了朱平章，楊將軍夫婦傻了眼，再沒想到老國公爺的獨子竟然是這副德性，但兩家已經寫了婚書，再無反悔可能，只得硬著頭皮將閨女嫁了過去。

所幸楊氏頗有些手段，進了門就將朱平章管得服服貼貼的，讓往東不敢朝西，讓吃飯不敢喝湯。朱平章是親眼見過自己的大舅哥徒手將石頭捏碎的，也瞧過媳婦一巴掌拍碎桌子，他覺得自己就是有十條命也不夠媳婦揍，還是老老實實的比較好。再加上那時候老國公爺已經回到京城，在他的管教下，朱平章連通房都沒有，與楊氏一心一意過日子。

楊氏是將門大戶出身，禮儀周全，鎮國公府在官員中聲望極好。等楊氏去世了，老國公爺也沒了，朱平章續娶了高氏進門。高氏家裡破落，完全沒有規矩可言，她又小氣貪財，年節給各府送的禮物都是便宜上不得檯面的東西。

高門大戶誰家會在意那些東西，重視的是彼此的關係，見鎮國公府沒誠意來往，便都慢慢與他家斷了關係。而朱平章自打高氏把兩個貼身丫鬟給他後，算是開啟了新世界的大門，整天鑽到女人屋裡不出來，成了徹底的廢物。

這次楊老將軍家辦筵席，若不是看在外孫子的面上，是不會給鎮國公府下帖子的。如果高氏是精明的，本該趁機和這些夫人們拉攏好關係，重新打進她們的圈子，偏生高氏腦袋裡都是自己的小主意，還自認為聰明。

此時她像賴皮狗似的癱在地上，眾人看她的眼神相當不屑。楊老太太自從聽外孫說了高氏這些年做的種種事情，就恨不得捏死她。若不是朱子裕在六歲那年遇到了徐家人，楊家真不敢想今日回來會見到怎樣的孩子。

不過，楊老太太再恨高氏也不能拿她怎樣，畢竟高氏的誥命不比她低，再者，楊家的人也管不著朱家的媳婦，何況朱家老太太是個糊塗的，跟她也說不清楚。楊家眾人都將此仇記在心裡，等回頭有空了，再去尋高家的把柄。

吳太妃和楊老太太從小就一處玩，同朱老太太也認識，心裡不忍堂堂鎮國公府這樣沒有顏面，不由地說了一句：「鎮國公夫人快起來吧，往後記得禍從口出，再不許胡言亂語了。」

高氏垂著頭，由著丫鬟攙扶起她，回到了座位上。楊老夫人趁機說：「我看鎮國公夫人身上也有些不爽利，若是待著不舒服就早些回去，省得讓旁人說我怠慢了夫人。」

高氏氣得臉色鐵青，左右看看，個個都佯裝沒聽見一般。有的低頭喝茶，有的說著悄悄話，沒有一個人搭理她。她咬了咬嘴唇，強裝出一副不屑的樣子，又把鎮國公夫人的派頭擺了出來，朝楊老太太點點頭，「老夫人有空到家裡做客，我家老太太還念叨您了。若是沒旁的事，我先走了。」

楊老太太不耐煩地擺手，高氏甩著帕子走了，剛出門口，就聽裡頭楊老太太說：「我那老親家糊塗了一輩子，看找了個什麼媳婦，把家裡鬧得烏煙瘴氣的。當初我閨女在鎮國公府十來年，府裡清清靜靜的誰都說好。妳們瞧瞧她，幾年功夫，把鎮國公教唆成什麼樣了。」

高氏聽得氣了個倒仰。

眾人想起往日的傳聞，紛紛點頭，都慶幸自家沒娶回這樣一個兒媳婦。

楊老太太又說起舊年的事來，年輕的夫人們也各自閒聊。有些夫人聽說寧氏長得像聖文皇后，都忍不住去瞧她。好在沈夫人和寧氏是見過的，忙把她叫到身邊來坐，和眾人笑道：「徐家老爺和我家小兒是同科進士，兩人又一起在翰林院當值，十分親近。」

在座的夫人們和善地朝寧氏笑笑，問了問她家裡情況，又有的說徐家兩個姑娘長得好。因朱朱個子高，也有人忍不住問道：「妳家大姑娘幾歲了？」

寧氏笑道：「在我們老家都說實歲，若是按京城的演算法，過了年滿十四了。」

「哎喲，定了人家沒有？」有人打探起來。

這一年來，寧氏開始琢磨朱朱的婚事。本朝的女子一般議親早，按律法規定，男孩十六歲，女孩十四歲就到了適合婚嫁的年齡。雖說大多數人家都會將姑娘留到及笄再出嫁，但親事卻得早早商議。倘若耽誤了，男子超過二十五歲，女子超過二十歲還未成婚就「過時」。依時下人的想法，多半是有毛病。因此，寧氏縱然現在懷著身孕，依然樂衷於帶著朱朱參加各類宴會，就是希望和京城的這些夫人們多接觸，為朱朱尋個好人家。

寧氏聽到有人問朱朱的親事，滿眼的笑意，「還沒呢，我們今年剛來京城，一切都還不熟悉，想著慢慢幫她相看。」

沈夫人點頭道：「婚姻大事可馬虎不得，兩個孩子既要脾氣相合又要興趣相投，這樣才能一輩子恩恩愛愛不吵鬧。我不是我自誇，我那三個兒媳婦相看的時候不知費了多少功夫，娶回來日子過得和和美美的，這些年我們家可清靜得不得了。就是我家那個小的讓人頭疼，眼瞅著十九了，還定不下心來，也不知他要娶什麼樣的天仙。」

沈雪峰常來徐家，寧氏對他也極熟的，便安慰沈夫人道：「沈大人相貌好，學問好，眼光高些也是有的。」

沈夫人一提她兒子就愁得慌，拍了拍寧氏的手道：「妳不曉得，為了他的親事，我們不知得罪了多少親戚。誰家的女兒不是嬌生慣養的，誰願意被他挑來挑去，說實話，如今我都不好意思和人家提相看的話了。」她嘆了口氣，就見朱朱、青青姊妹與幾個女孩坐在一起說說笑笑，忍不住羨慕道：「妳家兩個女兒都養得極好，會作詩又會畫畫，心思也巧，將來必會順遂的。要是當初我也生個女兒出來，就沒今兒這些糟心事了。」

徐家雖底子淺薄，但徐鴻達乃新科狀元，據說極得皇上賞識，將來未必沒有封侯拜相的可能性。徐家的女兒配不上自家嫡系的孩子，但旁支總還有些優秀的子弟。

中軍都督的夫人笑道：「我們家旁系有個孩子今年十五歲，雖說讀書不行，但打小就是個練武的好料子，人長得也壯實。家裡雖說窮點，可他爺爺和我們家老太爺是正兒八經的堂兄弟，最是親密不過。我家老爺也說了，回頭將那孩子扔到軍中歷練一兩年，謀個差事養家糊口是沒問題的。等過了年，我叫他娘去找妳家說話。」

寧氏估摸著朱朱未必能瞧上這樣一個孩子，面上卻微微笑道：「多謝夫人。」

沈夫人聽了卻不大滿意，「王夫人雖是好意，但我覺得您那侄子和徐姑娘怕是不合適。這徐姑娘來過我家兩次，妳不知道她手多巧，做的點心好吃又好看，都是沒見過的新鮮樣式，難為她怎麼想出來的。不光如此，徐姑娘畫的花兒也好，上回左都御史李夫人上我家去，一眼瞧中了我那屋的海棠炕屏，死活要了去，那畫就是徐姑娘畫的。」

都督同知夫人道：「依我說，明年正好要選秀，太子、二皇子、三皇子府上都要進人，不如將姑娘送進宮去，以徐姑娘的才貌還怕不入選？」

本朝選秀多是選官員的女兒，但不強求，符合年齡，報名應選也行，不願的自行婚嫁也罷，極為寬鬆。大皇子、二皇子都有了正妃，明年要納兩個側妃和幾個侍妾，三皇子尚未婚配，明年要選正妃。

寧氏十分了解朱朱的性子，從小父母恩愛，姊妹一心，從未經歷過爾虞我詐的事情，是個單純善良的女孩子。雖說現在她慢慢開始講些後院的事給她聽，可朱朱似乎未明白多少，因此寧氏想著一定要為她找個婆婆和善，家庭簡單的人家。至於進宮，想都沒想過。

說了幾句，大家便轉移了話題。

朱子裕在屋裡坐了一會兒，見青青只和女孩子們說笑，自己沒什麼機會和她單獨說話，又顧忌著剛才高氏的話，怕對青青有不好的影響，只能找藉口灰溜溜地去了前院。

沈雪峰正在和徐鴻達喝酒，見朱子裕出來，笑道：「怎麼這副模樣？誰氣你了不成？」

因人多，朱子裕不方便細說，只嘆道：「若我再大兩歲就好了，能趕緊定下婚事來。」說完就眼巴巴地瞅著徐鴻達，一臉的委屈。

徐鴻達眉頭一跳，一巴掌把他臉推到一邊去，「婚姻大事乃父母之命媒妁之言，小孩子的話作不得數。你有功夫想這個，不如讀好你的兵法，過幾年謀個差事是正經。」

沈雪峰幸災樂禍地笑道：「小小年紀想的倒挺多，我像你這麼大的時候還沒開竅呢！」

朱子裕藐視地瞥他一眼，「好像你現在開竅了似的。」

沈雪峰想起前幾天自己第一次才感覺到的心慌意亂，還不知是啥原因，頓時啞口無言，一臉灰敗，捂著胸口，感覺萬分扎心。

朱子裕見沒人注意這裡，湊到徐鴻達跟前去賣好，悄悄地告訴他：「剛才裡面有人要給朱朱姊作媒呢！」

徐鴻達眼睛一亮，忙問道：「是什麼樣的人家？」

朱子裕說：「中軍都督王大人的遠房侄子，據說不通文墨，只會耍刀弄棒，看樣子，嬸嬸似乎不是很滿意。」

徐鴻達還未發表意見，沈雪峰就在旁邊連聲反駁：「這樣粗鄙的男子怎能配得上嘉言？王夫人怎麼說得出口？」

朱子裕斜睨他一眼，「李都督同知的夫人說，不如讓朱朱姊入宮去應選，明年太子府、二皇子府、三皇子府都要進人，說以朱朱姊的才貌必能選中。」

沈雪峰剎那間想起那日三皇子瞧朱朱的眼神，心裡很舒服，當下搖頭道：「王府的人都是十個心眼，嘉言去了必會吃虧，不妥不妥！」

徐鴻達想說的話都被沈雪峰說完了，不由氣結，「是你嫁閨女還是我嫁閨女？」

沈雪峰這才發現自己逾越了，心虛地縮了縮脖子，小聲說道：「那不是我的大侄女嗎？怎麼就不能讓我說兩句了？」

徐鴻達在他頭上敲了一下，「你自己還沒娶上媳婦，就開始管我未出嫁的閨女叫大侄女？少占我閨女便宜！」

沈雪峰忙點頭保證再不亂叫了。

徐鴻達又說：「還有，你一個外男，不許叫我女兒的閨名。」

朱子裕落井下石，「就是，你一個大男人哪能整天把朱朱妹的名字掛在嘴上？」

沈雪峰非常不服氣，瞪著朱子裕道：「你倒是整天青青、青青的叫個沒完！」

朱子裕洋洋得意，「我和青青認識時候才六歲，和你不一樣。」

沈雪峰氣惱，厚著臉皮繼續問朱子裕：「還有哪個夫人給嘉……給大姑娘說媒了？」

「不知道。」朱子裕挑了挑眉，「我見沒我什麼事我就出來了，沒聽見後頭說什麼。」

沈雪峰一顆心懸著難受，不禁站起來往垂簾門瞅，「要不，我進去聽聽？」

「你快拉倒吧！」徐鴻達哭笑不得地拽回他，「你都二十歲的人了，裡頭是一群小姑娘，你好意思進去？」

「十八！」沈雪峰一臉嚴肅地更正，「過了年才十九，我可沒你說的那麼大。要是被別人聽了去，沒姑娘願意嫁給我，看你拿什麼賠我？」

徐鴻達笑道：「你還會擔心娶不上媳婦？真是難得！至於拿什麼賠你？我總不會是拿閨女賠你的，賠你一盤點心都算便宜你了。」

徐鴻達卻不知道自己半開玩笑的一句話，讓沈雪峰心裡一動：拿閨女賠我？這話怎麼聽著那麼舒爽呢？

……

宴會哄鬧了大半天，等散了席面，幾個兒媳婦有的幫楊老太太通頭髮，有的幫她捶背，楊老太太擺了擺手，「妳們也累了一天，讓丫頭們做就行，妳們也坐下歇歇。」

楊大太太孟氏笑道：「整天聽子裕說徐家多好多好，原來徐家有一個那樣漂亮的小姑娘，我瞧著子裕多半中意人家。」

楊二太太安氏自回來起就琢磨著將自己的閨女許給朱子裕，姑舅親不說，嫁過去就是鎮國公夫人，比自己的誥命還高，可是難得的一門好親事，因此見大嫂如此說，有些不樂意，「漂亮有什麼用，門第太低了。咱們子裕可是未來的國公，怎麼能娶一個芝麻官的女兒？」

妯娌這麼多年，孟氏自然知道安氏的打算，忍不住提醒她：「咱家不過是外家，婚事還是人家朱家自己拿主意。」

安氏皺起了眉頭，「那高氏可不是個好東西，指望她為子裕找個好親事，比殺了她還難，估摸著她多半會把高家那些破爛親戚塞給子裕。」

三太太李氏嗤笑一聲，「高氏核桃大小的腦仁，看她一眼就知道她腦子裡打的什麼主意。她縱然這麼想，也定不會成功。子裕這孩子年紀雖小，但主意很正。他的親事，旁人是做不了主的，多半還是他自己說了算，高氏可鬥不過這孩子。」

安氏一聽就急了，跺了跺腳，忍不住將心思透給了婆婆，「娘，夢錦是在您身邊長大的，模樣和性子您都知道，年歲也和子裕相當。等過兩年讓她嫁去鎮國公府，咱們依然和那邊是姻親，這樣多好。」

楊老太太看了眼安氏，不說好也不說不好，只閉上眼睛說乏了，安氏見狀只得閉了嘴。半天見楊老太太沒動靜，三個媳婦彼此瞧了一眼，悄悄地退了出去。

等人走光了，楊老太太才睜開眼睛，瞅著燈罩發呆。

楊老將軍喝得半醉從外面進來，見楊老太太沒精打采的樣子，便問她緣由。楊老太太說了安氏的想法，又道：「夢錦從小就跟咱們親近，若是她和子裕能在一起那是再好不過的，可你不知道今天的光景，子裕一顆心都在那個叫青青的丫頭身上。」

楊老將軍聞言不以為意，「多大的孩子還懂得喜歡了？不過是懵懂罷了，等過兩年大了，說開了，他就知道什麼是對他好了。」

楊老太太疲憊地搖了搖頭，「你不懂，這青青姑娘是在子裕最艱難的時候出現的，還幫他尋找到了機緣，鞏固了在鎮國公的地位。即便這恩情不說，就憑那姑娘長得花容月貌，又是子裕第一個相識的女孩，旁人就越不過她去。說句心寒的話，雖然咱是子裕的外祖父、外祖母，但咱在子裕心中的分量，未必能有徐家重。」

楊老將軍神經粗，不明白老妻在為難啥，「既然子裕這麼看中徐家，又喜歡那徐家姑娘，將來娶她不就是了，妳又難受什麼？」

楊老太太忍不住說：「可是我希望夢錦……」

「打住！」楊老將軍一聽這車軲轆話就頭疼，「妳都說了別人進不去子裕心裡，何苦將夢錦填這火坑，難道親事不成子裕就不是我外孫了？不懂妳們這些婦人，淨想些沒用的！」

楊老太太嘆了口氣，「過兩年再看吧，若是子裕真對徐家姑娘一門心思，趁早讓老二家的打消這主意。」

這楊家說著姻緣，那沈家也沒清靜，沈夫人就見她那小兒子一步三挪地湊到自己旁邊，又是捶腿又是捏肩，把沈夫人伺候得渾身發毛。

端著兒子倒的茶，沈夫人直哆嗦，「你想說啥直接說行不，我受不了這刺激。」
「娘！」沈雪峰坐在沈夫人對面，期期艾艾的，「您說中意一個姑娘是什麼感覺啊？」
沈夫人樂了，「我兒子這是開竅了？快跟娘說說你看中誰了！」
沈雪峰臉上有著幾分迷茫，「我也不知道是不是中意，反正聽見旁人說給她相看親事我就難受，總覺得誰也配不上她。」
沈夫人很是興奮，「還有呢？繼續說！」
沈雪峰又道：「就是看她笑我心裡就發慌，想看又不敢看。」
沈夫人聽到這裡，激動地一拍手，「蒼天有眼啊，我的傻兒子終於開竅了，再也不用擔心他孤獨終老了！」
沈雪峰面上卻帶了幾分苦惱，「可她是我的大侄女啊！」
沈夫人頓時傻了眼，「你到底看中誰了？」
沈雪峰一臉羞澀地看著母親，「徐家我大侄女，徐嘉言啊！」
沈夫人沉默了片刻，一巴掌拍飛了兒子，「你妹的大侄女！」
看著兒子滿臉糾結的蠢樣，沈夫人認真地反思，老沈家不說個個聰明絕頂，卻是哪個也不差啊，這傻兒子這麼蠢到底隨了誰？
沈夫人思前想後琢磨不明白，一臉懷疑地問沈雪峰：「就你這腦子，你那探花真的是考出來的嗎？你沒找你哥先給你寫好答案吧？」
沈雪峰一聽就炸了，「娘，您怎能這麼懷疑我呢？我可是真才實學，貨真價實的探花！」

沈夫人半信半疑，瞅著兒子不知道說什麼。

沈雪峰沒忍住，問道：「娘，您說我要是把心事跟徐鴻達說，他會不會揍我？」

沈夫人毫不猶豫地點頭，「揍一頓都是輕的，三頓五頓都不帶解氣的。」

沈雪峰心事重重地嘆了口氣，「那可怎麼整？我也不知道怎就看著大侄女格外好？」

沈夫人忍了又忍，實在是沒忍住，跳起來拎起兒子的耳朵，一字一句地說：「能不能不叫大侄女？要叫徐姑娘！記住沒？徐姑娘！」

「記住了！記住了！」沈雪峰連連點頭，奮力從沈夫人手底下搶救出自己的耳朵，「娘，咱們說正事呢，別鬧！」

沈夫人一口氣憋得差點沒上來，伸手點著兒子半天不知道說啥，自己生的兒子，再蠢也不能放棄。沈夫人無力地捶了捶胸口，不想跟兒子廢話了，「這眼瞅著也就進臘月了，等過了年出了正月，我再去提親，看看徐家願不願意要你這個蠢女婿。」

沈雪峰喜孜孜地點頭，「行，我等娘的信兒。」

沈夫人看著兒子的傻樣，覺得自己這一晚老了好幾歲，不由得趕他，「那你趕緊滾吧，別在我這裡晃悠了，看見你我就鬧心。」

沈雪峰起身，笑咪咪地說：「等我娶了媳婦回來，娘就不鬧心了。」

沈夫人擺了擺手，示意他趕快走，見沈雪峰掀開簾子要出去時，還不忘了喊了句：「記住啊，以後再不許叫人家大侄女！」

「記住了！」沈雪峰頭也沒回地揮揮手，還小聲嘟囔了句：「我又不是傻！」

沈夫人聽見差點沒從炕上掉下去，看著自己的丫頭在後頭捂嘴笑，連忙吩咐：「還笑呢，趕緊叫人去前院把老爺請來，妳說說我怎麼生了這麼個不省心的孽障？」

正在書房裡看書的沈太傅聽說夫人要找自己商量沈雪峰的婚事，不禁嘆氣，「每個月都為這事找我商議，到底有什麼好商議的，讓他當光棍去不就得了。」

雖這麼說，沈太傅還是放下書，背著手到了主院，見夫人的臉上一會兒喜一會兒憂的，當下問道：「怎麼了？妳又看中哪家姑娘了？」

「不是我看中的。」沈夫人高興地上前幫沈太傅解下披風，笑呵呵地說道：「是峰兒自己瞧中的，只是我不知道合不合適，這才找你商議。」

「是個姑娘就行，沒有不合適的。」沈太傅十分敷衍地擺了擺手，從旁邊的丫頭手裡接過熱茶喝了一口。

「老爺！」沈夫人嗔怒地瞪了他一眼，「我和你說正事呢！」

「好好好，妳說，我聽著呢！」沈太傅坐在榻上，沈夫人坐在他旁邊，輕聲說：「是徐狀元的大女兒，閨名叫嘉言。」

「徐鴻達？」沈太傅挑了挑眉，看向夫人，見沈夫人點頭，方說：「徐鴻達學問極好，人也正派，做事還踏實。」

沈夫人試探著看他，「只是官位低了些，我怕你不中意。」

沈太傅笑道：「這倒無妨，咱們家本也不需要聯姻壯大勢力，只要家風正，姑娘好，一切都好說。」頓了頓，沈太傅問道：「徐家那姑娘妳見過，到底如何？」

沈夫人說：「徐家大姑娘長得白嫩清秀，手也靈巧。你記得我之前擺屋裡那個海棠炕屏？就是她畫的。徐家也是個清靜人家，沒有什麼小妾通房之流，姑娘心思也純淨，沒有那些烏七八糟的心眼，就是有一點不好……」沈夫人嘆了口氣，「徐家大姑娘小了些，過了年才滿十四歲，若是要成親，還得兩年。」

沈太傅原以為有什麼不好，一聽是這個，鬆了一口氣，「知足吧，好歹這個有盼頭，要是這次的事黃了，再過兩年他也未必能再相中一個可心的。」

沈夫人一想也是，嘆道：「打小就主意正，也不知道隨了誰。」

「隨我唄！」沈太傅捋了捋鬍子，得意地說：「我記得我十二歲時就一眼相中妳了，在岳父屁股後頭奉承了三年，終於磨得他點頭應承了我們倆的婚事。」

沈夫人想起過往，忍不住拿帕子掩嘴笑道：「那時候我娘還說，沈家小子怎麼這麼厚臉皮啊，整天往我家跑。」

沈太傅哈哈大笑，「我當時成天往妳家跑的目的很明確，哪像雪峰，去徐家混了大半年飯了，才琢磨出是為啥，真是蠢透了。」

「可不是？」沈夫人也一臉嫌棄。

雖說沈家夫婦兩個商議定了，但徐家的意思還不知道。沈夫人雖然和兒子說等過了年再去提親事，但怎麼也得提前去探探口風，於是沈夫人親自寫了帖子讓人送去，一邊又叫丫鬟備些適合孕婦滋補的藥材，還不忘囑咐多備些上等燕窩。

看著禮單，沈夫人心情有些複雜：我未來的親家年紀有點小……

寧氏接到沈夫人的帖子，有些吃驚，忙回了帖子叫人送去，自己歪在大靠枕上想了好一會兒，琢磨著沈夫人或許認識年紀合適的孩子，想幫著朱朱說媒。

越想越覺得有理，寧氏將朱朱和青青叫來，囑咐道：「明日沈夫人要來家裡做客，妳們倆做幾樣拿手的點心。」又瞧著朱朱說：「這件衣服太素淨了，我記得上個月做的那身顏色嫩，正襯妳的膚色。」

徐家上下和沈雪峰都很熟，青青姊妹兩個對沈夫人也極有好感，聽了寧氏的吩咐，一口應下來，自去廚房挑選食材，缺少的東西打發人買去。

吃多了古代的糕點，青青難免想起現代的各種精緻的蛋糕、點心、餅乾之類的，只是現代做起來容易的東西在這個時候就麻煩多了，黃油、乳酪都得自製，還得用手打發雞蛋和牛奶。好在她想起以前樂高積木，找人做了幾個齒輪及一些配件，反覆試了幾次，最終自製出一個手搖式打蛋器。雖然比不上電動的，但比之前徒手打發奶油快多了。

朱朱用過幾次便熟練掌握，又學了青青教的烘焙法子，兩人用特製的密封爐子反覆嘗試了許久，終於抓到溫度和火候。這陣子，朱朱很熱衷用這法子烤點心，自己還琢磨出幾個新方子。明日沈夫人來家，朱朱也想露一手，就特意囑咐廚娘趕緊買新鮮牛乳來，挽起袖子做了些乳酪和黃油放外頭凍上。

第二天姊妹倆早早起來，在廚房一通忙活，做了六樣點心，又回房換了衣裳，重新梳了頭。姊妹倆先抹了香潤的面脂，又擰開盛胭脂的盒子，用小銀勺舀出來一點來拿水化開，輕輕地往兩頰拍了拍，最後拿出自製的小棉棒，沾了玫瑰胭脂，略微往唇上塗了一點，再輕輕一抹就成了。照著鏡子一看，膚色好看自然卻不會過於豔麗。

朱朱正是花一樣的年紀，塗些胭脂就分外好看。如今沒有鮮花戴，朱朱選了支絹花戴在了髮上，青青則選了兩串碎珠子做的珠串，套在了小小的髮髻上。

到了約定的時間，沈夫人如約而至，笑咪咪地拉著寧氏的手說：「昨日在楊家人太多，也沒法說話，今日特意來瞧瞧妳。」

寧氏笑道：「原該是我去拜訪夫人的，倒叫夫人跑一趟。」

沈夫人說：「這打什麼緊，整日在家坐著骨頭都坐酥了，我就愛出來活動。」

兩人攜手坐下，朱朱和青青上前問安。

沈夫人看到花一樣的姊妹倆，笑得合不攏嘴，「看著這嬌嫩的女孩子心情就好。」她把兩個女孩都叫過來問道：「眼下天冷出不得門，在家裡都玩什麼？」

朱朱大方地笑道：「或是畫畫或是跟著娘學做針線，有時下廚做幾樣娘愛吃的菜，總歸能找到事做。」

沈夫人道：「好貼心的女兒，徐太太好福氣！」

寧氏趁機讓人將姊妹倆做好的點心端上來，一邊喚人打水伺候沈夫人洗手，一邊道：「這是朱朱做的點心，我們家朱朱打小就愛鑽研吃食。不是我自誇，天南海北的菜色就沒有她不會做的。中午夫人一定要留下來，嘗嘗我們朱朱的手藝。」

此話正中沈夫人下懷，她依言道：「如此就打擾了。」

朱朱洗乾淨了手，先端上一碗撒了糖桂花的杏仁酪，沈夫人喝一口，香甜適口，滑潤軟糯，又去瞧那點心，百果糕、松仁栗子糕兩樣是家裡常吃的，另外四種從來沒見過。

沈夫人拿筷子夾起金黃色小碗一樣的東西，咬了一口，滑順甜嫩，她只能辨別出裡面似乎有加了紅豆的蛋羹，外面酥酥脆脆的皮怎麼做的就吃不出來了。小小的一個，兩口就吃淨了。沈夫人喝了口茶，回味著剛才那味點心，連連點頭，「這個叫什麼？我從沒吃過。外面那層皮酥香非常，吃著卻不油，不像是炸的。」

朱朱道：「這叫紅豆蛋撻，是青青想的方子，麵皮是用牛乳提出來的油和麵烤的。」

沈夫人不由地讚道：「好巧的心思。」

青青道：「我想法雖多，卻不如姊姊做的好吃。」她夾起一塊三角形狀的小點心放在沈夫人的盤子裡，「這個是我姊琢磨的，叫做香甜蘋果餅。」

沈夫人見一個圓圓的點心被分成了十二份，每一份正好一口的分量。外面烤得金黃的麵皮像花籃般層層疊疊，裡面能看到濃郁的蘋果醬。她托著帕子，小心翼翼地將這塊蘋果餅放在嘴裡，輕輕一嚼，濃郁酥鬆的餅皮配著酸甜軟嫩的蘋果餡，既開胃又可口。

這個點心吃一塊，那個點心嘗一口，沈夫人很快就吃飽了，她洗了手道：「哪個都香甜，哪個都好吃，只可惜沒那麼大的肚子。」

吃了東西，兩個夫人就要說私密話了，寧氏看著女兒說：「昨天那個荷包不是還沒做完？趁著天色好再去繡幾針。」

姊妹兩人起身，向沈夫人施了禮，這才一起告退。

看著兩個女孩的身影消失在簾子後頭，沈夫人笑得十分開懷，「也不知妳怎麼教出來這麼俊俏機靈的孩子。」

寧氏自謙道：「寒門小戶出身，會的東西就多些，和京城裡這些大家閨秀不能比。」

沈夫人可不喜歡這妄自菲薄的話，「妳這是謙虛了，妳家雖是小戶，但女孩的教養卻比很多姑娘都強，難得的是心思純淨。」捧著茶碗，沈夫人慢慢將話往正題上靠攏，「大姑娘的親事妳怎麼想的？昨日那幾個夫人說的，妳覺得哪家好？我幫妳參謀參謀。」

寧氏道：「不怕夫人笑我自大，哪個都不太可心。就說進宮選秀，以我們家老爺的官職，即便選上了也不過是個侍妾，我們家又不打算靠女兒搏富貴，何苦將孩子往火坑裡推？」

沈夫人點頭說：「妳這是疼孩子才這麼想的。想要加官進爵，男人應該自己去努力，將前程放在女兒身上的人家總歸不會有大出息，就是富貴了也不長久。」

寧氏點頭稱是，又道：「我也知道，以我家的門戶，在京城尋婚事未免艱難了些。其實也未必非是官宦人家，只要家裡簡單，公婆慈愛，孩子肯讀書上進的就行。」

沈夫人自己聽了，立刻往自家想：家裡簡單？我家老爺雖是太傅，但只有兩個老姨娘，應該不算複雜。公婆慈愛？妥妥的，沒問題。孩子讀書上進，都考上探花了絕對上進。

寧氏見沈夫人沉吟不語，不由問道：「不知夫人有沒有合適的孩子介紹？」

沈夫人遲疑地點了點頭，「倒是有這麼個孩子，家裡兄弟四個，他是老小。學問也不錯，是今年的新科進士，只是這些年為了讀書耽誤了親事，年紀大了些，如今都十八，不知道你們家嫌不嫌他大？」

「十八歲了？」寧氏下意識說道：「那和令郎同年啊！」

沈夫人心虛地點頭，「可不是？但孩子真的不錯，長得也行。」

尋思了片刻，寧氏說：「大五六歲倒也能接受，只是還得相看了再說。」

沈夫人聽了這話，心中一塊石頭才落了地，當下笑道：「行。快進臘月了，等出了正月，我讓他家人上門拜訪。」

寧氏道：「那便勞煩夫人了。」

兩人都放下一樁心事，心裡安定許多。中午小姊妹倆做了一桌精緻的飯菜，倒讓吃慣了山珍海味的沈夫人險些吃撐了。

◆　◆　◆

自打沈雪峰發現了自己對徐家姑娘不可告人的心思後，和徐鴻達相處起來就有些束手束腳，打死他也不敢再摟著徐鴻達脖子稱兄道弟了。

先時，徐鴻達還沒察覺，可漸漸就發覺不對了，看著殷勤地給自己倒茶的沈雪峰，徐鴻達忍不住問：「你今天沒事幹嗎？我喝一口你倒一回，你不覺得累嗎？」

「不累不累，給徐大人倒茶怎麼能覺得累？咦，是不是你累了？要不要吃水果？」沈雪峰去洗了手，屁顛屁顛地削了一個蘋果恭恭敬敬地放在碟子裡端到桌上。

徐鴻達遲疑地看著他，半天沒敢動那蘋果，倒是沈雪峰著急了，「吃啊，一會兒變成褐色就不新鮮了！」

徐鴻達懷疑的眼神在沈雪峰的臉上轉了兩圈才挪到蘋果上，慢慢地拿起來咬了一口，酸甜清脆的口感讓徐鴻達放了心，含糊不清地問：「挺好吃的，你怎麼不吃？」

沈雪峰狗腿地笑著，「這不是孝敬您嗎？」

徐鴻達一個沒防備，被蘋果嗆住了，當即咳嗽不住。旁邊一個同僚見了，笑道：「沈大人這殷勤勁兒，不知道的還以為你相中了徐大人家的閨女呢！」

沈雪峰虛汗連連：……大人，您真相了！

被沈雪峰這麼一鬧，徐鴻達一天就沒幹多少活兒，回了家不忘向寧氏抱怨：「沈雪峰也不知道怎麼了，今日一個勁兒地向我獻殷勤，又是端茶又是倒水的，還差點餵我吃飯了，嚇得我出了一身的汗。」

寧氏笑了兩聲忽然頓住，「不會吧？」

「怎麼了？」徐鴻達拿熱帕子擦了擦臉丟給丫鬟，端起桌上的茶來喝。

寧氏遲疑地說：「今天沈夫人來家說要給朱朱介紹一門親事，男方兄弟四個，男孩子是老小，過了年滿十九歲，今年剛考上進士……」

徐鴻達一口茶水噴了出來，「沈雪峰，你個兔崽子！」

◆　◆　◆

悲催的沈雪峰發現徐鴻達變了，自己的端茶倒水削蘋果各種討好未來岳父都泰然接受，可當沈雪峰小心翼翼地問自己是否能在休沐日去拜訪時，徐鴻達就會丟給他一個皮笑肉不笑的回答：「做夢！」

想不明白的沈雪峰快把自己的頭髮揪掉了，只能坐車馬車悄悄去了朱子裕的外宅，準備向早熟的小屁孩討教一二。

沈雪峰不好意思直說，只好委婉地問道：「若是你哪天惹到了徐大人，徐大人不讓你上門去瞧青青，你會怎麼辦？」

朱子裕將手裡的長刀往後一拋，正好卡在身後的刀架上，就見他飛身一躍，落在兩家的牆頭之上，得意洋洋地朝沈雪峰說：「即便沈叔叔不讓我上門，我也能翻牆而入。」話音剛落，便聽牆那邊一聲暴喝：「朱子裕，你給我從牆上滾下去！」

朱子裕腿一軟，登時從牆頭摔了下來，好在他靈活，腳尖在地上一點，一個轉身又趴在了牆上，一臉誠摯地解釋：「徐叔，是沈叔叔啦，他非問我用什麼特別的方法能潛入你們家，我懷疑他要做壞事。」

沈雪峰眼睜睜地看著牆頭上那個臭小子就這麼把自己給賣了，可打也打不過，搆也搆不著，只能扯起喉嚨使勁兒喊給牆那頭聽：「我沒那麼問……」

「雖然沒那麼問，但他是那個意思。」朱子裕毫不猶豫地揭穿了沈雪峰的小心思，一副不能與他同流合汙的堅定表情。

朱朱和青青聽見動靜，都從屋裡出來。

朱朱一眼瞧見牆頭上的朱子裕，忍不住笑道：「你倒是靈活，怎麼上去的呀？」

「朱朱姊！」朱子裕揮揮手，又臉紅地瞧著青青，「青青，我一會兒去找妳玩。」

徐鴻達正要訓朱子裕，就瞧見牆上又冒出一顆腦袋來，身子還在那裡晃個不停。徐鴻達頓時驚了，難道又一個會功夫能跳牆頭的？

卻見沈雪峰慢慢爬上來，兩隻手緊緊地趴在牆頭上，臉色嚇得煞白，勉強擠出笑，「大姑娘，上次咱們說開酒樓那個事還沒定下來，什麼時候細談啊？」

朱朱道：「沈大人，您有事來家裡說就行，趴牆上多危險啊！」

沈雪峰心中一暖，還是大侄……大姑娘貼心，驚恐去了一半，「要不，我這就過去？」

赤裸裸被無視的徐鴻達氣炸了，忍不住問道：「你到底怎麼上去的？」

朱子裕低頭看了一眼，連忙告密：「他把我家摘果子用的梯子搬來了！」

徐鴻達這才放了心，好歹這個不會功夫，要是兩個都能從牆上翻過來，他非得叫人在上面釘釘子不可。

抬頭看看一大一小兩張臉，徐鴻達心裡堵得慌，再看看身後一個比一個漂亮的閨女，更加心塞：好不容易養大的女兒，再過幾年就要被牆上這兩頭豬給拱了。

越想越生氣，徐鴻達招手叫來一個掃地的僕婦，「去正院跟太太說，將正院的廂房打掃出來，放上爐子烤兩日，讓兩個姑娘搬過去住。」

在牆頭正看著青青傻笑的朱子裕頓時傻了眼。

……

一瘸一拐的沈雪峰帶著垂頭喪氣的朱子裕灰溜溜地從大門進了徐家的正廳，徐鴻達見沈雪峰走路艱難，不由問道：「腳怎麼了？」

沈雪峰臉一紅，沒作聲，旁邊那個恨不得時時刻刻表現忠心的朱子裕立刻說道：「下來時沒踩穩，梯子倒了，他從梯子上摔下來了。」

徐鴻達哭笑不得，忙問道：「你怎麼蠢成這樣？梯子都不會爬！」說著又吩咐侍筆：「去請一個治跌打損傷的郎中來。」

沈雪峰趕緊阻止：「不必不必，天莫幫我看了，沒有傷到骨頭，就是稍微扭到了筋，過幾天就能好了。」

徐鴻達知道會武之人多半會診治這些跌打損傷，既然說沒事便也沒再強求，「我記得姑娘配了好些藥，去問問有沒有治扭傷的，有的話拿一些來。」

侍筆答應著去了，沈雪峰一臉崇拜，「原來大姑娘還會醫術，真厲害！」

徐鴻達：呵呵……

朱子裕一臉不服，「青青也會，我第一次見青青時，關節都錯位了，青青一下子就給我掰了回來，可厲害了！」

沈雪峰無言：原來漂亮的小姨子居然這麼凶殘！

徐鴻達：呵呵……

沒一會兒，不光朱朱和青青來了，就連寧氏也扶著腰出來了。

徐鴻達扶住她問：「妳怎麼出來了，外面路滑摔著怎麼辦？」

寧氏坐在了椅上，「我聽說沈大人扭到腳了，也不知嚴不嚴重，便出來瞧瞧。」

沈雪峰撐著扶手站起來，可是到嘴邊的話嚥了下去，瞬間懵逼：這要怎麼稱呼啊？以前他每次來都叫嫂子好，可現在還叫嫂子的話，這和管朱朱叫大侄女有啥區別？

沈雪峰臉色變換莫測，想了好一會兒，憋出一句：「夫人好！」

寧氏看著沈雪峰也百感交集，原本對自己的猜測還所有懷疑，可這會見他連對自己的稱呼都改了，小眼還一個勁兒瞄朱朱，還有什麼不清楚的？

嘆了口氣，寧氏說：「子裕，你扶沈大人到屏風後頭敷藥。」

朱子裕從朱朱手裡接過藥瓶，朱朱不忘囑咐：「將藥塗在紅腫之處，用力揉搓，直到感覺手掌熱辣為止。」

朱子裕應了一聲，將沈雪峰架到屏風後頭，沒一會兒就聽慘叫聲傳來，徐鴻達忍不住撲哧一笑，連連搖頭，「往日看著挺聰明的一個人，現在怎麼蠢成這樣？」

寧氏嗔了徐鴻達一眼，又悄悄留意朱朱的神色，只見朱朱兩隻手緊緊捏在一起，臉上有些神色不寧地望著屏風處，還問青青：「他怎麼叫得這麼厲害？」

青青說：「活血化瘀的藥能有多疼，不過是子裕手勁大罷了。將淤血揉開也好，眼下雖然疼，但等藥勁吃進去就好得快了。」

徐鴻達和寧氏兩個對視一眼，皆面露不解：這兩個人到底什麼時候看對眼的？

等沈雪峰從屏風後面出來時，腿腳明顯好了許多。在眾目睽睽之下，沈雪峰有些不自在地看著朱朱，「我這次來是想跟大姑娘商議一起合夥開酒樓的事。」

朱朱道：「我倒有這個想法，只是找不到靠譜的廚子。」

沈雪峰忙說：「這個妳不用操心，鋪面、廚子、掌櫃、夥計都我來找，妳只要負責指點廚子，定期出幾個新菜品就行。」

朱朱點頭說：「這樣也好，不知需要多少銀子？」

沈雪峰尋這個事不過是為了讓朱朱開心，便說銀子自己出就得了，可在這方面，朱朱十分堅持，家裡娘親和妹妹都開過鋪子，哪有不出銀子的，便打發糖糕回屋取了銀票回來，遞給沈雪峰一千兩，「也不知這些夠不夠，若是不夠回頭再找我拿。」

沈雪峰拿著銀票說：「盡夠了，只怕用不完。我娘說妳做的點心也極好，要不要在酒樓旁邊開個點心鋪子？想吃就去鋪子裡拿，省得自己做了。」

朱朱笑靨如花，「好！」

徐鴻達：……都不問問我的意見嗎？

當天下午，沈太傅和沈夫人看著兒子一瘸一拐地回來，大吃一驚，追問之年才知道是趴徐家牆頭掉下來摔的，老兩口的心情難以言喻。

沈太傅看著兒子樂顛顛的背影，表情複雜地說：「要不，妳明天就去提親吧？」
沈夫人堅決反對，頭搖得像撥浪鼓似的：太丟臉了，我不去！

◆　◆　◆

又下了一場雪，天越發冷起來，眼瞅著就進臘月了，寧氏開始盤算過年的事。正想著要置辦什麼東西，就聽一個婆子大呼小叫地進了院子，她皺了皺眉頭，葡萄掀開簾子去瞧，喝斥還未出口，就聽那婆子笑道：「老太太回來了，還有大老爺一家！」

寧氏連忙快步走到門口，就見一大家子人裹得嚴嚴實實從外面進來。她迎了上去，忍不住笑道：「娘、大哥、大嫂，這大冷的天，你們怎麼來了？趕緊進屋裡去。」

徐婆子笑道：「本來想在老家多待一陣子，可前些日子你們來信說過年回不來，老三鋪子忙也不能回家，我就坐不住了。這些年咱們家還從沒分開過年，你們不回去，我們就過來，總得熱熱鬧鬧在一起才好。」

寧氏道：「娘來了可算解了我的心事，我剛才還盤算著過年的事，正愁著沒頭緒了，可巧你們就到了。」

眾人說笑著進了屋子，寧氏叫人去燒徐婆子院子的地龍，再多燒幾個炭盆放屋裡。鋪蓋經常曬倒不打緊，鋪上倒要放湯婆子進去暖一暖。

徐婆子連喝了兩杯熱茶水才緩過勁兒來，見寧氏一連串的吩咐下去，便說道：「我院子很大，一個人住悶得慌，讓妳大哥、大嫂他們和我住一起就行，等開春他們就回去了，不必再另外收拾院子。」

寧氏答應了，又讓人打熱水，一大家子都洗了臉和手，這才算是暖和過來。

朱朱、青青帶著澤寧、澤然兩個過來，向徐婆子、徐鴻翼、王氏請安，徐澤浩和她四歲的妹妹藍藍則向二嬸問好。

澤寧、澤然和藍藍三人很快就玩到一塊去了，澤然從寧氏的臥室拖出來一個籃子，裡頭有一些九連環、積木塊。藍藍沒玩過這些，澤寧拿了一個簡單的九連環教她解。

如今徐澤浩已經十五歲，今年考上了秀才，還說了一門親事。

徐婆子提起大孫子的親事就眉開眼笑的，「是縣學裡王先生的大閨女，溫柔端莊，還做了一手好針線，聽說還會寫字作詩呢！」

寧氏忙說恭喜，又問什麼時候辦親事，雖人回不去，但定要幫著準備些成親的東西。

王氏笑道：「定了明年秋天，還得和弟妹說一聲，怕是得在妳縣裡的房子成親。若是回鄉下辦喜事的話，就離女方家太遠，不太近便。」

寧氏道：「嫂子老和我說兩家話，外道了不是？我樂意沾這個喜氣，回頭小倆口也不要另外租房子住，還住那院裡，省得宅子白放著可惜。」

徐澤浩聽了，起身鄭重向嬸娘行禮道謝。

這邊院子熱鬧，朱子裕在那邊聽到動靜忙過來請安。

徐婆子一見他就笑了，「子裕來了？我瞅瞅。哎喲，瞧著又高了，感覺和我們家澤浩差不多個頭了。」又叫徐澤浩過來，「你和子裕比比？」

徐澤浩無奈地看著祖母，和朱子裕背靠背站在一起，徐婆子瞇著眼瞅了半天道：「就差一個頭髮頂了。澤浩，你明年要娶媳婦了，得趕緊再長長才行。」
徐澤浩道：「祖母，不是我矮，是子裕太高了。」
徐婆子拉著朱子裕的手親親熱熱地說：「我就喜歡這樣結實高大的孩子。」又問他：「這半年好不好？你後娘欺負你沒？」
朱子裕回道：「我外祖父一家回來了，她不敢欺負我了。」
徐婆子又問：「以前怎麼沒提你提過？打哪兒回來的？」
朱子裕道：「我外祖父是大將軍，以前在北邊邊境來著，剛回來沒一個月。」
眼看著就中午了，突然來了這麼多人，現在置辦飯菜是來不及了。朱朱叫人把之前打的銅火鍋抬出來，親自下廚熬了骨頭鍋底、微辣鍋底和麻辣鍋底。
朱子裕打發天莫騎馬出去，沒兩刻鐘便帶回來一頭剛宰殺好的小羊羔、十斤牛肉，還有青青愛吃的牛肚、黃喉之類的下水回來。
那邊廚房切好了送上肉來，這邊鍋也燒開了，大家按照口味分別坐下，朱子裕緊緊地挨著青青，殷勤地幫她涮牛肚。朱朱坐在另一邊，吃一口肉喝一口甜酒，忽然想起那日自己誤端了沈雪峰的酒杯喝醉了的事，不禁滿臉酡紅。
除了徐鴻達、朱朱、青青和朱子裕幾個，旁人沒吃過火鍋，學著青青的樣子一邊涮一邊吃，發現這鍋子不僅吃起來方便還滋味足、味道香。
眾人熱熱鬧鬧說笑，沒一會兒就都出了一身的汗。
吃罷了飯，徐婆子打發大兒子兩口子帶著孩子們先回院子歇晌，見屋裡清靜了，這才拉著寧氏問：「我看著妳走路說話一直扶著肚子，可是又懷上了。」

剛才大伯哥在，寧氏沒好意思告訴徐婆子，沒想到婆婆眼睛倒是好使，自己就看出來。見寧氏點頭，徐婆子笑道：「好好好，多子多福是好事！」

寧氏有些羞赧，「眼看著朱朱都要說婆家了，我還懷上身子了，怪不好意思的。」

徐婆子說：「這有什麼，咱們縣裡還有當小叔叔比侄子年歲還小的呢！孩子是神佛賜的，有總比沒有好。」

寧氏點點頭，「這個倒是乖，和懷青青那會兒似的，許是個閨女。」

徐婆子笑道：「兒子閨女都行，滿院子都是孩子，家裡頭才興旺。對了，剛才子裕說他外祖家回來了，還是個什麼將軍？」

寧氏將楊家的事略微說了說，「那日楊家請客我也去了，極和善的人家，待子裕也好。」

徐婆子嘆了口氣，「你說子裕和咱青青到底能不能成？原本就是什麼公爺家，這又回來個將軍外祖，人家家裡能看上咱這小門小戶的？我是不懂這些，妳瞅著呢？不行的話，就別讓孩子那麼親近了。兩人如今還小不懂，一兩年轉眼就開竅了，到時隔開就該傷心了。」

寧氏也是滿肚愁腸，「我也說不準。這一年我冷眼看著，子裕這孩子對青青很上心，青青和他從小認識待他也親近，可成親畢竟是兩家人的事。前幾天在楊家，子裕的後娘還對青青冷嘲熱諷來著，說勾著子裕不著家，還好楊老太太打圓場說兩家是世交，原就託我們照看，這才圓了回去。」

徐婆子嘆氣道：「孩子再好，婆婆不好也白搭。妳在村裡待的時候少，沒見過那些磋磨兒媳婦的婆婆，懷著七八個月的身子還叫人大冷天的去河裡洗衣裳。雖他們家有僕婦伺候著不必幹活，可我聽說大戶人家還得什麼婆婆坐著媳婦站著、婆婆吃著媳婦看著？這可不行，青青打小就寵著長大的，哪裡受過這樣的氣。兩口子再好再親近，可總有護不到的時候。後院啊，可是女人的天下。」

寧氏小時候在大戶人家當大丫鬟，見過的聽過的事不知有多少，可她沒想到一直在村裡待著的徐婆子也看得這麼透徹。原本是因為兩個孩子年紀小，又怕青青不樂意，寧氏才不拘束他們。眼見孩子一天天大了，確實不能這麼下去了。

想到這裡，寧氏說：「娘說的是，只是乍一分開也不好。等過了年，我就藉口讓青青做針線，把她拘在後院不叫她出來。子裕一回見不到兩回見不到，時間長了就明白了。」

朱子裕還不知道自己就這麼給隔離了，他還歡喜地坐著馬車到翰林院去送信，「徐叔叔，徐祖母和徐大伯一家都來了。」

徐鴻達聽了坐不住，忙告了假就要回家。

沈雪峰非得跟著，只是兩手空空不好上門，趕緊打發小廝回家取些禮物來。

這邊徐鴻達的馬剛到家門口，那邊小廝也拉了半馬車的東西來了。

徐鴻達見滿滿的東西，不禁提醒他：「殷勤過頭了啊！」

沈雪峰訕笑著假裝聽不懂。

兩人前後腳進去，徐婆子還沒瞅見兒子，沈雪峰已竄了進來，「老太太，您回來了！」

沈雪峰跟著徐鴻達回了一趟老家，徐婆子和他很熟悉了，見了他，不禁笑道：「怎麼還客氣上了，還叫我老太太，這也太生疏了，還和以前一樣叫我大娘就好。」

沈雪峰：……

徐鴻達見沈雪峰一臉吃癟的樣子，忍不住哈哈大笑。

沈雪峰年輕，腦子轉得快，眼睛往徐鴻達身上一瞥，就有了說辭。

他委委屈屈地搓著手，小聲說：「徐叔叔說了，我年紀小，不能和他一輩。我娘也說，我還沒成親，算是孩子，之前叫錯了，如今得改回來。要是您覺得叫老太太生疏了，我叫您徐祖母好不好？」

徐婆子懵逼：這輩分升得太快了！

徐鴻達差點憋悶得一口老血噴出來：沈探花，你還要不要臉了？

一聽這說辭，徐婆子倒是很快便接受了，笑咪咪地問道：「怎麼這大半年還沒定下親事？可是有眉目了嗎？」

沈雪峰俊臉微紅地點了點頭，似乎還有些不好意思，「已經有中意的姑娘了，我娘說過了年就向女方家提親。」

徐婆子道：「這可是好事，我過年就不走了，等著吃你的喜酒。」

沈雪峰點頭，「喜酒您老是一定能喝上，只是明年未必能成親，女方有點小……」

聽不下去了！

徐鴻達使勁對一旁的寧氏使眼色。

寧氏也無奈啊，沈家又沒明說是相中朱朱了，兩口子只是自己猜測而已，因此也不好挑明，徐鴻達只能滿腔鬱悶地看著沈雪峰一個勁兒和自家老娘套近乎。

好在徐鴻達沒鬱悶多久，徐鴻飛兩口子帶著一兒一女從鋪子回來了，徐鴻達頓時來了精神，找到了趕沈雪峰走的藉口，「你趕緊回去吧，我們一家人要說說私密話。」

沈雪峰恨不得扒著桌子喊：我也是自家人！

好在他看到了徐鴻達威脅的眼神，將話吞了回去，一步三回頭地說：「徐祖母，我馬上就放假了，等進了臘月，我就能常來瞧您啦！」

徐婆子笑著點頭，還不忘誇他：「真是個好孩子！」

徐鴻達頭都大了：老娘，您倒適應得快！

本朝的假日比較多，通常進了臘月當值就比較寬鬆了，每天早上點個卯就可以回家。臘八連休三天，到小年就放假了，過了正月十五才正式辦公。

見了大半年沒見的小孫女和小孫子，徐婆子樂得合不攏嘴，連聲說道：「晚上得好好喝一盅，大半年沒聚得這樣齊整了。」

自家人吃飯也不必到廳裡去，在徐婆子的堂屋裡擺了兩大桌。徐婆子帶著三個兒子和三個媳婦坐在一起，另一桌都是孩子。徐鴻翼家的徐澤浩、徐澤天、藍藍兄妹三個；徐鴻達家朱朱、青青、徐澤寧、徐澤然。徐鴻飛目前只得一兒一女，閨女丹丹，兒子徐澤宇。

徐鴻達看看自家的兩兒兩女，又瞅瞅媳婦的肚子，滿意地點點頭。

徐婆子也忍不住說：「老大家還是單薄了些。月娘倒是不用愁，還算年輕。老大媳婦，要不，妳這一個月摟著青青睡？」

青青極度無語，「祖母，我都已經十歲了。」

徐婆子發愁了，「那咋整？」

青青怕了這個名頭，思來想去，得了一個主意，「明天我帶大伯娘去拜三霄娘娘。」

徐婆子樂了，「成！月娘，澤宇都兩歲了，妳也跟著一起去。」說是三個人出門，到第二天收拾利索了一瞧，孩子們都想跟著。徐婆子、王氏和月娘索性帶著四個女孩出門，讓徐澤浩在家教五個男孩讀書。

徐澤浩低頭看著坐在自己腳邊吃手的徐澤宇，再瞧瞧口齒不清還在含糊背《三字經》的徐澤然，頓時感到頭都大了，好在徐澤天和徐澤寧早已讀了幾年書，兩人一起往書房寫大字去了，給徐澤浩減輕了不少負擔。

兩輛馬車載著徐家的太太孩子們直奔城郊南雲觀。據說南雲觀極其靈驗，且還有處大的梅花林，是聖文皇后年幼時出錢建的，許多人家燒完香都喜歡留下來吃吃茶賞賞梅花。

雖說是為了求子，但也不能只拜三霄娘娘，徐家人逐個大殿拜過去，不到一個時辰就撒了近二十兩銀子。

等最後一處大殿燒完香，徐婆子覺得腿腳有些疲乏，小道士笑道：「我們道觀有乾淨的房間，不如我領您老去歇歇腳，喝口茶？」

徐婆子點頭，還嘆了口氣，「人上了年紀腿腳就不利索了，就去年的時候，我還能自己上山走好幾里地呢！」

王氏忙說：「哪裡老了？您這是坐了大半個月車沒歇過乏來，等下回您來，保證自己爬上來都沒問題。」

徐婆子就喜歡聽這話，「等妳們懷上以後我來還願，到時我就走上來。」

朱朱和青青正是活潑的時候，不想在屋子裡悶著，丹丹和藍藍更是恨不得滿院子跑的年紀。徐婆子說：「不是有梅花林？妳們去瞧瞧，也摘朵花戴。」

丹丹歡呼一聲，跑去抱著朱朱的手臂，「大姊快走！」

徐婆子又囑咐：「朱朱看好兩個小的，別讓拐走了。青青走路慢些，小心別滑倒了。」姊妹倆一人牽著一個小的，往道觀的梅花林走去。

還未到梅花林便聞到了陣陣幽香，姊妹四個手牽手穿過月洞門，千株梅樹映入眼簾，枝頭繁花似錦，綻放的梅花宛如仙子下凡婀娜多姿。含苞的花骨朵像嬌嫩的嬰兒，粉嫩可愛。遠遠望去，火紅梅花林映著潔白的雪地一片緋紅。

藍藍、丹丹才四歲，正是愛玩愛鬧的時候，起初還安靜地看花，沒一會兒就追著打鬧起來，你扔我一把雪，我扔你一個雪球，沒兩刻鐘兩人從頭到腳就沒乾的地方。朱朱和青青拿著手帕幫兩人頭上臉上的雪擦了，衣裳摸著有點潮。

青青一手牽住一個，「我領她倆回去換衣裳，妳在這裡等我？」

朱朱遲疑了一下，「妳一個人行嗎？」

青青笑道：「沒事，幾步路而已。妳不是想新畫一幅梅花的圖，這大片的梅林極其難得。妹妹在這裡賞花，我一會兒回來找妳。」

左右是在道觀裡，也不怕走丟了，朱朱叮嚀了兩句，自去賞花。

這片梅林並不是一種梅樹，而是多個品種，但見那花瓣，有紅色、粉色、白色，色色嬌豔。看花瓣有的似玉碟有的像單杏，朵朵婀娜。

朱朱不知不覺看得入神，一株株一朵朵，千姿百態的梅花在眼前綻放，梅花怒放的梅花圖已在心中繪畫成卷。一陣陣私語聲忽然從不遠處傳來，朱朱從梅花的世界中驚醒過來，這才發現自己已走到了梅林深處，一座重巒疊嶂的假山擋住了去路，而那聲聲細語就從假山的另一側傳來。

「殿下，我爹說讓我參加今年的選秀呢！」一個嬌羞的聲音傳了過來。

朱朱覺得耳熟，但來不及多想，她一聽見殿下兩個字就頭皮發麻，趕緊離開是正經。

「哦？妳是想進東宮呢？還是想給我父皇當愛妃啊？」男子冷冷地回了一句。

「殿下，您知道我的心意！」女子的聲音帶著嬌嗔，還有些委屈。

「只怕要辜負李姑娘的一片芳心了，我對妳無意。」男子越發冷淡起來。

「可是……」

朱朱頭都大了，捂著嘴悄悄轉過身，躡手躡腳往外走去。

來的時候她神遊太虛，反而手腳輕便，絲毫聲音沒有留下，而此時心神不寧，生怕讓人發現了。不料，越是小心越是出錯，一個不慎踩到了一根枯枝，「咯吱」的斷裂聲在此時寂靜的梅林中分外明顯。

「誰在那裡？」那女子告白被拒正是沮喪，又被不長眼的人撞破了，頓時惱羞成怒，提起衣裙就跑了過來。

朱朱再跑已經來不及了，只好僵硬地轉過身來，看著越跑越近的紅衣女子苦笑起來，這種地方居然也能碰到熟人。

原來來人正是李元珊，樂昌侯的小女兒，當初在沈家被青青用一幅「初夏行樂圖」打臉的那個姑娘。等那個「殿下」也出現在面前的時候，朱朱只能嘆一句「倒楣」了。盛德皇帝那麼多兒子，偏偏讓她碰見了三皇子祁昱。

「三殿下！李姑娘！」朱朱尷尬地打了聲招呼，「好巧！」

「是妳！」李元珊火冒三丈，「妳偷聽我們說話？」

朱朱俏臉雪白，「我沒有！」

「那妳怎麼在這裡？」仇人相見分外眼紅，當初就因徐家姊妹被嘲笑，如今又讓她看到自己窘迫的一幕，李元珊怎能不恨？

朱朱不是軟柿子，當即被氣得回了一句，「這裡又不是妳家的地方，誰知道在道觀裡賞個梅花也能碰見這樣的事情。」

「妳——」李元珊紅了眼眶，一跺腳，轉頭朝在一邊看戲的祁昱告狀，「三殿下，您瞧瞧她，太欺負人了！」

祁昱詫異地看了她一眼，一臉的無辜，「徐姑娘沒說錯啊，我也沒想到賞個梅花還能碰見這樣的事情。」

被祁昱這樣直白地諷刺，李元珊登時臉面掛不住了，恨恨地瞪了朱朱一眼，一邊擦淚一邊頭也不回跑掉了。

朱朱傻住：李姑娘，妳跑那麼快幹什麼？帶上我啊！

現在跑還來得及嗎？

朱朱猶豫地瞅了祁昱一眼，剛想抬腿溜走，可惜天不遂人願。

祁昱輕笑一聲，「徐姑娘，不和我打聲招呼嗎？」

朱朱訕笑著回頭，「剛才不是打過招呼了？我在這裡怕打擾殿下賞花的雅興。」

「無妨。」祁昱用手慢慢撫平剛才被李元珊拉皺的袖口，才看向朱朱，「我一直想找妳來著，又怕嚇著妳。我託妳畫的畫怎麼樣了？」

朱朱心裡吐槽：知道我看你害怕還不讓我走？可面上卻只能保持微笑，「已經畫了一半，年前就能完成，必不會誤了殿下的事。」

祁昱點點頭，「那妳說個時間，我找妳取畫。」

朱朱臉上的笑容僵住了，「咦？不用找我的，我畫好就會讓人放到鋪子裡，到時候殿下派人去取就行。」

「那怎麼行？」祁昱臉上掛著一抹促狹，「我們得當場交易才行，若是畫得讓我不滿意，我還得讓妳重畫。」

「不對啊！」朱朱傻住了，結結巴巴地說道：「當初你不是這麼說的，你說若是畫得不好你就不當賀禮了，沒說讓我重畫啊！」

「哦，是這樣嗎？」祁昱笑得開心，「我改主意了不行嗎？」

朱朱……騙子！

祁昱見朱朱噘著小嘴敢怒不敢言的樣子，不禁輕笑，「每回見了我都像老鼠見到貓似的，我有那麼可怕嗎？」

朱朱垂下頭，「您是殿下，我自然是怕的。」

祁昱的眼睛在朱朱面上輕輕滑過，「那就多見幾次吧，見多了就不怕了。」

朱朱聽了恨不得拍爛自己的嘴：讓妳話多！

朱朱在梅林裡不幸遇到了三皇子祁昱，青青也遭遇了人生中的第一次倒楣事，眼看著就要梅林了，卻被一個二十歲左右的醉酒男子抓著衣袖。

青青氣得臉色漲紅，使勁拽自己的袖子，「你給我鬆手，登徒子！」

那人醉眼朦朧，看著青青的眼神滿滿的都是孺慕，他臉上略帶了幾分委屈，拉著青青的袖子晃來晃去，「娘，顯兒想妳！」

青青鬱悶地差點噴他一臉血。

蒼天啊，大地啊，活了兩輩子都沒談過戀愛，和朱子裕也頂多算個曖昧，怎麼就被人叫娘？看了看比自己高一頭的俊朗男子，她忍不住吼道：「你見過十歲就當娘的嗎？」

男子似乎被驚醒了，和青青相似的丹鳳裡閃過一絲迷茫，拉著她袖子的手也鬆了開來。

青青趁機抽回自己的袖子，聽見遠處有人呼喊的聲音，連忙左右看看，三步併兩步竄進了旁邊的財神殿裡躲了起來。

不多時，四個面白無鬚的男人急匆匆跑了過來，直到見到那個男子才鬆一口氣，「太子殿下，您沒事吧？」

青青嚇得差點驚呼出來，幸好及時捂住了嘴巴。

被稱為太子的那個人晃了晃頭，輕輕揉了揉太陽穴，「我好像看到母后了。」

那太監忙勸慰道：「一定是殿下太過思念皇后娘娘，這才出了神。殿下，回吧。」

「回？」太子搖了搖頭，「孤不回，孤要在梅花林裡等母后。今天是孤的生日，母后一定會來瞧我的。」

那太監急得抓耳撓腮，卻不敢違了太子的話，只得趕緊打發人去梅林看看，有閒雜人等便攆出去，接著又叫人去把做好的醒酒湯端過來，看能不能餵太子喝兩口，至於自己，扶著太子的手哄他走慢些。

祁昱正一臉興味地看著眼前的少女，明明對自己滿肚子牢騷，面上卻假模假樣地說些冠冕堂皇的話，有時候逼急了還會冒出兩句實話，然後又手腳無措地來掩飾。

朱朱哪裡見過這樣無賴的人，眼看著快被他逗哭了，忽然傳來一個尖銳的聲音：「閒雜人等速速離開！」

祁昱收起了逗弄朱朱的心思，往聲音來源處望去。祁昱的貼身太監安平不知從哪裡鑽出來，快步走了過來，輕聲說：「太子殿下來了，看著像是喝醉了。」

「喝醉了？」祁昱皺眉，「父皇不是說中午要給太子慶生嗎？怎麼這會兒喝醉了？」

安平不知道緣由，只能垂手不語。

聽著腳步聲越來越近，祁昱看了朱朱一眼，還不忘最後逗她一句：「徐姑娘，記得交畫的時候要自己親手交給我喔！」說著帶著安平轉身朝另一個方向離去。

祁昱的身影消失在梅林裡，朱朱吐了一口長氣，一轉身卻被走到身後的太監嚇了一跳。

小太監剛想拍拍這個姑娘的肩膀讓她速速離開，她卻突然轉身，看到自己又一副見了鬼的模樣，只差高聲尖叫了。

小太監擺擺手，「妳別害怕，別害怕，我不是故意嚇妳的。那個，姑娘，妳得趕緊離開，太子殿下就要到了。」

朱朱從袖子裡摸出一塊碎銀子塞到小太監手裡，「剛才多謝了。」就匆匆跑開了。

小太監看著手裡的銀子，一臉茫然，「謝我什麼？」

朱朱繞開有人的地方，有驚無險地出了梅林，正好此時青青瞧見外頭安靜下來，也從財神殿裡走了出來，姊妹倆都是驚魂未定的模樣。青青只當朱朱也被太子嚇到了，未多問，兩人攜手一口氣跑回祖母身邊。

徐婆子歇得差不多了，見兩個孫女滿頭大汗地跑了進來，唬了一跳，「怎麼都跑出汗了？那麼冷的天再閃著怎麼辦？」
王氏和吳氏請小道士打了盆熱水，給兩個女孩擦了臉。
青青從荷包裡拿出兩粒丸藥，一粒自己吃了，一粒塞進朱朱嘴裡。
青青很少吃藥，如今見她吃了一丸，徐婆子擔心起來，「這是怎麼了？哪裡不好受？」
青青擠出笑臉，「無妨，剛才太子去梅林，我和姊姊趕緊跑出來了。」
「太子啊！」徐婆子又是崇敬又是害怕，想不到自己能和太子同時在一個道觀裡，這可是天大的福氣。只是這福氣遠遠沾了就罷，可不能湊近了，萬一哪裡粗鄙惹怒了太子，可是會掉腦袋的。
想到這裡，徐婆子不敢再待了，帶著一家人匆匆離開南雲觀。
回到了家，姊妹倆沒什麼胃口，吃了半碗粥就回去睡覺了。
青青還好，睡了半個時辰便神清氣爽，可朱朱底子弱些，昏昏沉沉地發起燒來。
青青幫朱朱把了脈，從自家的小藥房拿了十幾味藥出來，親自拿藥鍋給熬了。等朱朱醒了先叫她吃了些粥，片刻才讓她把藥喝了。
寧氏過來，問朱朱有沒有什麼想吃的？哪裡難受？
朱朱懨懨地搖了搖頭，「讓娘擔心了，我沒事，只是今天有些嚇著了，明兒就好了。娘趕緊回屋吧，您懷著身孕，別過了病氣。」
寧氏聽說了今天撞見了太子的事，只當孩子膽小，便寬慰了她幾句，沒一會兒，朱朱又沉沉地睡著，寧氏這才離開。
青青沒什麼事，到畫案旁想畫兩筆，卻心思不寧，坐在椅子上發了會兒呆，忽然想起了什麼，披上衣服來到園子裡。見左右沒人，她朝著兩家相鄰的牆壁拍了三下。幾乎是同時，牆壁忽然裂開一道縫，一個小廝笑著冒出頭問道：「姑娘是過來，還是讓我少爺過去？」

青青道：「我過去吧。」

小廝縮回頭，費力地將偽裝成牆壁的門拉開，將青青迎了進去。

正在看兵書的朱子裕見到青青來了，放下手上的書迎了上來，露出驚喜的笑容，「青青，妳還是第一次過來呢！」

青青胡亂地點頭，忍不住將憋了一天的事說給朱子裕聽，「我碰到太子殿下了……」

貳之章◆如願定下美嬌娘

外面寒冷的北風吹著，青青端著一杯熱呼呼的蜂蜜水果茶坐在溫暖的屋裡。朱子裕坐在青青的對面，認真地聆聽她的講述。

青青盯著茶盞裡的花瓣，微顰著眉頭，似乎有點害怕和緊張。雖然沒對任何人說過，但她依然清楚記得自己剛出生的情景。從那時起，她就知道自己不是徐鴻達的親生孩子。

她不想知道自己的真正身世，也不想知道寧氏到底經歷了什麼，她只想一家人相親相愛地生活在一起。她怕自己的身世揭穿後，溫馨和睦家庭不再存在。無論是寧氏還是她，甚至徐家所有的人都無法承受那樣的結果。

可自從上次去沈家，有些老夫人看她們的眼神就有些奇怪；在楊家做客時，青青方知自己母女長得像已故的聖文皇后，如今酒醉的太子甚至將她誤認為生母。青青不知這樣下去，在這沒有祕密的京城裡，自己的生父會不會突然出現在面前，毫不留情地揭穿這一切。

青青的小手將茶盞握得越來越緊，手指關節逐漸發白，微微的顫抖讓茶水濺出來些許。

朱子裕嘆了口氣，將青青的手指一根根打開，把茶盞拿過去放到一邊。

「青青，別怕。」朱子裕握住青青的手，「太子喝醉了，他不會記得這一切。」

雖然兩人都是十歲，但朱子裕是男孩，又長期習武，比青青高了一個頭還多。青青握著的小拳頭被朱子裕包在手心裡，掌心的粗糙和溫暖緩解了青青內心的恐懼。

青青抬起頭，和蹲在自己身前的朱子裕對視。看著朱子裕眼睛裡的關切和擔心，青青不由眼睛一紅。

「別怕，有我呢！」朱子裕用拇指輕輕擦去青青掉落的眼淚，安撫地拍著她的手背。待青青情緒平穩下來，朱子裕木慢慢講述起聖文皇后的事。

聖文皇后是原太子太傅常青山最小的女兒，在一次踏青時遇到了當時還是太子的盛德皇帝。據說當時的聖文皇后雖才十歲，但已初顯絕色的容顏。盛德皇帝對她一見鍾情，此後更是藉著探討學問的藉口，每隔幾日便到常家去做客。

到了適婚年齡，盛德皇帝親自去求了先皇，指了常家的女兒為太子妃。兩人成親後，恩愛非常，縱使婚後三年未生子嗣，身為太子的盛德皇帝依然頂住壓力，沒有納側妃。

當時盛德皇帝的兩個兄長以此為藉口，想藉機生事，讓先皇廢掉太子。

聖文皇后到處尋醫問藥，不知從哪裡尋到了偏方，連吃了兩個月後如願懷上了身孕，又在十個月後產下健康的男嬰。太子有後了，還是嫡子，一時間太子的聲望大漲，搖搖欲墜的儲位又穩固下來。一年後，先皇駕崩，盛德皇帝順利登基。

原本該是讓人高興的結果，可僅僅三年聖文皇后的身體卻不好了。據說當初那副生子的偏方耗盡了皇后的生機，縱使盛德皇帝遍請天下名醫，用了不知多少珍貴藥材，仍是只延續了聖文皇后兩年的生命。在盛德皇帝登基的第五個年頭，聖文皇后殯天了，留下了傷心絕望的盛德皇帝和年僅六歲的小太子。

據說當時盛德皇帝想為聖文皇后守上三年的，但是太后對此十分不滿。即使皇太后再喜歡聖文皇后，也不願身為皇帝的兒子為已故的皇后守身如玉。在一個大年夜的晚上，皇太后親自下令將一個從宮外尋的有幾分像聖文皇后的女孩送到了醉酒的盛德皇帝的龍床上。

盛德皇帝醒來既懊惱又生氣，雖然大發雷霆卻沒有放那女孩離開，反而將她封為昭儀。即便王昭儀只有幾分像聖文皇后，但可以讓盛德皇帝欺騙自己，假裝自己的愛妻還在。

原本王昭儀可以憑藉相貌青雲直上，可她出生在貧寒人家，乍然得到帝王的寵愛，讓她變得驕縱。緊接著皇太后舉行了選秀，挑選了十餘個年輕貌美家世又好的女孩入宮，其中就有三皇子的生母淑妃娘娘。

淑妃比王昭儀更像聖文皇后，且家裡按照聖文皇后的穿著打扮、日常喜好認真教導過。有了更像聖文皇后的新替身，王昭儀就失寵了，很快被其他的嬪妃捉到了錯處，一兩年功夫就死在了冷宮裡。

盛德皇帝的後宮自此熱鬧起來，皇太后見盛德皇帝一個月總要翻二十天的牌子這才放下心，以為兒子的喪妻傷痛就這樣過去。誰知三年後的選秀，盛德皇帝又想找與聖文皇后相像的女子，皇太后這才知道，他的皇兒依然遍體鱗傷。

皇太后斷然回絕了盛德皇帝的要求，要求他忘卻聖文皇后，必須將心思放在朝政上。更為此下了懿旨，禁止官員送與聖文皇后相像的女孩入宮。

朱子裕嘆了口氣，「皇上和先皇后的事也就這幾年談論的少了，我也是之前聽我家的管家提過一次，上回又問了外祖母詳情。」

見青青的嘴唇有些乾澀，朱子裕起身將那碗冷水潑了，又倒了一杯暖暖的熱茶，遞到青青嘴邊，餵她喝了幾口。

「據說盛德皇帝對太子的心情很複雜，有時候想起他是聖文皇后唯一的兒子就寵得不得了，有時候又因為思念盛德皇后而怨恨太子的出生傷了聖元皇后的身體，致使其早逝。」朱子裕再次嘆氣，「聖文皇后相當寵愛太子，打出生起就養在身邊，聽聞私下裡還常讓太子像尋常百姓家裡那樣叫她娘親。聖文皇后去世後，太子打擊頗大，每到聖文皇后的生辰、忌日，都會大醉一場。如今坤寧宮除了盛德皇帝，旁人都不許進去，太子只能到聖元皇后出嫁前栽種的梅花林裡尋找依託。只是太子每年生辰時都在宮裡慶生，不知今年怎麼喝醉出宮了。」

青青聞言有些懊惱自己倒楣，那麼多日子可以去道觀，偏偏碰上了太子的生辰。

朱子裕安慰道：「雖然太子撞見了妳，但聽妳的描述，他能將一個十歲的女孩誤認為娘親定是醉得厲害，等醒來以後也不過以為是南柯一夢罷了，不會當真的，妳且寬心就是。」

青青心情好了許多，可想到自己的父親定不會止步於六品，以後官做大了，母親得了誥命每年就要進宮，也不知會不會因為長相惹到太后和皇上。

朱子裕聽了青青的擔憂，忙安慰她說：「過年進宮的誥命就有幾十個人，太后娘娘根本沒功夫細瞧每個人長什麼樣。聽我祖母說，每年僅是例行和幾位老太妃說說話就叫大家散了。至於皇上就更不用擔心了，女眷進宮時，皇上不輕易到太后宮去，基本碰不到。就算哪天倒楣，在宮道上碰到了，皇上也不會對官員的妻子怎樣，畢竟皇上的一舉一動天下人都看著，就是太后也不許的。」

青青這才放下了心事，一邊拿帕子擦臉上的淚痕，一邊忍不住笑道：「瞧瞧我，遇到點事還哭了，你可別笑我。」

朱子裕蹲在青青前面，一臉認真地說：「我怎麼會笑妳呢？妳有心事和我說，我開心還來不及呢！往後有什麼難解的事，妳找我就是。我縱使現在沒能繼承爵位，但當初祖父和哥哥的手下已經讓我收攏過來。就算遇到再難的事，就算捅破天去，就算豁出命來，我也會把妳護得好好的，不會叫妳受一點委屈。」

朱子裕堅定的眼神、剛毅的臉龐，都向青青表明：我會永遠守護我的承諾！

青青本就活了兩世，雖然上輩子沒談過戀愛，也不是懵懂無知的孩童，而朱子裕坎坷的經歷讓他小小年紀就有像成人一樣的心智。

朱子裕像告白一樣的誓言擊中了青青的內心深處，在朱子裕注視下，一抹粉紅的色彩漸漸爬上了她的臉龐，連小巧的耳垂和修長的脖頸都染上了漂亮的胭脂紅。

青青臉上滾熱，不禁害羞起來，兩隻小手捂住臉頰。

朱子裕輕輕笑了一聲，安撫地捏了捏青青的手背，這才起身從爐子上提了熱水倒在臉盆裡，又拿了冷水壺兌上一半。摸著水溫熱不燙了，又拿來一條乾淨的毛巾圍在青青身上，將臉盆端到她面前，「惹哭青青姑娘了，罰我伺候姑娘洗臉。」

青青撲哧笑出來，也感覺臉上的皮膚有些皺，便低頭用手舀水將臉洗乾淨。等青青拿起帕子擦臉時，朱子裕將殘水放到一邊，胡亂幾下將桌案收拾出來，從箱子裡拿出一個銅鏡擺上，又拿出一套瑰馥坊全套的香膏和胭脂。

青青詫異，朱子裕紅著臉撓撓頭，「上回妳送我讓我拿回去給祖母，我沒捨得。」

青青忍不住笑了，「這有什麼捨不得的？你一個男孩子又用不到這些。」

「誰說用不到？若是送給祖母了，妳今天不就沒得用了。」朱子裕一邊說一邊不知從哪兒摸出一支眉筆，躍躍欲試地看著素顏的青青。

青青一邊往臉上擦香膏，一邊從鏡子裡瞪朱子裕，朱子裕這才訕笑著將眉筆放在桌上。他專注地看著青青描眉、擦胭脂，往唇上塗上一抹淡淡的紅。

直到青青收拾利索了，天莫在外面敲門，「爺，隔壁在找徐姑娘了。」

朱子裕遺憾地嘆了口氣，去邊上拿來青青的斗篷，替她披上，又幫她戴上雪帽，「走吧，我送妳回去。」

青青點點頭，兩人一前一後走出了屋子，來到了暗門處。

青青見這邊磨得鋥亮的銅把手，忍不住笑道：「我聽三叔說買宅子時遇到了奇怪的賣家，只花了一半的銀子就得了這宅子。見了這個暗門時我就猜到了，怕是你賣給三叔的吧？」

朱子裕嘿嘿笑了兩聲，「我當時怕三叔從外城買宅子，以後見妳該不方便了。」

青青抿起嘴笑而不語。

天莫跳上牆頭，見徐宅園子裡沒人，這才示意小廝打開門。

青青邁過門去，轉過身來輕聲說道：「你也該回內城了，如今天越發冷了，別每日都過來了，在家看書也是一樣的。」

朱子裕答應了一聲，門在兩人中間慢慢闔上。

青青看著這扇和圍牆一模一樣的門，暗笑朱子裕的歪腦筋，也難為他怎麼想得出來。若不然敲起來空空作響，任誰都會當作真牆一般。

快步從園子裡出來，迎頭碰見找她的僕婦。

見到了青青，眾人都鬆了一口氣，「姑娘去哪兒了，太太找妳都找得急了。」

青青緊了緊身上的披風，快步向正院走去。

在屋裡轉圈的寧氏，不停地問：「找到了沒？」又說：「寶石、糖糕兩個就沒瞧見？」

葡萄一邊扶著寧氏的手臂，一邊安撫道：「前後門都問了，姑娘沒出去。咱家園子大屋子多，許是藏哪裡了，一會兒就出來了。」

話音剛落，外面有人喊道：「姑娘回來了！」

葡萄笑道：「您瞧，姑娘這不是回來了？」

青青進來還未請安，就被寧氏拽到懷裡查看了一番，見臉上沒磕碰，小手溫熱，這才放下心來，卻也沒忍住罵了幾句，「妳鑽哪裡去了？也不叫人跟著，我只當妳掉湖裡了。」

見寧氏臉色蒼白，眼圈微紅，青青懊惱自己只顧著說話而忘了時辰，害母親擔心。她將寧氏扶到床上，又摸了下脈搏，見沒什麼大礙才放心。

面對寧氏斥責的眼神，青青紅了臉，「去園裡的清明閣找東西，一時忘了時辰。」

寧氏責備道：「那裡一個冬天也沒生火，冷颼颼的，有什麼東西非得現在找？一會兒我叫人熬薑湯，妳喝上一碗。往後不許不打招呼自己出去了，聽到沒？」

青青連連應聲，下了保證，寧氏這才讓她回去。

回到屋子，朱朱還在睡覺，青青摸了摸朱朱的額頭，見她已經發出汗來也退了燒這才放下擔憂。幫她往下揭了揭被子，又摸了脈，換了副安神的方子，讓糖糕去熬藥。

到吃晚飯的時候，朱朱醒來，換了身乾爽的衣裳，和青青一起就著幾樣小菜喝了粥。

趁著丫鬟吃飯旁邊沒人的時候，朱朱小聲對青青說：「今天我在梅林看到三皇子了，他說要我親自交畫給他，還說若是畫不好還讓我重畫。我覺得他看我的眼神就像逗弄小貓小狗似的，讓我特別不舒服，也讓我害怕。」

青青知道原來還有這樣一樁事，不由後悔不該留朱朱單獨在那裡。她拉住朱朱的手，安慰道：「送畫的時候我們都去，當著爹的面他總不會拿妳怎樣。若是爹的面子不夠大，我們把沈大人也叫去，還讓朱子裕也跟著，三皇子總該有所顧忌才是。」

朱朱點點頭，心頭那塊巨石去了，精神也好了許多。

翌日一早，徐鴻達去翰林院之前，特意繞過來看看朱朱，囑咐她多躺著不要出去這才離開。到了翰林院，沈雪峰湊了過來，「我家正好有幾個鋪子租期到了，我讓他們空了出來。正好今日沒事，我接了大姑娘去鋪子瞧瞧，看她中意哪一個？」

徐鴻達拿了本史書在看，聞言看了他一眼，「不行，朱朱昨日去南雲觀受了涼，回來就發起熱來，今早才好些，我讓她這幾天都不要出門。」

沈雪峰聞言，不禁急了，「好好的怎麼發起熱來？」見徐鴻達沒說出個什麼，急得跺了跺腳，和上峰告了假，坐上馬車匆匆地走了。

姊妹倆被寧氏拘束在屋子裡不許出去，朱朱昨天睡多了今天格外精神，圍著屋子轉了兩圈，拿出棋盤來，「我們下一盤？」

「好。」青青盤腿坐在榻上。姊妹倆跟著四位道長六年，除了讀了許多書，學了醫術和廚藝外，另外比較精通的就是琴藝和圍棋了。

按照文道長的話說，活得久了總會精通一些玩意兒。

青青經常看到四位道長圍坐在小院奏上一曲，那琴音緲緲宛如天籟。而圍棋，更是他們常玩的消遣。曾經文道長和食道長兩人對弈，殺了三天三夜，連飯都不吃了。幸好那時青青和朱朱已經學會了做菜，再加上食道長的童子在，這才沒讓眾人餓肚子。

每回朱朱和青青下棋，兩人都會想起這件事，拿出來說笑一番。兩人正廝殺得激烈，忽然來了個丫鬟說：「沈公子聽說大姑娘病了，從宮中請來了太醫替姑娘瞧病。」

朱朱一臉愕然，隨即滿面通紅，「不過是著了涼，哪裡就用得著太醫了？」

話雖如此，卻不能將人拒之門外。因為外面天寒，也不便請姑娘請到廳裡去，寧氏便帶著太醫來到女兒的院子。

徐婆子和沈雪峰說話，略微慢了兩步，看前面年過五十的太醫腳下生風，不禁讚道：「不愧是太醫，身子骨保養得就是好。」

沈雪峰忙說：「申太醫常來我家看脈，醫術極高，一會兒請他給您把個平安脈。」

徐婆子笑道：「我哪裡勞動得了太醫，不妥不妥！」又說：「我家老二也是莽撞了，小孩子發熱是常事，怎麼就託你請了太醫來，太輕狂了！」

沈雪峰臉色微紅，「是我聽說大姑娘病了，有些擔心，正好今日是申太醫到我家診脈的日子，便將他請了來。」

眾人來到了屋子門口，糖糕掀起簾子，將大家請了進去。

此時兩個姑娘都在堂屋，榻上的小桌上還有沒下完的棋。

沈雪峰一進門，眼睛先往朱朱臉上掃了一圈，見她膚色自然，精神十足，這才放下心。

申太醫請朱朱坐下，從小藥箱裡拿出脈枕。朱朱卸下手上的鐲子遞給糖糕，略微往上提了提袖子，將手腕放在脈枕上。

申太醫將兩隻手腕都把過，這才捋著鬍鬚道：「姑娘似乎先天有些不足，但是經名醫調養過，已經大好了，不會輕易生病。昨日許是受了些驚嚇，這才勾起火來，此時已是無礙。」又問：「昨日和今天吃的什麼藥？拿方子我瞧瞧，看看有沒有需要改動的。」

糖糕將青青開的兩張藥方遞了過去，申太醫搭眼一瞧，先道一聲，「好字！」又細看那方子，連連點頭，「此人開的方子極其對症，沒有要更改的，姑娘照著再吃上兩天就好了。」

朱朱道了謝，申太醫一邊收拾東西，一邊問道：「不知是哪家藥堂的郎中開的方子，看著字有些眼生。」

徐婆子最喜歡顯擺孫女了，忙指了指青青說道：「我這兩個孫女都學過幾年醫術，通常家裡人的病都是她倆瞧的。這回大姑娘生病，是我家二姑娘把脈寫的方子。」

申太醫見這方子是小姑娘開出來的，不由有些好奇，隨口拿出幾個病症來問她。青青一一答了，申太醫讚嘆：「小小年紀竟有如此醫術，實在難得，不知姑娘師從何人？」

青青答道：「是一位道長，只知道叫醫道人，其他的就不知道了。如今也找不到他，說是四處遊歷去了。」

申太醫感嘆了一番無緣相見，就背起藥箱要告辭。寧氏忙塞了銀子過去，又拜託沈雪峰將人送出去。此時徐鴻達不在家，沈雪峰也不好多待，只戀戀不捨地囑咐了朱朱好久，又讓她多歇著別勞了神，又問她想吃些什麼。直到寧氏忍不住輕輕咳嗽了兩聲，沈雪峰這才回過神來，對著面紅耳赤的朱朱說了一句：「鋪子我找好了，等妳好了我帶妳去瞧。」這才一步三回頭地出去了。

申太醫給太傅家看了十來年的脈，早就極熟了，出了門上了馬車，申太醫問道：「怎麼，瞧上那家的姑娘了？」

沈雪峰臉上一紅，笑道：「我娘說過了年來提親。」

此時，後知後覺的徐婆子終於起了疑心，「這沈探花怎麼瞧著對咱家朱朱格外上心？」

寧氏見左右沒人，在她耳邊悄聲說：「我猜度著沈家想和咱家提親。」

徐婆子吃驚地道：「妳是說沈探花想娶朱朱？」

寧氏點點頭，「越瞧越像！」

徐婆子恍然大悟，「怪不得非得叫我祖母呢！」

寧氏：合著您現在才想明白啊！

◆　◆　◆

在家悶了幾天，只能作畫下棋打發時間，可把朱朱和青青兩人憋悶壞了。好在朱朱喝了三天的苦藥湯，病終於好了。兩人看外頭出了太陽，照得院子裡暖洋洋的，就不願意在屋裡待著了，一路走一路說話到正院去瞧寧氏。

如今已進了臘月，每天早上徐鴻達去點個卯，沒什麼事就回家來，通常都會帶回來一個跟屁蟲。沈雪峰笑咪咪地遞過一個匣子，「嬸嬸，大姑娘的病好些沒？今兒得了上好的燕窩，給大姑娘煮糖水喝。」

寧氏扶額，「前天不是剛拿來一匣子，總共沒吃兩回呢！」

「左右放著也不會壞。」沈雪峰想著有三天沒瞧見朱朱了，也不知她好不好，問道：「大姑娘還出不得屋子嗎？」

正巧朱朱掀起了簾子，沈雪峰一回頭，兩人瞧了個對眼。

沈雪峰連忙站起來問道：「大姑娘身上可好些了？」

朱朱說：「多謝惦記，已經大好了。沈大人今天不當值？」

沈雪峰笑道：「已經沒什麼事了，不過點個卯罷了。」

青青正嫌在家裡憋悶，便提議道：「沈大人前幾日不是說有空的鋪子要看，眼下姊姊身體也好了，我們一起去瞧瞧？」

沈雪峰正琢磨著人多不好跟朱朱多說話，青青的建議頓時宛如天籟之音一般，給了他光明和希望。他眼睛亮晶晶地看著朱朱，「一起去瞧瞧？」

朱朱臉色微微一紅，卻沒應聲，只是去瞅徐鴻達和寧氏。

徐鴻達嘆了口氣，打發人把徐澤浩叫了過來，吩咐他說：「你兩個妹子要出去看鋪子，沒人跟著我不放心，你陪著一起去。」

徐澤浩說：「二叔放心就是，我會護住妹妹的。」

徐鴻達看著沈雪峰冷笑：想拐我女兒，沒那麼容易！

沈雪峰：……老奸巨猾！

太傅府的馬車寬大舒適，四個人進去絲毫不顯得擁擠，徐澤浩上車就翻開了手中的書卷繼續看，沈雪峰趁機偷看對面的朱朱，把人家姑娘瞧了個面紅耳赤。

馬車還沒走，又來了不速之客。朱子裕從遠處騎馬過來，遠遠看見青青上了車，趕緊快馬過來，一個健步竄上了馬車，「青青，妳要上哪兒去啊？」

青青笑道：「陪姊姊去瞧沈大人家的鋪子，沈大人說要和姊姊一起開酒樓。」

沈雪峰羨慕地看著朱子裕，什麼時候自己也能和朱朱互相稱呼姓名啊？一想到「朱朱」這個小名從自己嘴裡說出，就忍不住臉紅心跳起來。

朱子裕摸著下巴懷疑地打量著沈雪峰：這套路很耳熟啊，當初自己就是這麼哄青青的。

再看看這眼神，似乎有些不對啊！

沈雪峰被朱子裕瞧得心虛不已，輕握右拳，放在唇邊咳嗽了兩聲，「你去不去？若是去，咱們就趕緊出發，不要耽誤了。」

朱子裕笑道：「當然去。」說著擠到了徐澤浩和青青中間，坐下的時候故意用手指滑過青青的手背，正巧被對面的沈雪峰看見，瞬間驚訝得眼珠都快掉下來了：居然還能這樣，朱子裕太不要臉了！

朱子裕屁股還沒坐穩，徐鴻達就從宅子裡快步出來，見沈府的馬車還沒走，鬆了口氣，上前掀開馬車的簾子，和顏悅色地看著兩個女兒，「人太多，一個馬車有些擠，朱朱、青青下來，坐咱們自家的馬車。」

兩個女孩乖巧地下了車，沈雪峰目瞪口呆地看著徐鴻達，痛心疾首地捶胸口：這麼寬敞的馬車你說擠，睜著眼睛說瞎話，良心不會痛嗎？

徐鴻達看了看馬車裡的兩個臭小子，又瞅了瞅看書很投入的侄子，忍不住提醒他說：「澤浩，看好你的妹妹們。」

徐澤浩抬起頭，認真地點了點頭，「二叔，我知道。」

徐鴻達憂慮地放下了簾子，總感覺侄子不太靠譜。

在晃悠的馬車裡，與心儀的女孩同乘一車的美夢就這麼碎掉了，沈雪峰滿懷怨念地瞪著朱子裕。都怪這個臭小子，若不是他耽誤了時間，這會兒馬車早出了胡同了。

朱子裕也唉聲嘆氣了半天，難兄難弟地摟住沈雪峰的脖子，「我說，沈叔叔……」

「打住！」沈雪峰將朱子裕的手推開，「以後不許叫我叔叔，要叫我哥！」

「我叫你哥？」朱子裕一臉懵逼，「我都叫你三年的叔了，你現在讓我管你叫哥？」

沈雪峰一臉認真，「當然！沒成親的都得叫哥，我現在都管徐大人和徐夫人叫叔叔嬸嬸，咱倆現在是一輩的！」

想起沈雪峰剛才看朱朱的神情，又回想起沈雪峰爬牆的壯舉，朱子裕小心翼翼地看了眼正在看書的徐澤浩，用手擋住嘴巴，在沈雪峰耳邊悄聲問道：「我說，沈大哥，我瞧著你看朱朱妹的眼神有些不對。」

沈雪峰讚許地看了他一眼，也捂著嘴小聲回道：「等過了年，你就可以叫我姊夫了！」

朱子裕震驚地看著沈雪峰：到底發生了什麼？萬年老光棍居然想成親了？隨即又羨慕不已，年齡大就是好，可以隨時提親，不像自己，至少還得等三年才能和青青定下婚事。想到這，朱子裕又愁眉苦臉起來。

馬車將一行人拉到了內城，停在一個熱鬧的茶樓前面，沈雪峰下了馬車，殷勤地為朱朱姊妹打簾子，笑道：「這個茶樓的點心極好，先下來歇歇。」

這茶樓是沈夫人的陪嫁鋪子，開了許多年，很多達官貴人喜歡在閒暇時約一兩個好友來此喝茶談天。沈雪峰將眾人引到二樓的雅間，又叫小二端新鮮的果子和上好的茶水上來。

徐澤浩在車上晃了許久，總共沒看上一頁，好不容易坐下了，抱著書就不撒手了，連茶都不喝一口。朱子裕有些奇怪地問道：「徐大哥看的什麼書？這麼入迷？」

青青笑道：「當初朗月師兄給我爹手抄的書籍，昨兒我爹拿了一本出來借給大哥看，誰知他竟入了迷，據說三更天的時候才睡下。」

沈雪峰聞言眼睛一亮，把徐澤浩誇了一番，又好意地問道：「我們在這裡說話難免吵鬧，這三樓有間淨室隔音最好，不如你先去那好生看書？」

徐澤浩有些遲疑，「可是二叔讓我看好妹妹的。」

沈雪峰笑得斯文，「你放心就是，有我和子裕在，你還怕我倆保護不了兩個姑娘？」

徐澤浩一想也是，沈大人可是探花郎，朱子裕又是鎮國公府的公子，哪個出去都比自己強，有他們在沒什麼不放心的。於是，他起身認真地向沈雪峰行了禮，請他好好照顧妹妹。

沈雪峰一邊笑咪咪地答應，一邊吩咐下去：「給徐公子上好茶點，到了吃飯的時候別忘了上湯菜，好生伺候著。」

掌櫃連忙答應，專門派了個人給徐澤浩端茶倒水。

看著抱著書快步離開的徐澤浩，青青的內心是崩潰的：哥啊，你可長點心吧！幸好這兩人不是壞人，否則你把兩個妹妹賣了都不知道！

礙眼的人走了，沈雪峰和朱子裕都很開心，陪兩位姑娘吃了點心，幾人洗了手往鋪子走去。朱朱和青青兩人手牽手，沈雪峰和朱子裕兩人一邊護著一個，走了大概一里的路，方才到了地方。

沈雪峰領著幾人進去，介紹說：「原本空出來五個鋪子，我挨個瞧了，屬這個門面最大，光線也好，旁的不是略微小些，就是沒有這裡敞亮。」

朱朱點了點頭，此時大堂裡已經按酒樓的樣式裝潢開了，能看出牆面是新刷的，桌椅也是新打的，都用了好木頭。到後面灶間一瞧，十餘個灶台排成一排，有專門洗菜、配菜、切菜的地方。五名廚子、十名打雜的小夥計，恭恭敬敬地站在那裡。

沈雪峰說道：「這些人都是精挑細選出來的，都已經簽了身契，絕對老實可靠。不如我讓每個人炒兩個拿手菜，妳看看他們的底子行不行？」

朱朱點頭，那些人就快速行動起來，一個個或切或剁，或炒或爆，兩刻鐘的功夫就做出來了十幾個菜。

這些廚子少說了做了二十來年的菜，如今讓個小丫頭評判他們做的好不好，多少有些不服。縱然這些大戶人家的小姐們挑嘴，但也不過說這個柴那個膩，這個不香那個不甜，全憑自己的喜好，能看出什麼底子來？

朱朱也沒在意，指著最近的一盤燒豬肉道：「豬肉上的筋膜沒有去乾淨，再怎麼燒也不會酥軟，且燉之前沒將油煎出來，吃起來必會油膩。」

她的話音一落，做這菜的廚子臉色變得不自然起來。原來他做菜時估摸著時間來不及，便偷懶捨去了幾個步驟，本想著這些小姐公子應該不會去吃紅燒豬肉，卻不料人家姑娘不用嘗，打眼一看就能說出子丑寅卯來。

朱朱一個個點評過去，有好的地方但也有許多瑕疵。身為廚子，做這道菜時到底用了幾分心，作料的多寡、食材的料理自己都心中有數，因此聽了朱朱挑出來的錯處都很心服。

朱朱走到一個案板前，取出一塊雞肉，快速切成細絲，往水裡一撒皆細如髮絲。又取了一盤控好水的豆芽加上雞絲，用大火爆炒。朱朱雖看起來瘦弱，卻很有力氣，手腕一翻，炒勺裡的豆芽都飛上空中又迅速滑落鍋裡，被灶火籠罩。

不過片刻功夫，朱朱手一抖，一盤滑潤爽口的銀針雞絲就炒好了。

將菜盛在盤子裡，朱朱請那些廚子來嘗。其中一個領頭的率先夾了一口放在嘴裡，略微嚼了幾下便心服口服，連聲說道：「雞絲鮮嫩，豆芽清脆，姑娘炒菜好火候。」

朱朱微微一笑，拿出帕子擦了擦手，說道：「回頭設定幾個招牌菜我親自教，其他的我可以給他們方子。」

廚子們臉上都露出感激的神色來。

這廚藝相當講究傳承，很多人雖拜了師傅，但是通常只能學個大概，遇到關鍵的調味和配方，通常師傅是不教的，怕徒弟學會了自己沒了飯碗。一般情況下，師傅會找個藉口將人支使出去，等徒弟提了水回來，師傅早已放好了作料。

這些廚子雖然也拜過師傅，但是當初學了多少，自己都說不好。他們現在的廚藝多半是靠自己多年的摸索形成的一套經驗，所以朱朱簡簡單單就說給他們方子，這在他們看來，是東家極大的信賴。

幾人回到大堂，姊妹倆拿著筆一人寫了十五個方子出來，都是講究技巧的精細菜品。拿給沈雪峰，朱朱笑道：「既然咱們這酒樓開在內城，那些常見常吃的菜餚就不適合咱們的酒樓了。我和妹妹寫的方子都是極刁鑽的料理，還是當初從食道長那學的，十分費功夫，但又好吃素雅，想必適合內城官老爺們的口味。」

沈雪峰被朱朱一句「咱們的酒樓」說得心花怒放，將方子遞給廚子的時候都忘了囑咐，光咧著嘴笑了。還是青青看不過，說了句：「你們先練習著，每隔幾日我和姊姊過來一趟，看看你們練得如何。」

那領頭的點點頭，抱著方子視若寶貝一般，行了大禮後趕緊回了灶間鑽研去了。

好不容易出來一天，身邊又沒有虎視眈眈的徐鴻達，朱子裕可不願意將時間浪費在這上頭，他拽了拽青青的袖子說：「妳還沒逛過內城的鋪子呢，我帶妳去瞧瞧？」

青青問道：「有什麼好玩的嗎？」
朱子裕基本上沒逛過鋪子，聽青青問，不禁有些傻眼，只能撓了撓頭說：「左不過是那些胭脂水粉、珠寶玉釵之類的。」
青青有些失望，「那些有什麼好看的？」
沈雪峰更熟悉京城些，忙說道：「內城其實沒多大意思，熟人還多，逛個鋪子不知能碰見多少親戚。依我說，我們往外城去，那裡有很多新鮮的花樣，有唱戲的唱曲的，還有說故事的雜耍的，妳們肯定沒見過。」
朱朱聽了非常心動，「這樣才有趣，我們回去叫大哥一起往外城去。」
朱子裕攔阻道：「徐大哥這會兒看書著迷，硬拽著他去玩他也玩不盡心，不如留他在這裡看書好了，等咱們在外城玩夠了再回來接他。」
想了想徐澤浩的表現，姊妹倆都點了點頭。
沈雪峰大喜，偷偷給了朱子裕一個讚許的眼神，轉身打發人去把馬車駛來。
京城畢竟人多嘴雜，在沒有家人的陪伴下共乘一輛車難免會被人說嘴，因此沈雪峰貼心地請兩個姑娘上了一輛馬車，自己和朱子裕坐上後頭那輛。
兩人上了車，一邊倒了茶喝一邊閒聊，朱子裕問沈雪峰：「你娘同意你和朱朱姊的親事了嗎？怎麼沒見你家上門提親？」
沈雪峰道：「我娘說過了年再來，只是她擔心我年齡略大，徐家會不同意。我想著多跑幾趟，讓徐叔叔和嘉言看到我的心意，也許他們就會同意這門親事。」
朱子裕想起以前沈雪峰摟著徐叔叔的脖子一口一個徐兄，如今改口後又把徐叔叔叫得十分順口，不禁有些牙疼：這探花郎臉皮實在太厚了！

到了外城，熙熙攘攘的人群瞬間吸引了兩個姑娘的目光，起初她們還只是掀了簾子瞧，後來索性馬車也不坐了，下車一邊走一邊逛。見到路邊噴香的小吃，來一份；看到捏的泥娃娃，挑一個；那邊有賣糖葫蘆的，一人一串。

四個人一邊走一邊吃，這情形和幾個月前在平陽鎮時一樣。沈雪峰嘴裡咬著糖葫蘆，心裡忍不住懊惱：在平陽鎮有那麼多的獨處機會，自己當時怎麼就沒開竅呢？

幾個人走酸了腿腳便進了一間茶肆，叫了果盤瓜子茶水來，一邊吃喝一邊聽說書的講書生遇仙的故事。前世看了不知多少的修真小說，這種平淡沒有想像力的故事已經吸引不了青青，她從碟子裡抓了南瓜子，一粒一粒剝好，一會兒往朱朱嘴裡塞一個，一會兒往朱子裕手裡塞一個。原本朱子裕聽得聚精會神，可當青青塞給他兩個瓜子後，他就開始心不在焉了，一邊喜孜孜地將瓜子塞嘴裡，一邊也剝了偷偷往青青手裡塞。

坐在兩人身邊的沈雪峰看得胸口直悶，如果他再活個幾百年，大概就知道這種心情叫：猝不及防被塞了一把狗糧。

等說書的講完故事，也快到晌午了，幾人肚子不餓，但也找了一家做羊湯的小店，點了四碗羊湯，要了幾個酥餅和一盤子燒羊臉、鹵羊肝、紅燒羊蹄。

朱朱有一口沒一口地喝羊湯，說道：「好不容易出來聽個書，你也不消停，後頭的故事我都沒聽清，下回再出來玩不知道什麼時候了。」

青青笑道：「他說的有什麼好玩的？妳喜歡聽我也會說。」

朱朱笑道：「那妳說個我聽聽，我看看到底是不是比人家說書的講得好聽。」

青青想了想，說：「有這麼一個窮人家的孩子，沒爹沒娘，飯也吃不飽，衣服也穿不暖，眼看著就要餓死了……」

按照前世修真爽文的套路，青青先講了這個主角多麼倒楣，然後又機緣巧合進入了一個修真小門派，但是其資質平庸只能當個雜役弟子，每天有幹不完的活，根本沒多少時間能修煉。就在這時，窮小子撿到了一個逆天法寶，裡面自成一方天地，有無數天材地寶，還有一套適合自己靈根的祕笈……

朱朱等人之前還一邊聽一邊笑，可沒多久湯也忘了喝，羊蹄咬了兩口就忘了啃，都直勾勾地聽青青說故事。漸漸的，旁邊嘈雜的聲音也逐漸消失了，來這喝湯的食客都歪著頭瞅青青，端著碗準備盛湯的老闆也聽入了迷，站在鍋前半天沒動彈。

忽然一人掀起簾子大喝一聲：「老闆，一碗全羊湯、五個燒餅！」老闆這才回過神來。

青青下意識停了下來，這才發現周圍的人都看著自己，頓時「轟」一下，臉似紅燒雲一般，捂著臉再不肯說話。幾人本就不餓，見青青害羞，索性就結了帳趕緊走了。

老闆和食客們遺憾地目送青青等人出門，然後對剛來的這個漢子怒目而視。

漢子拿著燒餅一臉懵逼，結結巴巴地說：「我……我就想喝個羊湯……湯，吃個燒……燒餅，你們瞪我幹啥？」

老闆沒好氣地將羊湯放他桌上，吼了一句，「喝羊湯你不會好好說，那麼大聲幹啥？」

那漢子都快哭了，「老王，你不講理。我來這裡喝了幾年羊湯了，啥時候聲不大了，怎麼這會兒嫌棄我了？」

老闆白了他一眼，連話都不想說了，一個人坐在櫃檯前發呆：剛才的故事真好聽，那個窮小子後來怎麼了？

「他後來怎麼了？他的寶貝有沒有被人發現？」馬車裡，朱朱興奮地拽著青青的袖子連聲追問。青青懊惱地捂住臉：自己就不該逗他們，講什麼故事，聽上癮了吧？

「然後呢？」朱子裕也一臉期待。

「然後……」青青眼珠一轉，快速地結尾，「然後有一天他奉命去山下的深潭邊打水時，不小心掉裡面淹死了。」

朱子裕：……

沈雪峰：……

朱朱：……妳糊弄我！

幾個人滿心的怨念，以致於忘了還在內城茶樓苦讀的徐澤浩。馬車停回徐家大門口，徐鴻達出來將寶貝女兒接了下來，等了半天也沒見侄子下來，這才問道：「徐澤浩呢？」

所有人都傻了眼。

徐鴻達：這大侄子太不靠譜了！

……

沉浸在書海裡的徐澤浩，被急匆匆趕來的沈雪峰抓了出來，塞進馬車裡。徐澤浩茫然地看了沈雪峰一眼，忽然想起了叔叔的囑咐，忙問道：「我兩個妹妹呢？」

沈雪峰不自然地咳嗽了兩聲，別過眼去，「我先把她們送到家才來接你。」

徐澤浩下意識問道：「今天看鋪子挺順利吧？沒出什麼事吧？」

沈雪峰忙說：「在自家的鋪子裡能出什麼事，我們還帶她們出去聽說書來著。」

徐澤浩這才鬆了口氣，覺得完成了叔叔的囑託，放下心來繼續看書。

馬車到了徐家門口，沈雪峰猶豫了許久，還是戰戰兢兢地跟著徐澤浩進了徐家大門。

徐鴻達冷著臉坐在正廳裡，瞪著一臉茫然的侄子和滿臉心虛的沈雪峰。

畢竟是哄了人家侄子，又帶著人家姑娘瘋了一天，沈雪峰狗腿地給徐鴻達倒了茶，殷勤地問：「我給您揉揉肩？」

徐鴻達頭疼地看他一眼，指著椅子道：「你給我滾過去坐那，我說完他再說你的事。」

沈雪峰聞言心裡緊張無比，同手同腳地過去老老實實坐著不敢吭聲。

徐澤浩敬佩地看著叔叔，心裡驚訝：同科的舉人，都是進士及第，沈大人居然對叔叔如此恭敬，一定是叔叔的學問很淵博，才讓沈大人心服口服。我一定要向叔叔學習，多看書，多讀書。嗯，剛才看到哪兒了？

徐鴻達用眼神凌虐了沈雪峰一百遍，這才瞅向侄子。這一瞧差點沒被口裡的茶水嗆死，實在沒忍住，吼了他一句：「我讓你照應你妹妹，你上哪兒去了？」

徐澤浩懵逼地道：「沈大人說找個安靜的地方讓我看書，他說會照顧好妹妹。」

沈雪峰捂住臉，心裡哀嚎：這坑人的大舅哥！

徐澤浩不了解徐鴻達深沉的父愛，還順便補了一句：「沈大人說他把妹妹照顧得可好了，妹妹們玩得很開心。」

徐鴻達忍不住扶額，無力地擺了擺手，「得了，你回去看你的書吧。等著以後你有閨女，咱來再說這事。」

徐澤浩臉上一紅，有些不好意思地低下了頭，有些害羞，「我明年秋天才成親呢！」

沈雪峰看著徐鴻達不忍直視的表情，噗哧一笑。

徐澤浩恭恭敬敬地行了禮，抱著書快活地跑了。

沈雪峰看著一根筋的大舅哥，笑得十分開心，直到面前突然多了一張黑臉，才驟然止住笑，連打了兩個嗝，才顫巍巍地叫了句：「徐叔叔……」

徐鴻達冷笑兩聲，「咱倆是同僚，你不用叫得這麼客氣，我受不住。」

沈雪峰連忙起身，請徐鴻達坐下，自己乖乖站在他前面。

徐鴻達也不說話，端起茶盞，慢條斯理地喝著茶。雖然正廳裡有幾個火盆，但此時已是寒冬，正廳裡不算暖和。即便這樣，沈雪峰的額頭依然慢慢滲出汗來，隨著時間推移，逐漸形成了汗珠，順著腮邊滑落。

看火候差不多了，徐鴻達才道：「說吧，整天圍著我家朱朱獻殷勤到底打什麼主意？」

沈雪峰傻了眼，「您瞧出來了？」

徐鴻達氣得翻白眼，「那麼明顯，我要是看不出來，豈不是瞎嗎？」

沈雪峰嘿嘿笑了兩聲，拿起茶壺給徐鴻達續上水，才垂手老實地說：「沈叔叔，那個……我家能不能向您提親啊？」他臉上紅彤彤的，「我想娶大姑娘為妻。」

雖然是意料之中的答案，但徐鴻達還是皺了眉頭，「我們至少還要留朱朱兩年，你們家能等得了嗎？」

沈雪峰聞言舒開了眉頭，「這個自然，可以等朱朱及笄後再成親。」

徐鴻達用手指輕輕敲擊著桌面，不解地問道：「其實你和朱朱並不相配，論家世，你是正一品太傅之子，我只是從六品的翰林修撰；論年紀，你倆相差了五六歲，你已經過了適婚年齡，而朱朱還未及笄。我聽說你母親為你選了許多名門閨秀，為何你卻認定了朱朱？」

沈雪峰沉吟了片刻，說道：「打我十五歲起，我娘就給我相看親事。論相貌、門第，大姑娘確實不是最好的，但她率真可愛的性格、作畫時的執著認真、吃到佳餚時的興奮，都讓我為之心動。家世固然重要，更重要的是兩個人之間的心神相同的感覺。」

徐鴻達卻不為所動，反問道：「若是以後又有讓你心動的女子呢？若是說朱朱隨著年紀的增長不再率真可愛了呢？」

沈雪峰笑道：「做了妻子，做了母親，自然和做少女時心境不一樣，但只要彼此一心，感情只會越來越好，攜手白頭的。更何況……」他認真地道：「我最初因為朱朱的性格心動，但現在心動已經成了全心全意的喜歡，我不會因為她老了或者哪裡變了就不喜歡了。我若是那樣輕浮的人，也不會執著到現在都不肯成親了。」

徐鴻達瞅了他一眼，問道：「什麼時候來提親？」

沈雪峰一愣，隨即欣喜若狂，「原本想著是出了正月？要不，明天就讓媒人來？」

徐鴻達頓了一下，方說：「先不必著急，等我問問朱朱她娘再說。」

沈雪峰連連點頭，目送著徐鴻達的身影消失在門外，這才興奮地跳起來，連跑帶顛竄到大門外，上了自家的馬車，吩咐道：「趕緊回家！」

此時沈家的大奶奶也在和沈夫人說小叔子的親事，「上回我表妹來也沒見到小叔，不如明日我再接她來家裡？」

沈夫人搖頭道：「那事就算了，雪峰他的親事我和你爹有打算了。」

沈大奶奶一愣，連忙笑道：「不知是哪家的千金？小叔同意了？」

沈夫人倒也沒瞞著自家的大兒媳，「是徐修撰家的長女，閨名叫嘉言的那個。」

「修撰？」大奶奶一愣，首先想到的是從六品的小官，隨後從腦海深處扒拉出一面之緣的徐家女孩，不敢置信地問道：「是那位徐狀元的女兒嗎？他家不是什麼世家？而且……」大奶奶看著沈夫人的臉色，小心翼翼地道：「我記得那個女孩還未及笄吧？小叔能願意？」

因親事未定，沈夫人不想說太多，正巧此時門口的丫鬟掀開簾子回道：「夫人，四少爺來了。」沈大奶奶聞言只得站起來笑道：「姐兒上午有點發熱，我回去瞅瞅。」

沈夫人點點頭，「去吧，照顧好姐兒，晚上不必過來了。」

大奶奶答應了，和進來的小叔互相問了好就走了，剛出門，就聽裡頭傳出沈雪峰興奮的聲音：「娘，沈大人同意咱家去提親了！」

沈夫人驚訝地看著沈雪峰，一語直擊要害，「被人瞧出來了？」

沈雪峰不大好意思地撓了撓頭，簡明扼要地把今天的事說了一遍。

沈夫人聽說他把未來的大舅哥忘到腦後，頓時笑得前仰後合。

沈雪峰趕緊搖著沈夫人的手道：「娘，等有空您去一趟徐家唄？」

「去去去！」沈夫人連聲答應，「我得問問徐家要不要上門女婿，要是要的話，你趕緊入贅過去，我們家可沒有這麼蠢的兒子！」

聽著裡頭母子和樂融融地討論著徐家的婚事，沈大奶奶嘟囔了一句：「挑來挑去，挑中了一個從六品家的女孩，還高興成這樣？」搖了搖頭，沈大奶奶琢磨著得往姨媽家寫個帖子，表妹想嫁入太傅府怕是沒戲了。

徐府正院，徐鴻達也在和寧氏說這事，「這沈雪峰成天不是往咱們家跑，就是千方百計地帶朱朱出去，時間長了難免叫人說閒話。若是朱朱也中意他，索性先定下親事來，等朱朱及笄了再出嫁。」

寧氏笑道：「今天我見你叫浩哥兒跟著他們出去，還以為你要多抻他一陣子呢，想不到你這麼沉不住氣。」

一說到這事，徐鴻達就有止不住的牢騷，「說去看鋪子，我讓浩哥兒跟著，千叮嚀萬囑咐叫他看好妹妹，他倒好，把朱朱和青青託給沈雪峰和朱子裕兩個臭小子了，還跟我說他倆把姑娘們照顧得很好。妳說他是不是傻？讓你放羊，他能給我把羊送到狼嘴裡去！方才，我聽朱朱的意思，每隔幾日就要去一趟鋪子，兩人少不了接觸，我看我是防不住了。」

寧氏抿嘴一笑，「行，我這就問問朱朱的意思去，等沈夫人上門我也有話說。」

……

朱朱還不知道自己的喜事將近，此時她正歪纏著青青讓她講晌午那個故事。

青青一臉無辜，「都說掉水裡淹死了，哪還有什麼故事？」

朱朱推她說：「哪有這樣的？講得正起勁，主人公掉水裡死了！要是說書的這樣講，他能被下面聽書的打死妳信不信？」

「信信信！」青青連連點頭。上輩子她的閒暇時間幾乎都用來追文了，碰到爛尾的，她恨不得寄一筐刀片給作者。

朱朱很滿意青青的認錯態度，趕緊端了盤瓜子來，又給青青倒了碗茶，在她對面坐下，一邊剝瓜子一邊示意：「快講吧，就從掉水裡之前那裡重新講！」

青青：……

寧氏進來時就看到青青一邊喝水一邊不知道在說什麼故事，寧氏聽了一會兒也沒聽懂她說些什麼，不禁走過來拍了下青青的頭，「胡說八道什麼呢？」

青青拿起碗來灌了好幾口才喘過氣來，滿臉苦澀地向娘親告狀：「今天在外面聽人說書，我也編了兩句，誰知我姊聽住了，非得拽著我講給她聽。」

寧氏拍了拍青青，「妳先到屋裡玩去，我和妳姊有話說。」

青青下炕穿鞋走了，寧氏坐在青青的位置，笑咪咪地問朱朱：「今天都玩什麼了？」

朱朱去洗了手，拿來一碟柳丁，一邊細細去剝柳丁皮，一邊眉飛色舞把今天吃了什麼玩了什麼和寧氏學了一遍。

寧氏若有所思地點頭，同時留意朱朱的神情，笑道：「雪峰這孩子對妳倒是上心。」

朱朱羞赧地垂頭不語，腮上升起兩朵紅雲。

寧氏悄聲問她：「妳覺得沈雪峰這人如何？聽妳爹說，沈家想來咱們家提親。」

朱朱將柳丁放到乾淨的碟子裡，推到寧氏面前，輕聲回道：「但憑爹娘做主。」

寧氏笑得合不攏嘴，這便是說相中了。她拿起一片柳丁遞到朱朱嘴邊，甜甜的橙汁從嘴裡甜到朱朱心裡。

寧氏說：「沈家雖是大戶人家，但沈夫人待人和善，妳嫁過去不用擔心受氣。」

朱朱依然低著頭，微不可見地點了點頭。

寧氏又道：「想必這幾天沈夫人會上門說這事，等換了庚帖，也該給妳籌備嫁妝了。」

青青躲在裡頭聽了個全乎，聽說要準備嫁妝，忍不住探出頭，問道：「娘，聽說嫁衣都要自己繡是嗎？」

寧氏沒好氣地看她，「是的，看妳還用不用心做針線，回頭縫不出嫁衣來，有妳哭的！」

青青摸摸鼻子，又默默地縮回頭去。

翌日，沈夫人一早就帶著豐厚的禮物到徐家拜訪。因兩個孩子的事已經挑明，沈夫人便也不再繞彎子了，「嘉言這孩子我實在喜歡，又乖巧又伶俐，我再想不到我們家雪峰能相中這麼好的女孩。」

寧氏笑道：「我們嘉言年歲小了點，只怕得讓沈公子多等兩年。」

「無妨無妨！」沈夫人擺擺手「雪峰雖然大了幾歲，但心性還未成熟，整日像個孩子似的，再等兩年也好。」

兩人一拍即合，選了個好日子，沈家請了忠順王妃作媒人上門提親。寧氏感激沈家對朱朱的重視，高高興興地交換了庚帖。

被祖母拘束了兩天，過了一個臘八的朱子裕再來徐家時，沈雪峰和朱朱的親事已定下。

朱子裕懵逼：這幾天發生了什麼事？

◆　◆　◆

轉眼到了與三皇子約定交畫的日子，一想起上回在梅林的偶遇，朱朱就心裡打怵，不知該如何是好。沈雪峰將朱朱的一舉一動都放在心上，眼瞅著她神情有些不對便留了心，私下裡悄悄問她到底為何事為難？

朱朱沒有猶豫，毫無保留地將原委說給沈雪峰聽，同時略帶央求地看著沈雪峰道：「我一見他就害怕，沈大哥能不能陪我一起去？」

沈雪峰這才知道上回朱朱發熱竟然是因為被嚇著了，頓時對三皇子十分不滿。輕輕拉了拉朱朱的手，沈雪峰安慰道：「無妨，到時候我自己去鋪子見他，妳安心在家就是。」

「可是，他是皇子，可以不聽他的嗎？」在朱朱單純的認知裡，皇上和皇子都是可以隨便要人家腦袋的人，生怕得罪了去。

「他還沒那個膽子敢動沈家的人。」沈雪峰自信滿滿地笑笑，又揉了揉朱朱的頭，「交給我，不用擔心！」

仰望著沈雪峰的朱朱，霎那間覺得眼前這個人無比可靠踏實，似乎有他在，就沒有不能解決的事。

沈雪峰拿著畫出了門，三皇子祁昱也坐著馬車出了府邸，他皺著眉頭似乎在沉思什麼，半晌沒有出聲，忽然他掀開簾子喚了聲：「安平！」

在下面一路跟著小跑的安平立刻應聲道：「殿下，奴才在！」

祁昱道：「上來，有話問你。」

馬車停了下來，安平拿袖子抹了把汗，爬上了馬車，跪坐下來。

祁昱問道：「我記得你之前提過徐家姑娘要參加選秀，這事準嗎？」

安平忙說：「當時在楊府的筵席上，黃秉公的夫人那麼建議的，至於徐家怎麼想猜不準。奴才最近也沒多問，只聽下面的人提過這麼一句。」

祁昱敲了敲桌子，「徐家這個姑娘倒是有點意思，又畫了一手好畫。記得下次進宮時提醒我和娘娘提這事，讓她進我府裡吧。」

安平道：「要是作為侍妾進府倒是問題不大，若是側妃只怕娘娘不許。」

祁昱不以為意，「不過是個修撰的女兒，侍妾就侍妾，等以後生兒育女再請封側妃。」

祁昱想到那日梅花林裡，徐姑娘面對自己時戰戰兢兢的樣子，輕笑了一聲，「你說我若是暗示她納她進府，她會高興還是會害怕？」

「自然是高興的。」安平忙說：「徐家原本就是寒門小戶，雖說徐鴻達中了狀元，但家裡底子在那，奴才估摸著不只徐姑娘願意，只怕徐狀元知道也會暗暗欣喜。」

祁昱自得地一笑，馬車很快到了書畫坊。安平先跳下車，才扶著三皇子下了馬車。店鋪早掛好了今日歇業的牌子，夥計也都打發回去了，只留下掌櫃一個人支應。看到三皇子來了，掌櫃行了禮就退到一邊，祁昱負手一步一步上了樓，到雅間門口時，還故作優雅地敲了敲門，方才示意安平將門推開。

安平剛摸上把手，門就從裡面打開了，沈雪峰掛著溫文爾雅的笑容，恭敬地拱手道：「三殿下請進。」

祁昱的笑容僵了下，隨即若無其事地看了眼空蕩蕩的雅間，輕笑道：「若是沒記錯的話，我約的是徐家大姑娘，別號食客的那個。」

沈雪峰微微一笑，「我是受徐姑娘所託，將此畫交給殿下。」說著，轉身將畫從桌上拿起遞給了三皇子。

祁昱深深地看了沈雪峰一眼，伸手接過畫，展開一看：百花綻放，富麗堂皇。他眼裡閃過一絲驚豔，滿意地點了點頭，將畫交給安平。

沈雪峰笑道：「看來殿下很滿意這幅畫？」

祁昱不可置否地皺了下眉頭，「畫還成，只是我不明白，為何來的是你？我記得我和徐姑娘說過，還有幅畫要託她。」

沈雪峰笑得開心，「忘了和殿下說了，前幾日我已和徐姑娘訂親，她現在忙著繡嫁衣，只怕沒法幫殿下作畫了。」

祁昱瞳孔一縮，「訂親了？」

他身後的安平頓時冷汗直流。

祁昱看著沈雪峰燦爛的笑容，微微點了點頭，「恭喜沈公子了。」

沈雪峰拱了拱手，「多謝！」

祁昱一甩袖子轉身走了，安平苦著臉跟了上去。

祁昱原本沒把徐家姑娘當一回事，覺得對方只是一個有趣又有才華的姑娘，沒有放在心上，可當他聽到沈雪峰說兩人已經定下親事後，心裡非常不舒服。

祁昱坐在馬車上，冷冷地看著跪在自己腳下不停磕頭的安平，「你知道我對徐姑娘很感興趣，為什麼她訂親的事我沒聽到風聲？」

安平一句話也不敢為自己辯解。

祁昱順手拿起徐姑娘作的畫打開看了一眼，隨即煩躁地丟到一邊，「回府後，把食客的畫的都給我燒了！」

安平忙應道：「是！」

祁昱閉上眼睛揉了揉眉心，「把畫塞到箱子裡鎖起來。回府後，你自己去領上十杖。」

「是！」安平心裡後悔不已，若是早知道殿下對徐姑娘這麼上心，怎麼也得把她弄進府來。現在好了，徐姑娘成了太傅的小兒媳婦，殿下就是再怎麼喜歡徐姑娘，也不得不放手。

以後只怕殿下一想起徐姑娘，就該拿自己撒氣了。

……

沈雪峰幫未過門的媳婦解決了一樁難事，美滋滋地到徐府去找朱朱，可剛一進門，就覺得似乎氣氛不對。

沈雪峰沒敢往裡走，在倒座等著，沒一會兒，朱朱匆忙出來，見到沈雪峰便說：「你回去吧，這幾天家裡亂，你別過來了。」

「出什麼事了？」沈雪峰拉著朱朱問道：「我瞧那些僕婦都不敢大聲說話了，妳的臉色也有些不對，難道是誰又為難了妳家不成？」

「不是。」朱朱輕輕拂開沈雪峰的手，悄聲道：「我娘的一個長輩尋來了，祖母在生氣，回頭再跟你細說。我娘懷著身子，情緒不能起伏不定，我得看著去。」

沈雪峰聞言只得目送朱朱離開，心中有些納罕。

徐府正廳裡一個穿著綢緞戴著玉戒指的中年男子唉聲嘆氣地看著寧氏，徐婆子則掐著腰對那男子怒目而視。

朱朱進來打破了一室的沉默，那男子討好地看著朱朱，「大姑娘是吧？我是妳外公！」

朱朱看看徐婆子的臉色，縮了縮脖子沒敢吭聲，從袖子裡掏出一瓶薄荷油，沾在手上一些，輕輕幫寧氏揉按手上的穴位，以免她情緒起伏太大，再昏厥過去。

徐婆子一聽那人自稱外公，頓時怒了，指著他的鼻子破口大罵：「你好意思來我家認親？寧老大，當初蘭花五歲時你把她丟給你那豬狗不如的堂弟一走了之，二十多年沒有音訊，你姑娘挨餓被打的時候你在哪兒？你姑娘被賣出去做丫頭的時候你在哪兒？現在姑娘發達了，成官太太了，你倒冒出來認親了！呸，我都替你臊得慌！」

寧老大搓著手嘆道：「嫂子，當時我家的情況妳也知道，為了給蘭花娘治病，家裡的地都賣得差不多了，我要是不出去闖蕩，我爺倆都得被餓死！」

徐婆子冷哼，「你說這話虧心不虧心？當初我就勸你別走，從我家賃上幾畝地，農忙的時候再打打短工，再怎麼著也餓不死你爺倆。多幹上幾年，也能置辦上幾畝地，可你呢，鬼迷心竅非得走！原先你媳婦在的時候疼閨女，媳婦沒了就不疼孩子了是吧？能把把五六歲的孩子扔堂弟家裡一去二十年，你可真行啊！」

「嫂子，我不是鬼迷心竅，我當時就想，若是我銀子多些，就能拉著蘭花她娘到縣城去找好大夫瞧病，興許蘭花她娘就不會死了。嫂子，我不甘心啊，我不甘心窮一輩子。」

徐婆子冷笑地指著他，「行！看你的穿著也大富大貴了，也沒什麼不甘心的了，那你來我們家幹嘛啊？」

寧老大說：「我這不是聽說蘭花也來京城了，特意來看看孩子嗎？」

徐婆子上下看他兩眼，十分不屑，「去年你不想著看看孩子啊？前年怎麼也沒聽見你的消息啊？這會兒倒上門來了，別以為我不知道你打的什麼主意！」

寧老大臉上閃過一絲尷尬，他看著寧氏面無表情的臉，失落地倒退兩步，一屁股坐在椅上，頹廢地將頭埋在手裡，悶悶的聲音從手掌裡傳了出來：「嫂子，我知道妳瞧不上我，可是我也沒法子。當初我坐船去跑生活，結果活還沒幹著，船卻翻了。路過的船都怕翻船的地方有水鬼，繞道走了，沒一個來救我們。也算我命大，昏迷之前爬上了一塊門板，順流而下，在水上飄了兩天才被江老爺救了。」

寧老大用袖子抹了抹眼角的淚水，繼續說道：「我身無分文，連飯都吃不上，只能在船上打雜混口飯吃。我辛辛苦苦幫人家搬貨、送貨，幹了兩年才攢下三兩銀子。我那時本來想回去，可是我有什麼顏面回去？回去拿什麼錢養閨女？我只能咬牙堅持下去。我學貨商們，從北邊買幾樣特產，到南邊高價倒賣，賣了銀子再買了東西回北方賣。我的本錢太少，就是雙倍的利潤半年也不過才掙了五兩銀子，還是江爺心疼我，借給我一百兩銀子，每次倒貨都捎帶著我，也不要船費。」

寧老大看了眼徐婆子，又道：「我走南闖北五年才攢下了不少家底，我那時其實打算回家的，我也想閨女啊，可是江爺那時候想出海探探路，只要能尋到合適的買賣，賺的銀子可不止這一兩倍的。但江爺只有一個閨女，他上門女婿酒醉後掉江裡死了，他實在沒有信得過的人。嫂子妳說，我的命是江爺救的，我發財是靠江爺賞的，等江爺需要我了，我能不應嗎？要是不為江爺出力，那我成什麼人了？」

徐婆子冷笑道：「你倒是對得起江爺了，可你對得起蘭花嗎？你回北方的時候又不是卸了貨馬上走，總得把東西賣了吧，怎麼就不想著回家看看？怎麼就沒想著給家裡稍封信？」

寧老大說：「船停靠的時間都是有限的，到點就走，晚了誰也不等，我每次都忙著出貨，真是抽不出空尋人寫信。再者，就是寫了，找誰捎回去？哪有正好就遇見老鄉的？」

徐婆子聞言氣得都笑了，「你倒是沒往家捎信，你倒是有空娶媳婦！」

寧老大有些尷尬，「那是出海以後，一走一年兩年的，江老大看我著實可靠，再想著大老爺們兒沒人照應真是不行，這才招了我做上門女婿。」

徐婆子拿手連連指他，「寧老大，叫我說你什麼好？打小寵起來的姑娘不要了，去給人家倒插門，生人家姓氏的孩子？這江家的富貴就這麼潑天？就這麼讓你把不住本心？」

寧老大堅定地反對徐婆子說法，「我不是圖富貴，我是為了報恩！」

「報恩？」一直沉默不語的寧氏聲音沙啞地笑道：「是啊，江家對您是天大的恩情，您應該好好報答，可您又來尋我做什麼？打我被堂叔賣出去那一刻起，我就和寧家沒關係了。」

畢竟是曾經放在心尖上寵愛過的女兒，又是寧老大和深愛的女人唯一的孩子，之前和徐婆子還能死皮賴臉地辯解，可面對寧氏的指責，寧老大破天荒沉默了。

室內一片寂靜，寧老大抹了把臉，看著寧氏的眼圈有點紅，「蘭花，我知道妳恨爹，是爹把妳一扔就是二十年，可爹沒法子……」

「我不想再聽這些說辭了……」寧死蒼白的臉上滿是堅決，「我爹在我五歲那年就死了，我不認識你！」說著起身就走。

寧老大連忙站起來吼了一句：「蘭花，妳不能不認我，妳不認我就是不孝！」

「孝？」寧氏僵硬地站住了，眼淚一串串地從臉上滾落，她冷漠地轉過頭去，冰冷地盯住寧老大，一字一句地問道：「你怎麼證明你是我爹？」

寧老大頓時啞口無言，當初船翻了的時候，他的包裹早就落入江水之中，現在的戶籍還是當初入贅江家時另辦的，因為原名寧鐵柱不登大雅之堂，他特意改了個名字叫寧有德。

寧氏看著他張口結舌說不出話來，忍不住冷冷一笑，抬腿走了，朱朱連忙追了上去。

徐鴻達看了眼寧老大，走過去攙扶氣得直跳腳的徐婆子，「娘，咱們回屋吧！」徐婆子就著兒子的手往外走了幾步，路過寧老大身邊時，朝他「呸」了一口，然後氣勢洶洶地喊：「人呢？把他給我攆出去，他站的地方多倒幾桶水沖沖，晦氣！」

寧老大似乎沒聽見徐婆子的侮辱一樣，反而衝過去抱著徐鴻達的腿跪下了，「女婿，你別走，你知道我是蘭花的爹！」

徐鴻達面無表情，默默地看著腳下的寧老大許久，終於忍不住嘆了口氣，問道：「之前那樣不好嗎？你老老實實做你的生意，我們互不打擾，何苦找上門來呢？」

話音一落，寧老大震驚地看著徐鴻達，嘴唇微微動了幾下，卻沒說出話來。

徐鴻達看著他，「當初我考上狀元的時候，你就認出我了吧？還特意找人打聽了我們家？在我們一家踏青時你還特意想來個偶遇，直到你看到了蘭花，認出了你的女兒，所以你沒敢上前，猶豫了片刻你就走了。」

寧老大驚得眼淚都沒了，直勾勾地看著徐鴻達，「你怎麼知道？」

徐鴻達眼裡閃過一絲譏誚，「我從小就有個優點，便是記性特別好，尤其是對人，只要見過一面，不管過了多久我都有印象，何況你是蘭花她爹。小時候我一天恨不得跑你家三回，怎麼會認不出你來？」

徐鴻達回想起當初考上狀元後，朱子裕來找他說，有個商人四處在找門路打聽自己的消息，據說是同鄉。徐鴻達原本沒在意，直到一家子從老家回來，徐鴻達陪著妻兒去上香，在冷山寺裡瞧見了一個躡手躡腳跟蹤他們的人。

起初他以為是什麼宵小，故意錯後兩步，不經意地轉身，正好看到了那個人的正臉。當時他還以為自己眼花了，縱然經過了二十年歲月的變遷，即使那個人已從消瘦俊俏的年輕人變成了大腹便便的富商老爺，他依然一眼就認出了他：蘭花的親爹寧老大。

當時他猶豫了，不知該不該告訴寧氏，也許是他發愣的時候太長，寧氏察覺不對回過頭來，朝他笑了笑，「你發什麼呆？還不趕緊過來。」

徐鴻達快步上前走在了寧氏身邊，等在拐彎時趁機回頭一看，寧老大已經消失不見了。

徐鴻達看著抱著自己腿的寧老大，說道：「當時我想了許久，一直猜測你既然沒死為何不回去找蘭花，今天我總算知道了，你心中早就沒這個閨女了。」

「不是的！」寧老大眼淚嘩嘩地往下流，一邊抹淚一邊還不忘抱著徐鴻達的腿，「不是這樣，我沒忘記蘭花，她是我和梅香的骨肉啊，我怎麼能忘了她？」

寧老大哭得傷心，「我沒說謊，我真的抽不出空去看她，商船靠岸停留的時間有限，我得忙著賣貨進貨，等忙完手頭的事也到了開船的時候，實在是無法耽擱，後來……」寧老大慢慢地鬆開了徐鴻達的腿，悲傷地捂住了臉，「後來我娶了江氏，我和她說我想把女兒接到身邊撫養，可是……」

徐鴻達看著他，冷笑了一聲，「可是她不願意？」

寧老大悲哀地點了點頭，「江老大這輩子就得了這麼一個女兒，打小就帶在身邊撫養，她提的任何要求江老大就沒拒絕過。她被寵壞了，她不許我和以前的家有什麼牽扯，只要我一提起來，她就發脾氣。」

徐鴻達輕笑一聲，「這不也挺好，那你何苦又來找蘭花，破壞她心中的爹的形象？」

「我沒法子啊！」寧老大抬起頭來，眼睛裡一片絕望，「我兒子出事了，他被關在牢裡，我活了大半輩子就這一個兒子啊！」

徐婆子插著腰算是聽明白了，當場忍不住哈哈大笑起來，「兒子出事了，想起自己不要的閨女來了？呸，怎麼那麼大的臉？」

「你救救他！你救救他！」寧老大突然反應過來，連忙跪著往後退了幾步，朝徐鴻達磕起頭來，「你救救他，他還是個孩子啊！」

徐鴻達皺了皺眉頭，躲開寧老大的跪拜，「你若是有冤屈，可以到大理寺去告狀，我幫不了你什麼。」

「可是，官官相護啊，我們這些做生意的，平時縱然與官府老爺們有些來往，但遇到比自己大的官，個個躲避不及，誰會幫我？」寧老大哭出聲來。

徐鴻達沉吟了片刻，說道：「若是你兒真有冤屈，我可以幫你遞訴狀。」

他這樣說倒不是對寧老大發什麼善心，而是他為官的原則。當初他考功名時發過誓言，日後為官，不能在自己身上出現一樁冤假錯案。寧老大兒子的事雖不歸他管，但是他知道了有內情卻不能不過問，練武需要修心，為官也是一樣。

徐鴻達將老娘扶到椅子上，自己也坐下，「你兒子的案子可有內情？他為何被抓？」

徐鴻達一問，寧老大反而滯住了，在徐鴻達不耐煩的催促下，才吞吞吐吐地說出實情。

原來前兩年江老爺死後，寧老大便沒再做跑船的生意，他用江老爺的積蓄和這些年自己賺到錢在京城買了房子鋪子又置了地，做起了珠寶生意。江氏是個跋扈之人，她生的兒子自小寵溺著長大，自然不會是多乖巧的孩子。

原本江老爺在的時候還好，能約束得了他，可打江老爺沒了，一家人又搬到了繁華的京城，寧老大的兒子江隨風沒多久就學會了吃喝嫖賭，還交了一堆狐朋狗友，逛遍了京城裡的大小青樓，據說連一些暗門子都熟門熟路的，就沒有他不知道的地方。寧老大說過打過，可是江隨風一被他爹念叨就跑他娘的懷裡哭，江氏回頭就去罵寧老大。三回五回以後，寧老大也不大去管兒子了，隨他滿世界瘋去。

可京城是什麼地界？一個磚頭掉下來能砸到五六個官員的地方，一個小小的商人之子還不夠人一指甲捏死的。江隨風以前在船上橫行霸道慣了，養了個天老大他老二的性子，但在京城沒人理他了。半年前有個樓裡的花魁開苞，他和一個世家公子爭奪不休，只是無論家世和財帛江隨風都比不上那世家公子，只能眼睜睜地看著對方抱得了美人歸。

江隨風按捺不住，破口罵了幾句，被那公子的隨從聽到，將他拖到巷子裡拳打腳踢，腿都打斷了一根。按理說，若是個聰明的，吃這麼大的虧就該消停了，江隨風偏偏是個沒腦子的，腿還沒好，就出來伺機報復。也是那公子沒把他這種人當回事，有些疏忽大意了，還真被江隨風找到了個漏洞。

那公子將那回開苞的花魁贖了出來，雖領不回家去，但也單獨置了個小宅子金屋藏嬌起來。兩人恩愛了幾個月，花魁就有了身孕。那公子子嗣原就艱難些，知道花魁有了孩子，高興地回家商議，想找個法子正兒八經接進府裡當姨娘。

江隨風在這片地逛了幾天，摸清宅子裡除了花魁外，只有一個廚娘和一個小丫頭。他趁著暮色將近，以公子隨從的身分騙開房門，拿出棍子打暈了小丫頭和廚娘，將那花魁姦了。那花魁雖是青樓出身，也是性子烈的，被強占了身子後覺得生不如死，一頭撞牆死了。而那公子興沖沖來接人時，正好目睹了這慘烈的一幕。江隨風便被打了個半死，踏碎了子孫根，投進了大牢。

寧老大哭得很傷心，「隨風說，他也不知道那女子性子那麼烈，一個妓女而已，怎麼還要不得了？鴻達，他可是你的小舅子，你得救救他啊！」

徐鴻達聽了氣不打一處來，狠狠地瞪了他一眼，高聲喝道：「來人，把他給我拖出去，以後見一次打一次，不許放他進來！」

幾個家丁拽起寧老大就往外拖。

寧老大試圖求情，「他知道錯了，他才十六歲，鴻達……」

徐鴻達氣得胸口起伏不定，一把摔了桌上的杯子，大聲罵道：「我真是識人不清，還以為他真有什麼冤屈！就他這種人，能養出好兒子來？白浪費我功夫，還生一肚子氣！」

徐婆子這會兒反而不氣了，捂著肚子笑得開懷，「報應！這就是他的報應！」笑了幾聲，徐婆子的聲音慢慢低了下來，她的聲音裡帶著幾分壓抑和不解，「當初多好的一家人啊，怎麼就變了呢？你說他真的忘了蘭花？」

徐鴻達沉默了片刻，扶起徐婆子，「娘，別想了，反正他早已不是那個當初對我岳母一往情深的寧老大了。」

「唉！」徐婆子顫抖著腿往外邁，有著深深的心疼，「蘭花命苦啊！行了，你不用扶我，我自己回去，你趕緊去看看蘭花吧。她懷著身子，可不能難受太久。」

徐鴻達應了一聲，叫來一個僕婦送徐婆子回去，自己則趕緊回房。

王氏和吳氏此時都在後宅不敢說話，見徐婆子回來，少不得問上兩句，登時徐婆子氣得又罵了回寧老大，還把他家的荒唐事學了一遍，聽得兩個兒媳婦目瞪口呆。

此時寧氏正合衣躺在床上哭泣，徐鴻達擺了擺手，示意朱朱離開。他嘆了口氣上床扳過她的身子，嘆道：「何苦為那種人生氣？」

寧氏紅著眼圈趴在徐鴻達懷裡，抽噎著說：「你不知道，剛開始看到他時，我有多高興。我以為他飄落到異鄉才回來，我以為他費了好大的勁兒才找到我，可是……」寧氏哭得聲音支離破碎，「他回來那麼多次，他在京城待了好些年，他就沒想過來看我一眼。」

徐鴻達心疼地抱住她，不停安慰道：「不要再想了，他理虧沒臉見妳，我已經趕他走了，以後再不許他上門了。」

朱朱熬好了一碗安神湯，讓葡萄送進去，徐鴻達親自抱起寧氏一口一口地餵她喝。或許是安神湯起了作用，或許是哭得太久累了，沒一會兒，寧氏就昏昏沉沉地睡著了。

參之章◆繼母作惡吞苦果

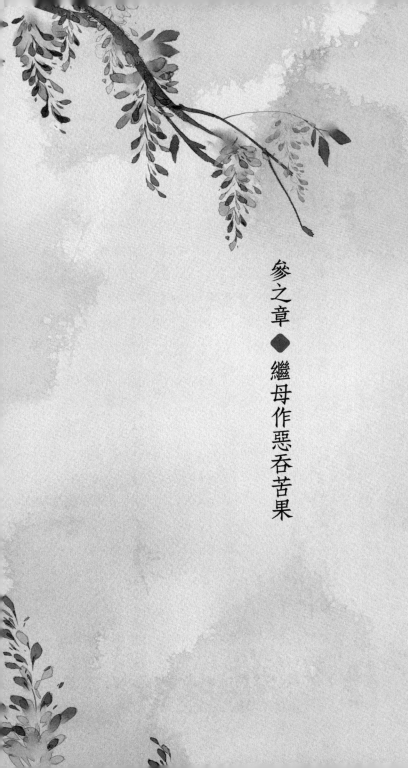

青青和朱子裕去鋪子裡轉了一圈，送去一些字畫，又去外城聽了一回說書，買了好些話本回來。朱子裕在馬車上略微翻看了一下，說道：「我覺得哪個故事也不如妳說的好聽。」

青青最近沒少編排新的故事，神奇的情節讓一家人都打開了新世界的大門，不過有一點不好，青青的故事沒一個講完的，不是主角莫名其妙死了，就是講到故事發展至關鍵時刻戛然而止了，急得一家人抓耳撓腮偏偏又拿她沒轍。

見朱子裕滿臉幽怨地看著自己，青青笑道：「上次跟你講什麼故事沒講完來著？」

朱子裕瞬間眼睛亮了，湊到青青身邊一臉討好，「沒講完的那個就算了，有個之前講的復仇大俠的那個故事，妳剛說大俠找到了殺父仇人就被野狗咬死了，難受了我好幾天，能不能重新換個結局？」

青青：這麼坑爹的結局是我講的？

兩人嘻嘻哈哈了一路，回到徐府時卻看到大門緊閉，朱子裕跳下馬車去叩了叩門，門房小心地開了一條縫往外瞅，見是朱子裕才鬆了口氣，連忙喚了個小廝一起打開大門。

朱子裕一臉狐疑，「這是怎麼了？」

門房搖了搖頭，「今日不知哪裡來了個老爺的同鄉，是個做珠寶生意的，進去沒半個時辰就得罪了老爺，被扔出來了，老爺還要我們關緊了門，以後不許再讓他進來。」

朱子裕聽得摸不著頭緒，讓車夫將馬車拉了進去，才扶青青下來。

青青原本也沒當成是大事，還以為那富商想賄賂她爹才被扔出去，可是一路走著看著，滿府裡婆子丫鬟都不敢吭聲，才發覺有些不對。到了正院，朱朱從廂房裡出來，看到朱子裕忙擺手讓他先回去，自己拉著青青進了廂房，一五一十將白天發生的事說了。

青青頓時急了，她不過出去轉了一圈，哪裡跑來個便宜外公把娘給氣病了。她趕緊去正房，葡萄和石榴兩人無聲地行了禮，她點了點頭，繞過屏風，一進內室就見徐鴻達坐在床邊摸著寧氏的額頭。

「爹，娘發熱了嗎？」青青小聲問了一句。

徐鴻達見青青來了，給她讓開地方，「妳摸摸，我有些拿不準。」

青青挽起袖子，卸下鐲子，在寧氏的額頭、脖頸都試了試溫度，又拿起寧氏的手摸了一回脈後皺起了眉頭，「肝氣鬱結，疏洩失常，娘這是傷心過度又受了氣才發起熱來。」

徐鴻達急道：「朱朱給妳娘熬了安神湯，怎麼還發熱了？妳趕緊抓點藥。」

青青道：「吃安神湯本來是能平緩娘的情緒，只是藥力弱了些。」

她拿了紙筆半天才寫了一個方子出來。因寧氏懷有身孕，吃多了藥總歸不好，她儘量選沒有毒性的藥材，親自熬藥，餵寧氏吃了半碗。又寫了幾個藥膳方子，和朱朱去廚房做。

寧氏醒來時天已經黑了，青青和朱朱兩人守在這裡沒有走。見寧氏醒了，青青去試了體溫，見寧氏沒有再發熱才鬆了一口氣，叫人打了熱水，把火盆挪過來。姊妹倆在被子裡拿熱汗巾幫寧氏擦乾身上的汗水，又拿了身乾淨的中衣給她穿上，又套了襖褂。

寧氏由著姊妹倆折騰，心裡的鬱結倒是去了大半。青青也看出寧氏心情好轉，故意講了幾個笑話哄她開懷。

寧氏感念女兒的孝順心思，不再去想她爹的事。她小時候就聽說她爹掉江裡淹死了，如今還是當他死了比較好。寧氏努力說服自己將白天的事拋在腦後，徐鴻達從堂屋探頭見寧氏心情好轉了，這才放心叫澤寧和澤然進來請安。

葡萄擺了炕桌，寧氏坐在裡頭靠著大迎枕，徐鴻達挨著她坐。兩邊是兩兒兩女，都一個個孝順地夾菜給寧氏。寧氏看著兒女們的舉動，心裡熱呼呼的，原本的悲傷也消了大半，一個個挨個夾菜回去，「娘沒事，你們也吃，菜涼該傷胃了。」

一家人吃得和樂融融，江家則哭天喊地的。

江氏拽著寧老大的衣裳，不停打他的臉和頭，咒罵道：「那是你的閨女和女婿，憑什麼不管我們？有沒有良心？連親爹都不認，你快去告她，去告那個死丫頭忤逆不孝，我就不信你那個狀元郎的女婿不要名聲了！」

「告什麼告？」寧老大吼一句，又唉聲嘆氣地掉淚，「當初我說接蘭花到身邊，是妳死活不同意，如今出了事就想起人家來了？我今天可是豁出臉皮上門去的，還不是挨了一筐罵。妳可知徐家的人是怎麼看我的？人家憑什麼幫咱們兒子？」

「我不管他們怎麼看你的？他要是不救隨風你就去衙門告他，我不信一個不孝的人還可以當官？」江氏聲嘶力竭地尖叫著。

「沒用的。」寧老大坐在地上任江氏打罵，「兩嘴皮一動就說是人家的爹，證據呢？」

江氏的手僵住，她不敢置信地看著寧老大，「你就放棄了？你就不救兒子了？那可是我們老江的獨苗啊！嗚嗚……啊……」

「行了，別哭了。」正在江氏喊天喊地的時候，從廂房裡出來一個姑娘，她似乎沒看到兩人傷心一般，反而大咧咧地往那一坐，「有什麼好哭的？我哥那是不長眼，得罪了人家侯爺的兒子，能有好？人家不當場打死他，還記得送官，已經算是好人了。」

江氏一聽就怒了，「死丫頭，妳說的什麼話？那可是妳親哥！」

江桃花嗤的一聲笑了，不屑地說：「從小到大，我可沒看出他哪裡有哥樣來。」看著江氏又要罵自己，一句話堵住了她：「我哥已經廢了，救不救都沒啥用了，白浪費咱們家的錢。」

江氏聞言上來就要抓女兒的頭髮打她，「讓妳說妳哥廢了！讓妳說妳哥廢了！」

江桃花一邊躲一邊道：「不是像他的小廝說的嗎？子孫根被人踩得就掛了點皮，妳救他回來有什麼用？是能傳宗接代，還是能給妳養老送終啊？」

江氏被打擊得癱軟在地上嗷嗷直哭，「妳這個不孝的東西，喪良心的玩意兒！」

江桃花沒理她，反而走到寧老大身邊，伸手將他扶到椅子上，「爹，我聽說從牢裡撈人沒幾萬兩辦不成，況且人家侯府也不能給眼睜睜看著咱們把人帶回來。咱們家統共就那些錢，何苦用來打水漂？您看我也及笄了，不如像我娘一樣，也招個上門女婿回來，我保證以後我生了兒子讓他姓寧。」

寧老大聞言，心裡一動，「這可是妳說的？」

江桃花點頭笑道：「打小就爹疼我，我生的孩子不跟爹姓跟誰姓？」

江氏從地上跳了起來，指著女兒的鼻子破口大罵：「休想，這是我們老江家的財產！」

江桃花漫不經心地將髮絲在手上繞了兩圈，看著親娘的眼神充滿了譏諷，「老江家只有我一個人能傳宗接代了，妳若是現在對我好一點，或許我會良心大發，留一個孩子姓江。」

江氏愣住，看著被她打罵了十來年的女兒，似乎有些不認識她了。江桃花卻沒多看她，反而挽住了寧老大的手臂，「爹，現在就幫我改姓，我跟你姓寧。」

寧老大神情複雜地看了看女兒，過了半晌才點頭，「好！」

江氏不敢置信地看著寧老大，似乎剛認識他一般，過來就要抓他的臉，「你答應我爹要好好照顧我的，白眼狼！」

寧老大躲開，順勢將她兩隻手折在一起按住，眼裡閃過一絲不耐煩，「別鬧了，要不是妳把隨風慣得無法無天，他今天能落到這步田地？」

想起寶貝兒子，江氏淚如雨下，「我能怎麼辦？我活了大半輩子就得了這麼一個兒子，我不寵他寵誰？」看著坐在椅子上嗑著瓜子，涼薄地看著自己的女兒，她更難受了，「寵那個小崽子嗎？她就是個討債鬼，生她出來差點要了老娘的命，偏還是個丫頭蛋子，有什麼用？」

江桃花涼涼地插話：「可以招婿啊，就像娘妳一樣。」

江氏被堵得一口氣憋在胸口，又轉頭去罵寧老大：「就是你慣著她！誰家爹媽不能說孩子兩句，偏她就嬌貴了？連自己的姓氏都不要，忘恩負義的王八蛋！」

縱使江氏罵了個天翻地覆，江桃花也笑嘻嘻的不在意。打懂事起，這些骯髒的話語就伴隨著她成長，時不時還總被打兩下。她起初以為自己不乖才惹娘親生氣，後來她才知道無論自己做得多好，娘親都不會喜歡自己，只因為自己是個丫頭。多諷刺啊，江桃花咧嘴笑著，招上門女婿的江家獨女居然重男輕女。

寧老大被這娘倆鬧得頭疼，忍不住說了女兒一句：「桃花，回屋去，別刺激妳娘了。」

江桃花抓起一把瓜子，瞅了江氏一眼，順嘴將瓜子皮吐到她身旁。

江氏又怒了，「妳看她不孝的樣子，能為我們養老送終？」

寧老大冷冷地瞅著她，「反正只剩她一個孩子，能怎麼辦？隨風可是指望不上了。」

帶著天莫、玄莫兩人趴在江家牆頭打探敵情的朱子裕，看得目瞪口呆。這一家人，寧老大牆頭草一個，江氏是個沒腦子的婦人，江桃花看起來倒是有幾分機靈，可是又涼薄得過了頭，看著也不是什麼好鳥。

見寧老大那臉喪模樣，朱子裕連收拾他的心思都沒有了，回來和青青提了一嘴，「都不用咱們費心思，他家自己就能折騰得家破人亡。」

果然沒幾天，江家半死不活的兒子在獄中被老鼠啃了下體，一命嗚呼死了，被人拿蓆子捲起扔在了亂墳崗裡。寧老大和江氏得知消息，連忙過來收屍，卻只撿到兒子的半個身子，其他的都被野狗分食了。

江氏受了打擊，回到家就一病不起。畢竟一起生活了十來年，寧老大對她有些憐憫，請醫延藥都很上心。倒是江桃花十分不耐，催著他爹趕緊給自己訂親事，免得她娘死了還得守孝三年，耽誤自己的青春年華。

寧老大無奈，卻也不敢違拗女兒的意思，便從自己的夥計裡頭找了一個相貌清秀又無父無母的招了當上門女婿。也不知江桃花怎麼想的，原本就和她娘不對盤，成親後行事越發潑辣起來，聽了她娘幾回罵，便買了個十八歲貌美的小丫頭灌了避子湯後送給她爹當妾，江氏一口氣沒上來，直接氣死了。

江氏死了，江桃花做主賣了京城的產業回老家去。

寧老大拚搏了一輩子才混出這些家業來，自然十分捨不得，江桃花嘲弄道：「留在這裡等你的狀元女婿孝敬你嗎？」看著寧老大青黑的臉，她絲毫不在意，「待在這裡有什麼用？咱們一沒背景二沒靠山，每年孝敬出去的銀子不知道多少，頂多能保個鋪子平安罷了，其他的屁用沒有，倒將一年賺的銀錢都填了進去。依我看啊，咱們不如回老家，頂著你狀元女婿的名頭，起碼沒人敢跟咱們要銀子。」

寧老大猶豫地看了閨女一眼，「怕是沒用，人家不願意跟咱們扯上關係。」

江桃花冷笑，「又不拿他那官名作威作福，只是自保罷了。要我說，就這麼定下來。留在京城，萬一人家侯府想起來，用點手段就能讓咱們傾家蕩產，死無葬身之地。」

寧老大聽了不由得有些害怕，只得依了女兒。江桃花趁機把家產緊緊攥在自己手心裡，寧老大指望她傳宗接代也不敢不依，便帶著一家人灰溜溜地回了平陽鎮。

徐家清靜了幾日，門房都戰戰兢兢地生怕那姓寧的再上門，直到徐鴻達帶回來個消息說寧老大的兒子死在獄中，寧老大應該不會再來，一家人才放鬆下來，開始忙碌過年的事。

這是徐家在京城的第一個年，全家老老少少都十分重視。為了一掃寧老大帶來的晦氣，寧氏特意讓人多買了幾掛鞭炮，還給全家每人做了三套衣裳，女孩子們都打了金銀首飾，男孩子也都有一個玉佩帶著。

徐澤浩自從發現叔叔有許多好書，便成日賴在書房裡不出來，連小年那天也只在吃飯時露了一下臉，王氏看著又驕傲又擔心，生怕他累壞了身子。正好徐鴻達有空，便把他提溜出來，將當初醫道長說的身體強壯才能做好官的話說了一遍，又將家裡的幾個小子都叫過去，排成一排，一招一式地教起五禽戲。

起初這些小的有些偷懶不上心，朱子裕來了瞧了片刻，上前一掌劈倒了院內的一棵石榴樹，看得男孩子們震驚加崇拜。

朱子裕得意洋洋，「好好練，等你們像我這麼大了也能這麼厲害。」

一瞬間，所有人鬥志昂揚，開始認真起來。

徐鴻達看了看倒地的石榴樹，又瞅了瞅昂著下巴的朱子裕，揚聲喊道：「青青，子裕把妳最喜歡的那棵石榴樹給打折了？」

笑容僵在朱子裕臉上，青青幾步從寧氏的房裡跑了出來，看到倒在地上的石榴樹，瞬間火冒三丈，「就這棵樹結的石榴最甜，你在哪兒淘氣不好，非得禍害我的樹？」

朱子裕苦笑，被青青追著滿院子跑，徐鴻達插腰大笑，「臭小子，讓你得瑟！」

徐澤寧幾個也不練五禽戲了，一個個跟在青青後頭起鬨去追朱子裕。朱子裕擔心人多絆倒青青，只好一個縱身竄上了牆頭。下面的一群毛頭孩子看傻了眼，徐澤寧回過神來，幾步奔到徐鴻達旁邊抱著他的腰不撒手，「爹，我要學這個能飛的！」

與徐澤寧同齡的徐澤天也不甘示弱，拽著徐鴻達的衣袖不撒手，「二叔我也要學！」

就連徐澤然、徐澤宇兩個不懂事的小屁孩也湊了過來，「飛飛……要學飛飛……」

徐澤浩東看看西看看，現在沒辦法學五禽戲了，連忙從懷裡掏出一本書翻看起來。

徐鴻達一臉崩潰：誰來救救我……

屋裡的寧氏、朱朱母女兩人正在檢查給各府送的年禮單子，眼看著再有兩年功夫朱朱就要出嫁了，寧氏開始教她中饋的東西。這些年自己摸索的經驗，加上當初劉夫人教大小姐的那套，寧氏都搬過來照著學。

此時寧氏拿著一張禮單跟朱朱分析為何送這幾樣禮，聽見外頭鬧哄哄的又喊又叫鬧個不停，她忍不住扶著腰出去說了兩句：「別在院子裡折騰，找個寬闊的地方鬧去。」

朱子裕在牆頭笑道：「我這個院裡有一個好大的練武場，不如來這邊玩？」

孩子們一聽都高興地蹦起來，徐鴻達也沒什麼事，便陪著孩子們鬧騰，一邊讓朱子裕帶著小的先過去，一邊抽走了徐澤浩手裡的書，順手丟給青青，「我跟你說看書不在這一時，身子骨若是弱了，學問再好也白搭，連秋闈那關都過不了，更別提會試了。」

青青看著一行人呼呼啦啦從自己眼前消失了，半晌才反應過來，看了看偷笑的葡萄和寶石，她疑惑地問：「怎麼不帶我？」

寶石笑道：「都是舞槍弄棒的東西，小心傷到了姑娘。鋪子裡今天新烤的點心送來了，姑娘要不要吃兩塊？」

青青點點頭，說道：「前些時候子裕不是送來了兩瓶南邊來的酒釀，拿那個煮些小圓子再撒些糖桂花，我叫娘和姊姊一起吃。」

寶石答應著往廚房去了，青青進屋看著寧氏和朱朱禮單定好，這才上前說：「看了一上午眼也花了，正好歇歇。我叫人煮了小圓子，還有鋪子送來的玫瑰花餅和千層糕。」

寧氏揉了揉眉心，往後靠去，「有那新鮮乾果砸一些來就著吃。」

葡萄應了一聲，抱了一盒子核桃松子的乾果出去了。

看著身邊忙忙碌碌的丫頭，寧氏眼裡帶著溫情，「當初到咱們家時還是孩子呢，如今也能寫會算的了。」一聽著葡萄在外面一聲一聲敲核桃的動靜，她又說道：「當初買的十五個女孩，跟在身邊伺候的只有老太太身邊的麥穗、跟著我的葡萄和石榴，還有伺候妳們姊妹倆的寶石和糖糕。這一晃眼，她們也十五六歲了。我琢磨著到明年夏天也給她們說親事，趁著還有幾個月的功夫，妳們多使喚使喚小丫頭，以免寶石和糖糕嫁出去後，小丫頭用著不順手。」

姊妹倆應下，青青問：「嫁人了還能回來伺候嗎？」

寧氏笑道：「能，等妳們出嫁了，讓她們做陪房。」一句話說完，朱朱先紅了臉，低頭瞅著帕子上的蝴蝶不語。青青倒是個臉皮厚的，嘻嘻笑道：「回頭從我家鋪子裡把那些機靈的夥計都叫來，挨個讓寶石挑，回頭讓她管我的鋪子去。」

寧氏斜睨了她一眼，「沒羞沒臊的，胡說些什麼？」話音剛落，寶石拎著食盒進來，葡萄也端了一盤核桃仁松子仁跟在後面。姊妹倆看見她們，拿帕子捂著吃吃地笑了，倒讓寶石和葡萄兩人丈二金剛摸不到頭腦。

寶石打開食盒，將點心一碟一碟擺上，有玫瑰松仁餅、梅鹵菊花餅、奶香千層糕、三色雪花餅四樣甜點心，以及筍衣火腿包、野鴨粉餃兩樣鹹點心，還有一罐酒釀桂花小圓子。

娘仨洗了手，一人吃了一塊點心又吃了一碗小圓子便不再動了。

葡萄沏了一壺茶，端來切好的蘋果柳丁。

這邊母女三人難得的悠閒，那邊朱子裕的宅子裡可是鬧翻了天。天莫怕刀架上的真刀真槍傷了孩子們，便叫人挪到一邊的屋子裡鎖了，只拿出幾把木頭刀給孩子們使。

徐澤浩及幾個小的都沒有練武基礎，讓他們苦練基本功估計也沒有願意的，反正是為了強身健體，依舊是徐鴻達先帶著做了一回五禽戲，再由朱子裕領著拿木刀比劃簡單的招式。一時間，除了徐澤浩還沉穩些，幾個小的你踹我一腳，我偷襲你一下，都像撒了歡的猴子一樣。徐鴻達站在練武場旁邊深感憂慮，開始認真思考徐家的文雅家風繼承的問題。

鬧了一個時辰，幾個皮孩子出了一身的汗，連徐澤浩都因為被徐鴻達拎著又練了兩組五禽戲也濕了衣裳。幸好練武場旁邊有燒得熱騰騰的屋子，幾人脫了髒衣服，拿汗巾沾了熱水胡亂擦拭一番，換上家人送來的乾淨衣裳，繫上大披風準備回家。

路過朱家的園子時，徐鴻達想起朱子裕沒事就往牆上跳，下意識歪頭去看了看與自家相鄰的高牆。徐澤寧在徐鴻達後頭，冷不丁一頭撞到他爹的屁股上，他齜牙咧嘴地捂著頭，剛想抬頭抱怨幾句，卻見他爹看著不遠處的高牆一臉不解。

徐澤寧也歪頭去看，這一下，讓他發現了新奇的東西，「子裕哥，你家牆上怎麼還有個銅門環呢，幹啥使的？」

朱子裕一回頭看見徐鴻達父子倆好奇地看著自家的暗門，瞬間汗水就下來了，連忙過來推著兩人往前走，笑著解釋：「那個，當時吧，是為了裝飾。我想往那面牆上釘一排的門環來著，可是只釘上去一個發現不好看就沒繼續弄了。」

徐鴻達狐疑地看著朱子裕，「你是不是傻？」

「是是是，當時一時腦抽了！」朱子裕緊張地連連點頭。徐鴻達又瞅了兩眼，實在沒看出什麼來，這才又繼續往前走。朱子裕鬆了一口氣，頭上都是冷汗，覺得渾身上下的力氣都像是被抽走了。

回到家，飯菜還沒好，徐澤浩幾個先洗了手，看見炕桌上幾樣點心只略動了兩樣，便湊了上來，你吃一個我拿兩塊，很快就把剩下的糕餅點心吃了個精光。

徐婆子正好帶著王氏、吳氏過來，看見一堆小子們有啃蘋果的，有剝橘子的，還有拿了核桃仁在吃的，不禁笑道：「今天是怎麼了，往日都不愛吃這些的？」

寧氏起身扶著徐婆子坐下，解釋道：「浩哥兒帶著弟弟們去了子裕的宅子，在練武場上折騰了一個時辰，回來後個個像餓狼投胎似的，吃了幾盤點心還不夠。我估摸著快吃午飯了，就沒再讓他們上點心。」

徐婆子點頭道：「男孩子得多出去跑跑跳跳才能長得結實，別看老二在五歲就開始讀書，打小也沒少在村裡跑，上山下河就沒他不會的，他們這些孩子還是嬌氣了些。」

寧氏笑道：「主要是要考功名時沒好身子骨可熬不了考試那幾天，他二叔也是打那時過來的，體會深刻。」

王氏聽了連忙囑咐徐澤浩：「你聽見你二叔和二嬸說了沒？讀一會兒書就活動活動，可別糟蹋了自己的身子骨。」

吃了飯，小憩半個時辰，徐鴻達照例把幾個男孩子帶到書房，先給徐澤浩講了一段書，指點了他昨天作的文章，又指派下一篇新的策問叫他去答。趁著徐澤浩作文章的時候，徐鴻達給徐澤天、徐澤寧兩人講四書五經，先抽查昨天學的，挨個背一遍，再講新的內容，又分派下作業，吩咐兩人把今天學的文章抄上十遍，明天檢查。

徐澤天和徐澤寧兩人的生日相差不到一個月，湊在一起沒幾天就好得像一個人似的。徐澤天寫了兩張字，開始走神，抬頭偷偷看了眼在窗下看書的徐鴻達，悄悄問徐澤寧：「以前你爹都是這麼教你讀書的嗎？」

徐澤寧道：「五歲以前都是大姊和二姊教我念書，後來就是上學堂跟著先生學，我爹只在休沐的時候才考問我功課。多虧了這回你們來，我爹的心思都在大哥身上，沒空多管咱們，要不然這抄寫的功課起碼多一倍以上。」

徐澤天吐了吐舌頭，將寫好的兩篇字放到一邊，又拿了一張新的大紙過來，「我爹不管我的功課，他不怎麼識字，倒是我哥，每天從縣學回家都得問我一回。」

徐澤寧問他：「你哥管得嚴不嚴？」

徐澤天小聲說：「怎麼不嚴？比我爹管我都嚴，我可怕他了。」

徐澤寧想想，建議說：「要不，過年你別走了，跟我一起上學堂，反正祖母也不走。」

徐鴻達才看了幾頁書就聽見兩個小子不知在嘀咕什麼，便走過去問道：「都寫完了？」

徐澤寧和徐澤天兩人立刻閉上嘴，徐鴻達拿起兩人寫的字瞧了一遍，寫得好的用細筆給圈了出來，「寫字的時候要全神貫注，你看這兩頁還有幾個字寫得不錯，但是現在寫的這張卻全無章法，白浪費了紙墨。」

兄弟兩人低頭不敢吭聲，徐鴻達轉身去匣子裡找出兩本字帖遞給二人，「抄完功課，再臨摹十張大字。」一句話讓兄弟兩個苦了臉。

徐澤天見徐鴻達又踱著步子回到自己的椅子上，這才悄悄對徐澤寧說：「過了年，我還是跟我哥回家吧，我覺得你爹比我哥可怕多了。」

徐澤寧：……

◆　◆　◆

石榴將年禮準備好，寧氏帶著朱朱親自查驗了一遍，便安排人挨家送去。除了徐鴻達的上峰和同僚外，將軍府、鎮國公府也都送了年禮。

鎮國公夫人高氏自然不會給徐家回禮，她拿到禮單後不屑地丟在一邊，看都不想再看一眼，倒是朱子裕知道了，比照著給外祖家的年禮又備了一份，親自送到了徐家。

高氏知道後，忍不住和來看自己的母親嘀咕：「我就不知道那徐家有什麼好的，不過是個門第低微的小戶，幾輩子才出來這麼一個做官的。您瞅瞅我們家三少爺整日上趕著往那跑，也不怕人知道了辱沒了他的身分。」

高夫人正翻看著女兒的梳妝匣子，聽見此言，不禁白了她一眼，「妳就是不長腦子，他願意往徐家跑不是正好嗎？」見女兒發愣，又瞪了她一眼，「也就是妳命好，這麼個腦子都能當國公夫人。我問妳，朱子裕為啥整天去徐家？」

高氏道：「還不是徐家有個漂亮的小姑娘？」

高夫人從梳妝匣裡拿出一支金燦燦的蟲鳥髮簪對著銅鏡往頭上比劃，漫不經心地說：「既然他喜歡那個從六品小官的女兒，還成天往那邊跑，妳說妳愁什麼？難不成以後妳還真打算給他找個高門大戶的媳婦不成？若是他有了強勁的岳家，昊哥兒拿什麼和他爭？」

高氏道：「他還真打算娶那個丫頭？沒得丟臉！娘，我跟您說，上回我去他外祖家做客，換衣裳時聽見丫頭們說閒話，他舅母似乎想將女兒許給他呢！」

高夫人一回頭，髮簪刮掉了她的頭髮，疼得高夫人齜牙咧嘴好一會兒才緩過來。高夫人將那簪子丟在桌上，說道：「那可不行。我說，閨女，妳可長點心吧，要是朱子裕那臭小子真娶了楊家的姑娘，我看妳也別打昊哥兒承爵的主意了，除非他能尚公主。」

這自然是不可能的，因為今上七八個兒子，唯獨沒有公主。

高夫人瞪了高氏一眼，「以後見了徐家母子不要冷嘲熱諷的，哄著順著，讓他們多親近，過三五年再給定下婚事。左右是朱子裕自己願意的，老夫人和國公爺也怪不到妳身上，就是楊家也沒話說。」

高氏道：「上回去楊家，楊老夫人還說和徐家是世交，一聽就是扯謊，也不知徐家有什麼好，倒讓楊家放下身段結交他。」

「不過是看朱子裕的面子罷了，要不楊家認識她是誰。」高夫人漫不經心地套上一個鐲子，對著鏡子左看右看，十分滿意，「這個鐲子水頭好。」

「娘喜歡就帶回去吧。」高氏沒心思理會這點小事，起身坐在她娘身邊，「娘，朱子裕這都十歲了，還活蹦亂跳的整天礙人眼，您就不能給我想個法子？」

高夫人道：「不行的話，咱們還是下藥吧，我能弄到一些陰毒的藥。」

高氏嘆了口氣，「都跟您說多少回了，要是下藥能行，我都毒死他八回了。這麼多年，太醫院每十天來個太醫把平安脈，平時有個風吹草動，來得比誰都快，我哪敢下毒？要是被發現，咱們一家子都不得好。」

高夫人又說：「上回找那個江湖人士也不行，一棍子沒打著，反而讓他身邊那兩個狠人打斷了手腳。」

母女倆對著發愁了好一會兒，高夫人忽然想起了什麼，拽了拽高氏的袖子，「我想到了一個法子，妳記得妳小時候妳二嬸請了個道婆做法害妳三嬸那回事嗎？」

高氏皺著眉想了半天，眼睛一亮，「娘是說……」

◆◆◆

眼看快到大年三十，算了算，供在南雲觀三清神像前的平安符已滿七七四十九天，朱朱和青青便與寧氏商議著去南雲觀將平安符取回來。

徐鴻達忙著寫春聯和福字，讓徐澤浩陪著去，寧氏擔心他又把妹妹丟了。正好沈雪峰來了，寧氏便託他陪著兩個姑娘跟著去南雲觀。

聽說要去道觀裡取青青畫的符紙，沈雪峰對小姨子的多才多藝表示非常敬佩。會作畫就很難得了，居然還會畫符，簡直是太厲害了。

其實這畫符的技法也是青青從文道長那裡學來的，只是文道長說畫符也得靠天分，像朱朱雖然畫出來的符咒看起來和青青的沒什麼區別，但是文道長卻說她那是照貓畫虎，畫出來不靈驗的。

青青並不是真正的道家子弟，因為文道長也只教了她幾道淺顯的符咒，像這常見的平安符就是其中一種，是能保家人肉身和神魂都平平安安的。

眾人來到南雲觀，先去拜了三清。

觀主從三清香案下取了青青畫的一疊平安符遞給她，笑咪咪地說：「居士畫的好符咒，一看就帶著靈氣，再加上有三清加持，必定靈驗。」

青青道了謝，將符紙裝在匣子裡，又捐了香火銀子，這才告辭出來。

回到家，沈雪峰和朱朱去陪徐婆子說話，青青沐浴更衣完焚香禱告了一番，將平安符摺成三角形，裝在特製的福袋裡。徐家的福袋是大年初一早上由青青把舊的取下來，再給眾人戴上新的。沈雪峰不在徐家過年，青青將他的提前放在朱朱做好的荷包裡，送到了徐婆子屋裡遞給沈雪峰。

「姊夫，這是你的平安符，初一早上帶上。」青青促狹地朝沈雪峰擠了擠眼睛，「今年我姊就做了兩個福袋，一個是你這個，另一個她自己留著了。」

沈雪峰正向青青道謝，一聽說福袋是朱朱的手藝，又瞧見荷包的針線同福袋如出一轍，連忙笑著放到了懷裡。朱朱紅著臉瞪了他一眼，當著祖母和妹妹的面卻不好說什麼。沈雪峰忍不住咧開嘴傻兮兮地笑著，手掌始終捂著胸口荷包的位置。

朱子裕此時進來，笑著向徐婆子請安，笑道：「我家廚房今日剛燉好了福壽全，我拿了一罈子來給祖母，中午給祖母下酒吃。」

福壽全是青青按照上輩子關於佛跳牆的菜譜改良出來的一道菜，也是用了海參、鮑魚、魚翅、干貝、魚唇、鱉裙、鹿筋等幾十樣食材，用小火慢燉而成。當初還在道長那裡，青青做過一回，讓朱子裕飽了一次口福。

前幾日，鎮國公府負責鋪子的幾位掌櫃送了年禮過來，朱子裕瞧見有魚翅、魚唇等物，瞬間想起了多年前的那道福壽全，立刻來跟青青要了方子，回去就讓廚子發了海參和魚翅燉上了兩罈。花了七八個時辰的功夫，這福壽全燉得滿屋飄香，高氏特意來看一回，琢磨著給自家親娘送一罈去。誰知一會兒功夫沒看住，朱子裕就打發人送了一罈去老夫人屋裡，另一罈讓玄莫抱著大搖大擺地出了門，氣得高氏在後頭直跳腳罵他敗家。

中午沈雪峰和朱子裕都留下來吃飯，裝著福壽全的罈子雖然大，架不住徐家人口多，一人盛一碗就不剩什麼了。沈雪峰輕輕抿了一口湯汁，只覺得滿口濃郁葷香，味美香甜。

徐婆子年紀大了，就愛吃軟爛鮮香的東西，吃了一碗還不足，青青把罈子裡剩下的大半碗也盛了給她。沈雪峰笑道：「有方子也給我一個，往年家裡的那些好東西都讓廚房糟蹋了，回頭我也叫他們把魚翅、海參之類的乾貨翻出來燉兩鍋，到時候也請祖母嘗嘗，看是我家廚子做的味道好，還是子裕家做的香甜？」

徐婆子笑道：「滑頭！孝敬我好吃的還不直說，非得拐彎抹角。依我說，這些好東西誰家燉出來的都好吃。」

酒足飯飽之際，沈雪峰趁機邀請朱朱到園子裡散步消食，朱子裕則得告辭回家了。他平日裡整天都在外頭，早出晚歸的，老太太不說什麼，但一到過年過節，鎮國公的老夫人就不願意他總往外跑了。

青青從袖袋裡拿出早準備好的平安符遞給朱子裕，「這是我自己畫的平安符，在三清面前供了四十九天。」

朱子裕興奮地戴到脖子上，青青紅了臉，嗔道：「這是給你過年戴的。」

朱子裕道：「早一天晚一天有什麼關係？妳送的平安符，我捨不得放在荷包裡不戴。」

青青白了他一下，「油嘴滑舌的！行了，趕緊回去吧，晚了你祖母該念叨你了。」

朱子裕往外走了幾步，立刻又蹭了回來，悄聲道：「初二我過來瞧妳。」說著也不等青青回答便一溜煙跑了。

朱子裕在外面吃得飽玩得歡，高氏在家生了一肚子的氣。中午伺候老太太吃飯，一揭開盛著福壽全的砂鍋蓋子就聞見滿屋飄香。高氏本來就是眼皮子淺的，她又知道裡頭放了多少好東西，當時就饞得直嚥口水。

老太太嘗了一口，覺得香甜，便叫人拿了幾個小罐來，分了一罐送去給兒子，再分兩罐給龍鳳胎，剩下的半罐子在高氏眼巴巴的期待下，笑咪咪地吩咐：「拿去前院讓他們用小火煨著，晚上給子裕吃。」登時把高氏氣了個倒仰。

老太太吃飽了去歇晌，高氏回院子連飯都不想吃，思來想去，打發了個心腹陪房回家，問高夫人那事辦得怎麼樣了。

高夫人也不用僕人傳話，自己坐著馬車來了。

高氏見了親娘，連忙把伺候的人都攆了出去，兩人在屋裡嘀嘀咕咕。

高夫人說：「妳小時候妳二嬸請的那個神婆雖然後來露了馬腳被官府斬殺了，但是她那一脈的法術最是靈驗。這兩天，我費了好些功夫才找到那個道婆的一個師叔，人稱聖道姑，據說作法更強些。」

高氏聞言大喜，「她什麼時候能來給咱們作法？我一刻也不想看到那個死孩子了。前兩天鋪子裡送來大個的海參、鮑魚，我本來想留一些給娘，卻不料讓那個敗家孩子都給燉了，想起來我就氣得慌。」

高夫人心疼得直哎喲，也說了兩句糟蹋東西天打雷劈的話，「真是越大越討厭了！」

高氏點頭，「可不是？要是能早點除掉他，我還能多活兩年，不然早晚被他氣死。」

高夫人又撿起剛才那話繼續說：「聖道姑起初不願意接咱們這事，她說原本都是看緣分才做些善事，後來被她那師侄的事一鬧，人人都說她們是邪門歪道，她也因此冷了心腸，說寧願避世修煉，也不願意要塵世間這救人的功德了。」

高氏急了，「那怎麼辦？有沒有別的也靈驗的？」

高夫人瞪了她一眼，「妳當得道的高人到處都有嗎？」見女兒急得沒法，她又嘆道：「我何嘗不急？好話都說盡了，說咱們是最虔誠的，先給她香火銀子幫咱們在神前供著，等靈驗了再給出修道觀的錢。」

高氏一愣，「那得多少銀子啊？是不是許的太多了？」

高夫人用手在高氏頭上點了又點，「榆木疙瘩，就心疼眼前這點銀子。妳不想想，等那臭小子沒了，這偌大的鎮國公府都是妳和妳兒子的，銀子多的妳幾輩子都花不完。」

高氏咬咬牙，打開箱子取出一百兩銀子親娘，「那先給她一些香火錢，靈驗了另算。」

高夫人冷笑了一聲，接都沒接，瞅她說：「妳打發叫花子呢！當初就她師侄妳二嬸據說還花了八百兩的香火錢呢！」

「那麼多？」高氏傻眼，「她不會騙咱們吧？」

高夫人看著女兒，一臉的恨鐵不成鋼，「就知道妳不虔誠。人家仙姑也怕妳不信，還特意囑咐了，說頭一回不必拿太多銀子，先帶五百兩銀子去就行，順便再捎些那孩子頭髮去，她念些咒語把頭髮燒了，先讓他發熱燒個十來天，等燒得陽氣不足了再做場大的。」

高氏聽得一愣一愣的，「不用生辰八字嗎？只要頭髮就行？」

高夫人洋洋得意，「要不，怎麼說是高人呢？她說那種要命的才要八字，這種小打小鬧的只要毛髮就成。」

說得簡單，高氏依然發了愁，「毛髮哪裡去尋？伺候他的人一個個看我都像烏雞眼似的，根本不會把他的毛髮給我。」

高夫人道：「他是男孩子，難免粗心些，梳子上應該能有兩三根。這個也不需要多了，只要有一點就行。」

高氏還是沒辦法，「可他如今住在前院，我的人根本進不去啊！」

高夫人眼珠一轉，又生一計，「不行的話，妳讓昊哥兒去辦這事，那些人敢攔下人，卻沒膽子攔咱們昊哥兒。」

高氏聞言卻有些不樂意，她精心養了六七年的兒子，根本不願意他做這骯髒事。

高夫人看出她的心事，忙勸道：「只從梳子上和床上找些頭髮罷了，說謊話騙他兩句，沒有什麼關係的。妳要是不願意，回頭耽誤了事，可別賴我不幫妳。」

這句話讓高氏下了狠心，讓人把朱子昊叫了過來，摟在懷裡，溫柔地笑道：「娘要做一樣好玩的東西，你能不能幫娘取點東西？」

朱子昊拍著手道：「好啊好啊，娘要什麼？」

高氏附在他耳邊悄聲道：「你幫娘去你哥的院子裡，從他的梳子上拿些毛髮回來。記住，千萬別讓人看見，也不許說給人聽，這是咱倆的祕密。」

朱子昊認真地點了點頭，「聽娘的。」說完，一蹦一跳地去了前院。

還有一兩天就要過年了，此時前院的人各個忙得滴溜轉，一眼沒看住，朱子昊就溜進了朱子裕的屋子。他進來以後哪也沒敢看，直奔裝著梳子、扇墜之類的小匣子去。打開一看，卻傻了眼，梳子被清理得很乾淨，一根頭髮都沒有。

朱子昊拿著木梳愣了半天，聽院子裡有人走動的聲音，想起娘說不能讓人看見，頓時急了。他拿起木梳往自己的頭上梳了兩下，扯下四五個頭髮包在帕子裡，趁人不注意的功夫，將門開了條縫溜出去。

他剛走，朱子裕和天莫便從內室裡出來，看著桌上的梳子，兩人有點莫名其妙。

朱子裕戳了戳天莫，「他幹麼跑到我這裡梳頭？」

天莫撓了撓腦袋，「許是找不到梳子？不過他倒是愛乾淨，知道把頭髮收走。」

朱子裕雖然覺得昊哥兒的行為頗詭異，但確實沒見他做什麼，便將這事丟到腦後。朱子昊在別的上頭有點木，可在躲人上面卻很機靈，他避開了所有小廝的眼睛，氣喘吁吁地一路跑回了後宅，獻寶似的將手帕從懷裡掏出來遞給母親，「娘，頭髮！」

高氏一看，樂開了，「從梳子上取下來的？」

朱子昊認真地點了點頭，「娘說得快點，不能讓人瞧見，要不然能拿更多。」

高夫人將朱子昊摟在懷裡，連聲笑道：「夠了夠了，這些盡夠了。我的好外孫，你快回屋去歇著，我和你娘有話說。」

朱子昊答應了一聲，抬腿就往外走。他剛才偷偷進了朱子裕的房間，本就作賊心虛，又一路跑回來滿頭的汗，到高氏屋裡連忙摘了帽子和斗篷，可是說了沒兩句話，高夫人又攆他走，他汗還沒消呢，因此沒想著戴帽子穿斗篷，只穿著夾襖就出了門。高夫人和高氏的心思都在巫蠱朱子裕身上，誰也沒留意他。

等朱子昊一路晃回自己的院子時，腦門上都結了冰霜。伺候朱子昊的大丫頭綠枝登時就急了眼，連忙拿熱汗巾給他擦了又擦，又讓人煮薑糖水，還不忘把跟著去的小丫頭叫過來罵了一頓。小丫頭委屈得都哭了，「我看爺光著頭出來的，想進去拿斗篷和帽子來著，可夫人跟前的紫提姊姊擋著門不讓我進。我和她剛說了兩句，就見爺跑了，我只能趕緊追回來。」

綠枝沒空跟小丫頭費口舌，看著朱子昊喝了薑湯，又趕緊伺候他脫衣裳再把人塞進被窩裡，灌了兩個湯婆子放他腳下。朱子昊只覺得昏昏沉沉的，沒一會兒功夫就睡著了。

高氏還不知道自己的兒子凍著了，她正心疼地拿出自己的私房錢，數了五百兩的銀票遞給親娘，還不忘囑咐：「娘拿著銀子直接送去，我一刻也等不了。」

高夫人喜孜孜地將銀票塞到袖子裡，拍著女兒的手說：「妳放心，我這就去。」

高夫人果然沒有食言，坐著馬車出了城門，來到一個很偏僻的破道觀，將一百兩銀子和幾根頭髮絲小心翼翼地交給聖道姑。

聖道姑笑吟吟地將銀子收起來，讚了幾句高夫人虔誠。為了表現自己的能耐，聖道姑還當著她的面作起法來。端來一個火盆，拿了兩張黃紙往裡一扔就呼呼著起火來，聖道姑一邊念著咒語，一邊將頭髮丟進火盆裡，火光登時變成黑色，瞬間把頭髮燒成灰燼。

這駭人的一幕嚇得高夫人汗都出來了，琢磨了半天，十分心疼地摘下自己手腕上戴著的金鐲子遞給聖道姑，「道姑法力高強，我再加些香火錢。等那不孝子的陽火弱了，還得請聖姑出手，以絕後患。」

聖道姑一臉嚴肅地點頭，「居士放心。」

高氏在屋裡轉來轉去，直到天色昏暗下來，琢磨著那仙姑應該已經施過法，就不知朱子裕什麼時候發熱。正尋思，一個丫鬟在外面大叫：「不好了，不好了，少爺發熱了！」

高氏聽了險些笑出聲，連忙叫人進來，極力克制喜悅之情，「三少爺發熱了？」

「不是！」朱子昊的丫鬟急得滿頭大汗，「夫人，我是伺候四少爺的，是四少爺發熱了，身上滾燙滾燙的，已經開始說胡話了！」

高氏頓時傻了眼。

那丫頭見高氏眼睛直勾勾望著前方，一臉魂不守舍的模樣，急得直跳腳，也顧不得尊卑了，忙提醒道：「夫人，得趕緊打發人請太醫來呀！」

「對對對，請太醫！」高氏像無頭蒼蠅似的子轉了三兩圈，才忽然像醒悟了一樣，高聲叫道：「快讓人拿老爺的帖子請太醫來！」說完，也顧不得外面天寒地凍，大氅也沒披就往外跑。伺候高氏的丫鬟紫提連忙取了披風跟了上去，緊趕慢趕地跑了幾步才追上了高氏，幫她把披風攏上。

高氏氣喘吁吁地跑進兒子的屋子，除了大丫頭綠枝忙著拿溫熱的汗巾幫朱子昊擦拭著額頭，其他人呼啦啦跪了一地。高氏上前一巴掌把綠枝扇倒在地，一邊摸著兒子滾燙的身軀，一邊怒罵道：「怎麼伺候的？連少爺發熱都不知道？」

綠枝捂著紅腫的臉跪在高氏腳下，帶著哭音說：「下午少爺從夫人院子回來時，大氅沒穿帽子也沒帶，是光著頭縮著肩膀一路跑回來的，我趕緊給少爺灌了湯婆子，又看著他喝了兩碗薑湯才讓他躺下睡了。」

高氏瞪著腳底下跪著的一排丫鬟，「下午是誰跟著少爺的？」

那個叫清兒的小丫頭嚇得全身發抖，哭得都說不出話來了。

高氏惡狠狠地看了她一眼，喝道：「拖出去打二十板子！」

「夫人饒命！」清兒哆哆嗦嗦地哭喊道：「少爺從夫人屋子裡出來的時候就是光著頭，我要進去給少爺拿大氅和帽子，可是紫提姊姊不許我進去！」

聽見小丫頭攀扯到自己身上，紫提眼裡流露出一抹恨意，可又連忙掩飾了，在高氏質問的眼神下，紫提佯裝無辜，指著那小丫頭喝道：「妳當時悶著頭往裡闖，也不說什麼事，我哪裡敢讓妳進去？不過多問了一句要做什麼，妳就掉頭跑了，連話也沒說一句！若是妳說給少爺拿衣裳，我能不給拿嗎？」

高氏這才反應過來，是自己和親娘商議的事情見不得人，這才讓紫提在外頭守著，不許旁人進來的。此時看見兒子燒得胡亂說話的模樣，又悔又恨，責備自己怎麼就忘了幫兒子穿好衣裳，又怪紫提沒眼色，少爺沒穿大衣裳出去也沒瞧見。

見底下的丫頭一個個推卸責任，高氏氣惱不已，喊了人來，讓人把清兒帶出去打板子，又叫人把紫提攆回家去，四周登時鬧得雞飛狗跳。因兒子習慣了綠枝伺候，高氏此時也沒動她，只罵了三回，又讓她伺候好少爺，否則一家子都要被賣出去。

後院鬧得亂七八糟，朱子裕在前院也聽說了，連忙打開一個藥匣子，裡面擺滿了整整齊齊的瓷瓶，裝著各種青青自製的藥丸，上面有籤子寫好了名稱。

雖說高氏這人心腸惡毒，但龍鳳胎卻不隨她，都是憨厚可愛的孩子，每回在老太太房裡看到朱子裕都很親熱地叫哥哥，喜歡纏著他玩，因此朱子裕還是挺喜歡這一雙弟妹的。此時也顧不上和高氏之間的齟齬，他揣上藥瓶，直奔後院去了。

一進朱子昊的院子，就聽裡面又哭又鬧，又吵又叫的，朱子裕皺緊了眉頭，進去一瞧，看見高氏又要打這個又要攆那個的，不禁喝了一聲：「都什麼時候了，還惦記這些沒用的，趕緊讓四弟退了熱是正經！」

高氏看他精神抖擻的樣子，絲毫沒有發熱的跡象，而自己的寶貝兒子熱燒得人事不省，恨得牙直癢。如今高氏當著朱子裕的面，連表面功夫都懶得做了，白了他一眼不吭聲。

朱子裕沒空和她扯皮，將瓷瓶拿給綠枝道：「王太醫今天當值，從宮裡出來還不知得到什麼時候。妳取出一粒丸藥來，拿熱水化開，餵子昊吃了，先退下熱來再說。」

綠枝剛要伸手去接，高氏就擋了回去，「誰知道你這是什麼藥？你敢給我卻不敢給四少爺吃，誰知道你存的什麼心思！」

朱子裕冷哼，「別自己一副蛇蠍心腸就看誰都和妳一樣，妳回頭看看妳兒子都燒成什麼樣了，再耽誤下去，他要是有個好歹，妳可別後悔。」

「你胡說！」高氏尖叫，「你就是沒存好心，你咒你弟弟，拿著你的藥給我滾出去！」

正亂成一鍋粥的時候，鎮國公朱平章終於被人從美妾的屋子裡請出來了，他裹著厚厚的貂皮大氅，卻一步也不願走，讓人抬了軟轎晃到了兒子屋裡。

看著高氏豎著眼睛插腰怒罵的潑婦樣，朱平章先煩了她三分，喝道：「吵吵鬧鬧的成什麼樣？昊兒怎麼樣了？」

朱子裕請完安說：「也不知燒了多久，都說開胡話了，我拿了退熱丸來，母親死活不許他吃，非說我要害四弟！今天我把話擺在這，若是這藥丸有一絲問題，我不得好死！」

見長子立了重誓，朱平章一頭霧水地看著高氏，「好好的，妳怎麼和子裕鬧開了？既然有藥丸就先吃上，總比燒壞了好。」

高氏一直在糊塗的老夫人和朱平章面前表現對朱子裕的慈母之心，面對朱平章的疑問，高氏一句話也不敢說，只能把眼淚往肚子裡嚥，她是真怕朱子裕拿毒藥害死自己的兒子。

聽見朱子昊又開始呻吟，朱子裕嘆了口氣，將藥丸倒了出來，「這裡頭一共三粒藥丸，讓子昊先吃上一粒，剩下的等王太醫來時驗一驗，讓母親看看我是否存了害人的心思。」

朱平章疑惑地說：「親兄弟再好不過的，怎麼會有害人的心思，妳糊塗了吧？」

高氏低頭抹淚不敢吭聲，朱平章隨意指了個小丫頭道：「按照子裕說的，趕緊把藥給四少爺餵進去。」

那丫頭不敢遲疑，連忙兌水化開藥，一點一點地餵到朱子昊嘴裡。

室內一片寂靜，朱平章看看一臉絕望的高氏，又看看有幾分氣惱的朱子裕，問道：「你們母子鬧矛盾了？為了什麼？」

高氏臉色驟變，咬牙不吭聲。

朱子裕看了她一眼，冷笑道：「母親怕兒子拿毒藥害弟弟呢！」

朱平章聽得越發糊塗了，問高氏：「好端端的，他害他弟弟做什麼？妳糊塗了？」

趁著這機會，朱子裕樂得拆高氏的台，抱著手臂，靠著桌子冷笑，「母親想得長遠，她怕我會把子昊當成我繼承爵位的絆腳石，會暗地裡除掉他。」

對於這話，高氏無力反駁，因為這正是她想對朱子裕做的，自然會以此心揣度朱子裕。

朱平章聞言哈哈大笑，指著朱子裕說：「你這話糊塗，這爵位一直由嫡長繼承，和弟弟有什麼關係？」

他的一句話讓高氏的臉色青了又白，她似乎接受不了這刺激，忍不住晃了幾晃。

見妻子臉色不對，朱平章問道：「難道妳真的這麼想？這是妳糊塗了，子裕絕不會害子昊的，他們是親兄弟。」他轉頭看了看兒子冷漠的眼神、妻子不甘的神情，大為不解，「不過些許小事，怎麼都這麼苦大仇深似的？」

高氏別過頭去，看了眼安靜下來的兒子，想起他剛才吃進去的藥，連忙過去摸了摸，雖然還是燙的，但似乎比剛才好了些，她這才稍微放了點心。

王太醫在眾人的期盼中終於來了，也顧不上客套，放下藥箱，暖了暖手，就給朱子昊把脈。看著王太醫沉重的表情，高氏心裡一驚，不問青紅皂白，尖叫地向朱子裕撲過去，「你是不是給你弟弟吃毒藥了？」

朱子裕往旁邊側身，輕鬆地躲了過去。倒是高氏一個沒站穩，狼狽地撲到在地上。

王太醫看了看兩人，心裡忍不住嘆了口氣：還是撕破臉了！

「高氏，妳再鬧就給我滾出去！」朱平章面子有些掛不住，喝罵了高氏兩句。

朱子裕看著王太醫放下朱子昊的手腕，忙問道：「太醫，我弟弟怎麼樣？」

王太醫嘆氣，「出了汗又吹了風，這才染了風寒。發現得有些晚了，我估摸著至少燒了兩個時辰，脈象十分混亂。好在這會兒有緩解的跡象，是不是吃了什麼藥？」

朱子裕便將自己帶的藥丸遞給王太醫看。

王太醫托著在鼻子跟前聞了聞，又揪下來一點放嘴裡抿了抿，點頭道：「此藥丸正對症，過一個時辰再給他吃上一丸，我再開個方子一起配著吃。」

高氏聞言連滾帶爬地過來，擔憂地問道：「太醫，我兒子沒什麼大礙吧？」

王太醫這些年來一直給鎮國公府看診，雖是外人，但對府裡的情形比鎮國公母子看得透徹。對於高氏，他一直沒什麼好感，聽剛才的言辭，她似乎對朱子裕來拿的退熱藥有疑意，因此說道：「現在還拿不準，先等小少爺醒了再看吧。好在有三少爺拿來的藥丸，否則等我來時，只怕腦子都要燒壞了。」

一句話說得高氏又驚又怕，縮在一旁不敢再吱聲了。

如今鎮國公府這個情形，王太醫也不敢離開，朱子裕讓人在前院收拾一個房間，請王太醫暫時在府裡小住幾日，又派人去王太醫家裡打了招呼，順便幫忙取些換洗的衣物來。

經過兩天的反覆高燒，到了大年三十這一日，朱子昊總算退了熱，只是看著還是有些萎靡，僅能喝點稀粥。高太醫把了脈，換了一個方子，便告辭回家去了。

高氏看著兒子兩天時間就小了一圈的臉蛋，再看看朱子裕身強體壯，沒有發熱跡象，頓時懷疑是親娘被騙了。五百兩銀子拿出去，可說的事根本就不靈驗。她原本想著初二回娘家再問此事，但越想越坐不住，讓丫鬟找了紙筆，細細地寫了封信讓自己陪房的送回高府。

沒多久，陪房帶回來高夫人的回信。信裡信誓旦旦地打包票，說肯定是靈驗的。

高氏將信摺了兩摺，把信鎖在箱子裡，滿心疑慮地去了兒子屋裡，看著朱子昊勉強吃了幾勺粥後，又搖搖頭躺下了。高氏擺手讓丫鬟們都退了出去，她半躺在兒子身邊，一邊輕拍著他的後背，一邊問道：「你那日給娘的頭髮確定是從你哥屋裡拿回來的嗎？」

朱子昊睏得都睜開不眼睛了，卻還是乖巧地回答：「是啊，我從匣子裡拿出哥哥的梳子，可是梳子上很乾淨什麼都沒有，我就梳了兩下自己的頭髮拿回來給娘的。」

高氏眼前一黑，險些暈死過去，頓時忍不住給了自己兩巴掌，恨自己說話不明白，讓孩子想錯意思著了道。朱子昊強撐著轉過頭來，「娘，您怎麼了？」

高氏淚流滿面地道：「娘沒事，娘想到治病的法子了。你先睡覺，娘給你求方子去。」

朱子昊點點頭，閉上眼睛很快睡著了。

高氏顧不想得儀態，快步跑回去，寫了封信又讓陪房送到高家。

高夫人看了信，沉吟了片刻，在信裡寫道：「聽仙姑說，解除法術比下咒還要難些，最損精氣神了，可事關外孫的安危，我少不得明日豁出臉面替妳去求上一求，只是上回那五百兩銀子都給仙姑作法使了，還得再送一些來。」

將信遞給陪房，高氏看著自己鎖銀子的匣子發呆，自己家一年比一年艱難了，排場卻越來越奢靡，若不是沒法子，她也不願意從中賺閨女的私房錢。略微內疚了片刻，高夫人又以外孫日後繼承爵位有大把的銀子花為藉口安慰自己，將內疚拋到了九霄雲外。

高氏很快讓人送了五百兩銀票，高夫人也不管家裡的事了，坐著馬車去了郊外，又花了一百兩銀子求了張符紙來，親自送到鎮國公府。按照那道姑的說法燒了後，拿那灰燼沖水給朱子昊灌了進去。

雖然鎮國公府因小少爺的病情，過年的喜慶氣氛打了幾分折扣，但是徐家此時卻熱鬧得緊。徐鴻達三兄弟按照在村裡的習俗，歡天喜地貼對聯、貼門神，又在徐婆子的屋裡貼上青青親手畫的年畫。

徐澤天、徐澤寧、徐澤然三人裝了一兜零碎的鞭炮，哀求著徐澤浩放給他們看。徐澤浩將鞭炮插在雪地裡，點上香，幾個孩子連忙捂住耳朵，連數三聲，就聽到「砰」一聲，鞭炮炸得雪花四處飛濺，徐澤天三人興奮地叫好。

徐澤浩又插上一個鞭炮笑道：「澤天、澤寧，你倆也來點。」

徐澤天打小在村子裡長大，徐澤寧也在村裡過年，每年都看那些男孩子放鞭炮，因此膽子也大得很。徐澤天學著徐澤浩的樣子，小心翼翼地點上鞭炮，看那煙一冒，掉頭就跑，沒跑兩步就聽見「砰」一聲，逗得徐澤然哈哈大笑。

男孩子愛鞭炮，女孩子則愛花。

沈家裡新得了幾匣子宮製的絹花，沈雪峰要了兩盒送來給朱朱。朱朱將絹花打開放在徐婆子屋裡的炕上，丹丹和藍藍雖然才四歲，卻是愛漂亮的年紀，兩人拿著花往頭上按，只是年紀小，梳不起頭，自然插不進去。

青青笑著叫人拿來一些卡子，給兩人別了一頭的花。兩個小丫頭對著銅鏡看了半天，樂得又笑又跳，看到人就問自己美不美，逗得旁人哈哈大笑。

三個兒媳婦圍著徐婆子一邊說著笑話，一邊吃著零嘴。

徐婆子忍不住說起過去的事來，「以前咱們家在村裡算是富裕的了，過年的時候雞鴨肘肉樣樣不缺，鎮上賣的糖塊糕點咱們家也有。村裡的人都喜歡先來咱們家拜年，抓一把糖塊，喝一碗糖水，和咱們家親香的還能拿兩塊點心走，誰不說咱們家日子過得好。我當時還琢磨著，咱們家在村裡的日子已經是數一數二了，那些有錢人家也不知日子是什麼樣子？」

見兒媳婦們都笑，徐婆子也笑道：「如今咱們家雖不能說大富大貴，但也出了官老爺了。單說這過年，妳們瞧瞧這桌上有核桃又有松子，還有果脯、點心，孩子們託了她大姊的福，另有宮裡的花戴，往常做夢都想不著有這樣的好日子過，我可算是享著妳們的福了。」

青青笑道：「祖母，您也太容易滿足了，這才到哪兒？等我爹以後升了官，再給您掙個誥命回來，那才叫風光呢！」

徐婆子聽了，樂得滿口的牙都露了出來，「那我可得多活幾年才行。」

到了酉時，青青叫人擺上自己特製的大圓轉桌，全家不分男女老少，熱熱鬧鬧坐在了一起。徐婆子笑得直瞇眼，舉起酒杯說了句團團圓圓和和睦睦之類的賀歲話。大人們也舉酒，幾個孩子則舉起了裝著糖水的杯子，共同喊了一句團團圓圓後一飲而盡。

徐家人吃得歡快，貼身伺候的丫鬟們也圍坐在徐婆子院裡的廂房內吃著團圓飯。剩下的婆子雜役分了男女，擺了幾桌一起過節。

吃罷了飯，青青特意拿幾樣玩意兒給家人消遣，雙陸、葉子牌是朱子裕送來的，另外自己找人特意訂做了硬紙畫了撲克牌出來，還做了一套大富翁的棋盤。

徐澤浩對雙陸感興趣但是不太會玩，徐鴻達帶著他玩了兩局，他很快上了手。徐婆子領了三個兒媳婦玩葉子牌，這東西除了寧氏會一點，其他人都是第一次玩，磕磕絆絆的不是忘了碰就是詐和，婆媳四人笑得腰都直不起來。

幾個孩子圍著大富翁，徐婆子給他們每人一百個銅板叫他們去玩。青青講了規則，就由著他們去鬧。撲克牌是新鮮玩意兒，最簡單最有趣的就是鬥地主，青青帶著伯伯叔叔三人玩了幾回，學了兩遍，眾人就摸透了規則，一會兒功夫又是飛機又是炸彈的，雖然不知道自己說的是什麼意思，但徐鴻翼和徐鴻飛仍然玩得不亦樂乎。

由於有了這些新鮮玩意兒，往常打瞌睡的守夜變得有趣起來，不知不覺中就到了半夜，廚房送了餃子過來，徐婆子捨不得手裡的牌，連聲說：「先打完這局，我保證能贏。」寧氏根據牌面，早算到了徐婆子要的那張牌，便故意打了出去。徐婆子一眼瞧見了，連忙撿回來，「和了！我就說我這把能贏！」

青青贏了大伯小叔兩人一袋銅板，見徐婆子吆喝著讓媳婦們給錢的聲音，湊了過去，「祖母，您贏了多少？我幫您數數？」

徐婆子瞅了她一眼，點了點她腦門說：「還沒到發壓歲錢的時候，妳著急得早了些。」熱氣騰騰的餃子端上了桌，徐婆子笑道：「今年特意讓他們包了糖塊、栗子和銅錢，混在一起煮的。哪些有東西我也不知道，看誰福氣好，吃的糖塊和銅錢多。」

朱朱問道：「這糖塊和銅錢還好說，栗子是啥意思？」

徐婆子笑道：「誰吃到栗子，說明今年誰出力多，是幹活的勞碌命。」說完自己率先夾了一個餃子，一口咬下去，結果吃到裡頭化了一半的麥芽糖，忍不住笑道：「哎喲，可讓我吃著了，第一個餃子就是糖！」

幾個孩子爭先恐後地說道：「祝祖母新的一年過得甜甜蜜蜜。」

徐婆子笑道：「看到你們幾個，我可是比吃了糖還甜。」

因為東西包的多，家裡幾個有鋪子的都多少吃到了銅錢，而栗子基本上都到了徐鴻翼和徐鴻達的嘴裡。徐鴻翼還好說，啥時候都忘不了他的莊稼，就是住在縣裡還得十天半個月回去一趟，看看他的莊稼，心裡才舒坦。

至於徐鴻達，徐婆子吃驚地問：「當官還用出力嗎？」

青青道：「我爹是腦力勞動，也很出力。」

這麼一說，說到了徐婆子的心坎裡去，「可不是？你爹當官最費腦子。麥穗，去廚房端一盤豬頭肉來，讓我們家的官老爺吃些豬頭補補腦子！」

徐鴻達：娘，您不怕我補成豬頭嗎？

肆之章◆身世祕聞難掩藏

朱子昊從小吃的用的都是極其細緻的，料理從來都是剛出鍋就端到朱子昊面前，略微放上一個時辰，高氏就不許朱子昊入口，因此朱子昊的腸胃十分挑剔潔淨。

高氏親自餵了符水下去，沒兩刻鐘，朱子昊就開始腹瀉。他這幾日本來就沒吃幾口飯，又拉了兩回，喝了符水，就腿軟得坐都坐不住。就算兩個丫鬟能扶著抱著讓他坐在恭桶上，可總得起來折騰也受不住，很快朱子昊又發起熱來，有時腹痛還來不及叫就汙了被褥。

眼看著到了吃團圓飯的時候，朱子昊的病情實在瞞不住了，朱平章才知道高氏鬧的這一齣，氣得當場踹了高氏兩腳。也是朱平章虛弱，兩腳下去，高氏不過就是晃了晃。朱子裕不屑地撇嘴，若是自己，只要一腳就能給她踹掉半條命。

朱子裕上前看了看眼窩凹陷、嘴唇發白的弟弟，派人又去取了治療腹瀉的藥丸給朱子昊吃上了。青青用的方子都是從醫道長那裡得的，效果極好。吃上不過一刻鐘，朱子昊便慢慢止住了腹瀉。朱子裕又拿出退熱藥丸配著太醫開的方子熬好的藥汁，看著朱子昊喝下。

朱子昊本來胃就小，連著灌了三碗藥汁進去，喝下沒多久就嘔出來兩口，高氏尖叫著又指著朱子裕怒罵他。

朱子裕冷眼瞧著連戲都忘了做的高氏滿嘴吐出骯髒的話語，而高氏滿臉惡毒的模樣又正好被朱平章及扶著丫鬟顫巍巍過來的老夫人看了個正著。

朱平章和老夫人兩人雖然糊塗，但這種糊塗是未經世事被保護得太好形成的。像老夫人從來不會把人往壞處想，認為每個人表現在外的都是真的，就沒有不好的人，而朱平章獨苗一個長大，連個爭寵的兄弟姊妹都沒有，他又少和外頭接觸，哪裡懂後宅這些彎彎繞繞？

兩人看著原形畢露的高氏，都是一臉不敢置信。

高氏罵了個夠，一插腰看到坐在身後發愣的朱平章，以及站在門口發懵的老夫人，這下慌了神，一會兒撲向這個，一會兒又到那個前面訴說：「我只是看子昊被三少爺灌得吐了藥心裡著急，並不是有意的！」

朱子裕看了已經沉睡的朱子昊，冷笑著問道：「被妳餵符水拉肚子導致大小便失禁，後來又發起高熱來，不餵他吃藥怎麼辦？難道母親準備再去求一道符紙來給四弟治病？」

高氏語塞了，眼淚一串串滾了下來，「別人都說那道姑極其靈驗的……」

老夫人扶著丫頭的手在椅子上坐下，搖頭道：「這年還沒過就這麼不消停。」接著又問高氏：「妳怎麼那樣罵子裕？往常妳對他不是最好的嗎？妳看看妳那樣子，哪像親娘？」

朱子裕看著越來越糊塗的老太太，忍不住提醒道：「祖母忘了，她本來就是後娘。」

「後娘？」老太太像是打通了任通二脈般，思維突然活躍起來，「我說子裕怎麼整日不在家，原來都是妳逼出去的，戲文上的後娘就是這麼演的。」

正哭得鼻涕一把眼淚一把的高氏，被老夫人的神來一筆給噎了回去，「戲文？」

將看戲聽書作為消遣的老太太說起戲文來，頭頭是道，「就前幾日演的，一個高官娶了繼室，那後娘看不慣前頭生養的那個，背後裡對他非打即罵，還找了個殺手去追殺他，弄了毒蘋果給他吃，還想用汗巾趁他睡覺的時候勒死他。幸虧那孩子有七個忠心的侍衛，這才沒遭了那後娘的毒手。」

朱子裕摸著下巴聽得津津有味：咱們家青青給老太太寫的戲文就是好看，這後娘的戲文老太太都連看三天了還不膩煩，每次看到關鍵環節時，都捏著帕子緊張得不得了，看來是時候讓戲班子排練燒火灰少爺的故事了。

高氏一臉懵逼：這都是哪兒跟哪兒？雖然她的心思和戲文裡頭後娘的想法一樣，但是下毒她不敢，派人追殺被打斷腿扔回來，至於去勒脖子，高氏氣得一臉不平，她看起來那麼蠢嗎？到底哪來的戲班子唱的蠢戲文，回頭定要把人攆出去！

老夫人看著高氏一臉憤憤不平的樣子，心裡越發覺得她就像戲文裡的後娘，連只有一般小蠢的朱平章看著高氏，也是一臉懷疑。

高氏這幾年沒人管她，縱得她脾氣性格都有些跋扈起來，這才在老太太和國公爺面前露了馬腳。此時見兩人皆面色不善地盯著她，高氏慌了神，抹著眼淚，佯裝無辜，「這些年我待子裕怎麼樣，老夫人和老爺都是看在眼裡的，吃的用的哪樣不精緻？」

老夫人看著朱子裕華麗的衣裳，剛要點頭，朱子裕就冷冷地拆臺，「咱們家可是國公府，妳敢讓我穿得破破爛爛的出去？」

老夫人點了一半的頭停下來了，遲疑地看著高氏。

高氏低下頭藏住眼裡的憎恨，用帕子擦拭臉上的淚水，琢磨了片刻，換了個說法，「是，打子昊出生後，我的心思多半放在子昊身上，可這是因為四少爺年幼，並不是我不疼子裕。至於剛才……」高氏想了想，厚著臉皮說：「我實在是看子昊坐不穩又吐得上不來氣的樣子慌了心神，並不是有意要罵子裕的。」

朱子裕無辜地眨了眨眼睛，「可這是妳亂給四弟灌符水才導致他拉得脫了形。」

得，話題又轉了回來！

眼看著天色一點一點暗了下去，朱平章懶得打這種沒頭的官司，當下喝道：「行了，別鬧了，等過了年再說！」看了眼床上躺著的病弱兒子，他瞪了高氏一眼，「按照王太醫的方子來做，妳少拿那些亂七八糟的東西往子昊嘴裡灌。再有下回，妳就給我滾回家去！」
高氏嚇得連連點頭，還不忘為自己辯解一句：「我也是有些著急了。」
老夫人瞅了瞅高氏，伸手拉住朱子裕，讓他扶著自己回屋。
高氏將人送到門口，遠遠地還聽見老夫人對朱子裕說：「往後她再欺負你，你跟我說。什麼東西，還敢給我孫子臉色看。」
雖然知道這種事和祖母說了沒用，老太太最是心慈手軟，不會給高氏什麼處置，頂多說兩句就罷了。但今日這齣意外，還是讓朱子裕興奮不已，他最煩的就是高氏當著老夫人和鎮國公面刻意表現出的慈愛，如今能提前戳破她偽善的面孔，可以算是意外之喜了。
朱平章看向不知所措的高氏，冷哼了一聲，「在子昊好之前，妳少來這屋待著。」見高氏愣在那裡，他吼道：「還不趕緊回去洗臉換衣裳，讓誰等著妳不成？」說著一甩袖子走了。
高氏呆呆地看著鎮國公上了軟轎，兩手慢慢地握起了拳頭，長長的指甲扎進了掌心，滲出了點點血花。
朱平章因朱子裕與高氏的惡劣關係、朱子昊的重病，終於對後院多了幾分重視，又聽說符紙是高夫人送來的，險些對高家翻了臉。在高氏的再三哀求下，朱平章才沒找高家麻煩，勉強丟下一句：以後少讓她上門，妳也少回去。因此，大年初二的時候，高氏沒能回娘家。
聽著外面的鞭炮聲響，想起在床上起不來的兒子，高氏對那個所謂的聖道姑有些懷疑起來。若說是管用，怎麼她的符紙治不好子昊的病呢？若說不管用，可作了法確實讓人高燒不起，雖然燒錯了人……
而高家在高老太太死後，終於在彼此的扯皮謾罵中瓜分完了那些財產，高氏父母作為嫡長終於將嫡出的、庶出的弟弟們攆出了宅子。高氏不找高夫人，高夫人也沒空去管鎮國公府的事，她整日在老夫人原來的屋子轉悠，總覺得高老太太的東西不會只剩下最後那些，興許是藏在哪裡了？

◆　◆　◆

轉眼到了正月十五這天，朱朱和青青將做好的各色花燈掛滿整個院子，連草木枯零的園子也掛上了一盞一盞的紅燈籠，顯得分外喜慶。

書畫坊在十五這天也開張營業，青青親自做了一盞仙女燈。燈籠的六個面上皆有一位婀娜多姿的仙女，或捧著芍藥，或吹著笛子，個個風姿綽約、貌美如花。朱朱則做了一盞四君子的燈籠和有十二花卉的彩燈，另有姊妹倆畫的扇子九把，與燈籠一起作為書畫坊在燈節搞活動時的彩頭。

至於題目，有燈謎、聯句、詩詞歌賦，有天文地理、圍棋殘局，各分了難度，答的越多選的題目越難，越有機會得到大的獎品。

由於書畫坊對書香居士和食盒的畫進行了限量銷售，一下子將兩人的書畫作品推到了令人咋舌的高價。如今有機會免費贏得此二人的書畫作品，京城的學子們知道後躍躍欲試，都想去搏一搏。如若得到了東西，可是又有裡子又有面子的事。

晚上各家各府早早地吃了飯，男女老少們便都出門了。

沈雪峰來徐家接朱朱走了，朱子裕在徐鴻達的怒視下，厚著臉皮拽走了青青。

王氏、吳氏都剛查出喜脈來，加上寧氏三個孕婦，誰也不敢出門，因此，徐婆子領著她們在家裡打葉子牌。

徐澤浩一手一個，拽著徐澤天和徐澤寧兩人，徐鴻翼和徐鴻飛把女兒抱在脖子上，徐鴻達將小兒子徐澤然抱在懷裡，一群人熱熱鬧鬧地出了門。

此時京城的百姓們大多數都出來了，瞧著一路上各式各樣的花燈，又有那會做生意的人擺了各種小攤在道路的兩邊，有各色小吃、泥人、竹編的花鳥魚蟲，還有套圈等玩意兒，別提多熱鬧了。

朱朱第一次看見這麼多漂亮的花燈，只顧貪戀四周美景，一個不留神被後面的人撞了一下，沈雪峰連忙扶住她的手臂，待她站穩後輕輕拉住她的手，俊臉紅彤彤不敢看她，「路上人多，我拉著妳。」

朱朱害羞得鼻尖都冒出汗來，微微側頭看了一眼沈雪峰，只見他連耳根子都是紅的，忍不住噗哧一笑。沈雪峰轉過頭來看了朱朱一眼，在燈籠的映照下，朱朱的臉頰粉嫩嫩的，亮晶晶的眸子裡帶著些羞澀。

沈雪峰看得心頭火熱，忍不住伸手在她的臉上捏了一下。

朱朱哎喲叫了一聲，沈雪峰才回過神來，明白自己幹了什麼，有些窘迫地咳嗽了一聲。朱朱歪過頭不敢看他，只佯裝被路邊的花燈吸引了。

比起這對小情侶的羞澀，朱子裕和青青就大方多了，他倆拉著手直奔最熱鬧的地方。

青青最喜歡看的就是各種手工製品，朱子裕便領她往那樣的攤子走去。青青一會兒摸摸柳根雕老壽星，一會兒瞧瞧草編的小兔子，一會兒買竹子編的小鳥。

天莫、玄莫和寶石三人跟在後頭，時不時幫著付錢抱東西。

青青買了一套木頭塗了顏色畫的臉譜，朱子裕看到旁邊攤位有個木頭雕刻的空心娃娃，拿過來遞給青青，「看這個可喜歡？」

青青拿起來擺弄一下，搖搖頭讓他放回去，「我知道有一個好玩的娃娃，跟這樣的差不多，就是頭和身子一旋轉就能擰開，然後一個套一個，大的套小的，最多能套十二個娃娃。」

她說得有趣，那賣娃娃的眼睛一亮，忙笑著說：「姑娘若是喜歡那樣的，明日再來，我保管有妳喜歡樣式的娃娃。」

青青看著攤子上用木頭雕刻的各樣東西，笑著問道：「這些都是你自己做的？」

那小夥子撓了撓頭，回答說：「我家是祖傳的木匠，我幹活休息時就喜歡用邊角料做些零碎的小玩意兒，姑娘喜歡什麼樣的東西只管和我說，保管做得出來。」

青青想起家裡的兩個妹妹，如今女孩子玩的東西實在是少了些，像她前世幼年最喜歡玩的過家家，兩個小妹妹就從未玩過。

青青比劃著說，要做一個三十公分高的小房子，可以從前面打開，裡面的床、櫃子、桌子、多寶閣、屏風都要和真的一模一樣，只是要做得小小的。還要做幾個娃娃，手掌大小，手腳要和真人一般無二，還要給穿上衣裳，打扮得像真人。

小夥子笑道：「倒也不難，只是費些功夫。姑娘若是信得過我，我就接了這活計。只是手腳那麼長，怕是不方便穿衣裳。」

青青細細地跟他說了關節要怎麼做，頭是什麼樣的，最後不忘囑咐他只要把頭的形狀雕好，眉眼和嘴唇她會自己塗色。那小夥子極有靈性，青青一說他就明白了大概，回去只要多試就成了。青青從寶石手裡拿過錢袋，給了他一兩銀子，囑咐他若是做好了就送到自家的宅子去。那小夥子認真地記了位址，又背了兩遍，表示自己記住了。

朱子裕瞧見不遠處有一個小吃攤子，拽了下青青，問道：「晚上吃得那樣早，這會兒餓不餓？有沒有想吃的？」

青青也瞧見了前面一排十來個攤位，四周都坐了滿滿的人。她正挨個看去在琢磨吃什麼呢，就聽朱朱叫她。回頭一看，只見朱朱和沈雪峰兩人坐著一張桌，上面擺了不少吃食。

朱子裕和青青過去一瞧，笑道：「你們這是打算把這些攤位上的吃食都嘗一遍啊？」

朱朱站起來接過老闆遞來的餛飩，一邊拿勺子撥了半碗給青青，一邊道：「每樣少吃些，這樣就可以多吃幾樣了。」

姊妹倆坐在一起，你餵我一個，我夾給你一個。

朱子裕和沈雪峰坐在一邊，眼饞地看著她倆，又對看了一眼，臉上都是滿滿的幽怨，似乎都在怪對方那麼大的京城，怎麼偏偏和自己碰到一起了。

既然聚在了一起，索性去猜燈謎。沈雪峰是探花，朱子裕雖沒考功名，但這些年讀的書也不少，因此各商家鋪子掛的燈謎都難不住他們。只是他倆也不是遇到燈謎就猜，只挑那青青和朱朱看上眼的，一會兒功夫，身後跟著的幾個人手就滿了。

青青拿著一盞嫦娥奔月燈，對眾人提議道：「前面就是書畫坊了，不如我們過去歇歇腳，也瞧瞧是誰贏了咱們家的彩燈。」

書畫坊此時圍滿了書生學子們，也有些家境清貧的官員過來湊熱鬧。

書畫坊的謎題分易、中、難三等，每等又分八個類別。易等難度的字謎根據回答對的個數可以獲得常見的花燈、顏料、毛筆等物，中等難度的則是墨、硯、書冊。全部答對的話，有機會獲得書香居士的扇子。至於最難的一關，不僅要答的題多，題目的難度也讓人瞠目結舌。當然，沒有闖到最後一關的也會根據答題的數量獲贈扇子或其他物件。這些題目有青青、朱朱姊妹出的，也有徐鴻達給的，朱子裕和沈雪峰也絞盡腦汁貢獻了不少。

幾人沒從前面擠，而是自後門進了書畫坊，夥計們早準備好了茶點送到雅間裡。青青推開雅間的窗戶，幾人坐在裡頭正好一邊喝茶一邊聽下面答題對對子。遇到好的聯對，或是挑戰最難題目的，幾人就會湊到窗前往下看。

十來個人挑戰失敗了，拿了禮品後退到一邊看別人答題。徐鴻達幾人抱著孩子逛得也有些累了，知道青青的鋪子有字謎，便過來湊熱鬧。徐鴻翼、徐鴻飛兩人帶著孩子們上了樓，徐鴻達則站在下頭聽他們猜謎。

此時猜謎的是國子監的一個學子，叫做鄭元明。他連闖了九關，只剩最後的一道題，所有人都屏住了呼吸，猜測著他是否能拿走書畫居士的花燈。

掌櫃笑著問鄭元明：「不知鄭公子想選哪個類型的題？」

鄭元明看了看剩下的幾個名目，頗有些自信地說：「選圍棋殘局吧。」

兩名夥計小心翼翼地托著一張棋盤放到桌上，眼前的棋局一條黑龍橫臥在棋盤上，一把鋒利的大刀架在龍頭之下，眼看著就要一刀將龍頭斬下。鄭元明要做的是，將黑龍救下解開必敗之局，不必分出最後的勝負來就算他贏。

鄭元明既然敢選殘局，必定是對自己的棋藝信心滿滿，只見他拿起黑子，略一思索便落下一子。掌櫃下棋的水準普通，但有提前學好的應對之策，因此極快地跟了一子。眨眼間，兩人便爭鬥了十來個回合，黑龍與白刀相互廝殺，試圖掙脫開必死的困局。

鄭元明下得很吃力，青青在上面看得很認真，眼看著黑龍就要掙脫白刀的束縛，掌櫃拿著棋子不知該從何處下手，忽然有個清脆的聲音在頭上響起：「『平』位二八路。」

鄭元明下意識抬頭一看，只見一位少女戴著面紗站在二樓窗前，正看著樓下的棋局。因被白色的面紗遮擋，鄭元明看不清少女的長相，但仍被少女那雙充滿著自信的漂亮丹鳳眼所吸引，一時間神情有些恍惚。待回過神來，那柄白刀已由砍化為刺，衝著黑龍的心臟狠狠地刺來。鄭元明不敢再走神，艱難地躲避，捨去一隻龍爪換來半分生機。

鄭元明正在思考下一步怎麼走，樓上的女孩又朗聲說道：「黑子已獲生機，掌櫃，將花燈給此人吧。」

鄭元明連忙抬頭想說些什麼，卻見那女孩毫不留戀地轉頭離開了窗邊。

鄭元明癡癡地站在樓下，掌櫃連叫他幾聲他才反應過來。看著掌櫃指的三盞花燈，鄭元明直覺選了仙女那盞。在他心裡，剛才那下棋的女子宛如仙子般清冷且高不可攀。

徐鴻達看著這十來歲的少年似乎陷入了單戀的泥潭，忍不住替他抹了把心酸淚，悄沒聲息地從後院溜上樓。他上來正瞧見朱子裕殷勤地幫青青拈去松子仁上的紅皮，不由說道：「幸好青青機靈戴了面紗，沒透露身分，要不，明天指不定有上咱們家提親的。」

朱子裕聞言炸毛了，就看了個花燈，怎麼還多出個情敵呢？

……

打書畫坊開張那日起，就有無數人打探其背後的主人，查來查去只知道是鎮國公家的鋪子，裡頭的掌櫃和夥計都是曾經鎮國公原配的舊人，可鎮國公一家子除了吃吃睡睡，似乎就沒一個喜好書畫的人。到底何人是書香居士和食客，眾人就打探不出來了。

鄭元明得了花燈後，怕火苗把紙燒著了，沒特意讓人點上。書僮上前接花燈他也不給，只魂不守舍地自己拎著，癡癡地抬頭看著樓上。等到夜深了，其他幾個花燈、扇面都叫人贏了去，掌櫃招呼夥計趕緊收桌子架子，見鄭元明還不走，掌櫃由衷地替他感到脖子疼，上前好意勸說：「這位公子，小店的活動已經結束，您請回吧！」

鄭元明回過神來，連忙問掌櫃：「剛才那下棋的姑娘是誰家的小姐？可否引薦一二？」

掌櫃呵呵笑了兩聲，「不知道！不認識！」

「怎麼會不認識呢？她就在上頭的雅間。」鄭元明急了，「我來過你家鋪子多次，知道上頭那個雅間等閒不許人進去的。」

掌櫃連話都不答了，鄭元明剛想攔著，就見上頭雅間的燈滅了，此時他也顧不上問那掌櫃，反而抻著脖子往裡瞅，可惜夥計們收拾了東西，只留下兩個身強力壯的值夜，其他人三三兩兩的都回家去了。

鄭元明失魂落魄地站在書畫坊門口，他的隨從小心翼翼地湊了過來，悄聲道：「爺，夜深了，該回家去了。若是再晚，恐怕夫人該著急了。」

鄭元明又抬頭看了眼二樓的窗戶，嘆了口氣，轉身離開。

送完青青回家，又回到此處的朱子裕，站在不遠處，將鄭元明的舉動看得一清二楚，他皺著眉頭看了眼天莫，「去看看是哪家的？」

天莫點了點頭，消失在深夜中，等朱子裕坐了馬車剛到家，天莫也回來了，回道：「這鄭元明是大理寺丞鄭宿成的小兒子，年方十四歲，如今在國子監讀書。」

朱子裕道：「我看他有幾分癡性，這陣子多留意他，別讓他做出有損青青名聲的事。」

玄莫道：「他連徐二姑娘的臉都沒瞧清，怎麼就喜歡上了？這讀書人真讓人搞不懂。」

天莫說：「玄莫有句話說的對，這鄭元明連徐姑娘姓甚名誰都不知道，年紀長相也一無所知，就是一時發了癡又怎樣？他上哪兒去尋人？」

朱子裕揉了揉眉心，「小心一點總歸無錯。」

天莫應了一聲，準備明天打發個人專門去盯鄭元明。

看著已過了二更天，朱子裕叫天莫和玄莫趕緊回去休息。如今天莫已經成家，娶的是老太太身邊的大丫鬟玉樓。朱子裕在老太太身邊的心腹不多，玉樓當年是主動照看提點朱子裕的，因此朱子裕待她也不同旁人。

玉樓成親後，朱子裕特意在老太太跟前為她說了話，因此玉樓仍每天來老太太屋子裡伺候，只是不再管老太太的箱籠衣裳首飾之類的，只負責陪老太太聽書看戲說話，時不時還弄些話本念給老太太聽。老太太聽上了癮，反而比以前更依戀她。

天莫回到家，玉樓把今天宅子裡的大事小情都說了一遍，兩口子這才洗漱歇息去了。

轉眼出了正月，因王氏和吳氏都如願懷了身子，徐婆子便帶著兩個兒媳婦去南山觀還了願。徐鴻翼在京城待了近兩個月，有些坐不住了，想早些回鄉，只是王氏的肚子還未滿三個月，徐婆子便讓她養一養再回去，免得長途跋涉把孩子折騰掉了。

王氏羞得沒法，私下裡和寧氏說：「眼瞅著兒子都要娶媳婦，我這又懷上了。原本以為哄娘開心才去拜拜，誰想到這麼靈驗。」

寧氏笑道：「我這不也是？閨女都定了親事，我這肚子還揣著一個呢！」

王氏道：「咱們家這些年子嗣可算興旺起來了，當時我生浩哥兒的時候，老太太還說每家有一個兒子他就知足了，妳看看如今我都兩個兒子了她還嫌少。」

妯娌兩人說笑了一回，寧氏知道王氏也惦記家裡，就勸慰道：「再安心待一個月，到時候天氣暖和，路上也好走。浩哥兒的功課有他二叔盯著，妳只管放心就是。」

王氏說：「這不，今年秋天新媳婦就要進門了，各色事情籌備起來都得花費功夫，我想著趁著這會兒身子輕便多準備準備，免得回頭身子沉了精力不濟，再漏下什麼。」

寧氏道：「若是事事親為，那不得累死？妳回去從鋪子裡抽調兩個婦人，再加上宅子裡的僕婦小廝們，讓他們忙去，妳只管找一個伶俐靠譜又懂行的人盯著他們就成。」

王氏有些不好意思，「多少年就自己幹慣了，這一有使喚的人，還是不太習慣。」

寧氏笑著說：「妳可得早些習慣才是，等浩哥兒考了狀元，給妳掙個誥命，到時候伺候的丫頭都數不過來。」

王氏笑得連連擺手，「我可沒咱們娘那福氣，咱們老徐家出一個狀元已是燒高香了，若是出了兩個狀元，那燒的香不得戳天上去啊！」

寧氏被王氏的話逗得直笑，險些岔了氣。

兩人正說得熱鬧，石榴從外面進來回道：「太太，太后娘娘壽誕的各色禮物已經備齊，老爺請您瞧一瞧有沒有什麼不合適的。」

王氏聞言直咋舌，「咱們家還能給太后娘娘送壽禮？我瞅瞅都送的啥？」

寧氏知道王氏不識字，便念了一遍給她聽。王氏聽到又是畫，又是字，還有十二柄花鳥的扇子，皆是文雅之物，笑道：「也就是妳懂這些能幫著參謀，若是我，可要抓瞎了。」

壽禮呈了上去，進宮拜壽徐家自然是沒資格的，因此很快就將此事拋到了腦後。誰知過了一個來月，忽然從皇城裡傳出風聲來，說太后娘娘極喜歡書香居士的《八仙過海》，特意掛在了福壽宮的正房內。據說盛德皇帝去向太后娘娘請安時也瞧見了這幅畫，還看了一炷香時間。而食客的《百花圖》也入了太后娘娘的眼，太后娘娘特意讓人掛在了內室裡，還讓針線上的人比著繡了一架雙面繡的炕屏，賜給了她娘家的侄孫女。

一時間，書畫坊更加熱鬧起來。因朱朱忙著繡嫁衣，除了原本的訂單，其他的畫作得極少。青青看著越來越少的存畫，只得又將購畫時間調到每十天賣一幅。其他時候任意欣賞，到第十天時，由書畫坊將這幾天內得票數最高的一幅畫進行拍賣。

京城裡的有錢人多的是，多半都閒得無聊，一瞧見這麼稀奇的玩法都有了興致。本來掌櫃琢磨著一個月只賣三幅，怕是賺不了多少錢，可當月最後一次拍賣結束，一翻帳本，居然能和上個月進項持平，頓時咋舌不已。

◆　◆　◆

知了聲聲響起，酷熱的夏天來臨。一個春季都沒掉幾滴雨，大興朝面臨大面積的乾旱。徐婆子早早起來抬頭看著頭頂上的大太陽，忍不住嘆了口氣。這都五月份了還沒來場大雨，也不知老百姓要怎麼活。又問吳氏，家裡鋪子送信有沒有說咱們家的花田和莊稼怎麼樣？

吳氏扶著凸起的肚子道：「比京城強些，好歹一個月前下過兩場，咱們家雇的人也多，讓他們從河裡打了水澆地。」

徐婆子點了點頭，「妳大哥是莊稼裡的老把式了，他懂這個。」

盛德皇帝正為乾旱發愁，下旨讓欽天監祈雨。欽天監占卜了日期呈到聖前。到了那日，盛德皇帝親自去龍王廟祈雨，只見鑾駕儀仗，前呼後擁，聲勢浩大。

也不知是欽天監會看天氣，還是祈雨起了作用，沒幾日就嘩嘩下起大雨來。這下皇帝高興，欽天監得意，百姓們更是喜出望外。有了這場雨，險些旱死的莊稼算是有救了。

然而，高興了沒幾天，大家又變了臉。已經下了七八日的瓢潑大雨，天空依然陰沉得可怕，絲毫沒有轉晴的跡象。盛德皇帝的心情也由喜轉憂，將欽天監的監正叫過來罵了一頓。監正一臉苦逼地直磕頭，心裡默默吐槽：這雨可是皇上您親自念的祭文求來的！

雨淅淅瀝瀝自大變小，在滿朝文武都鬆了一口氣的時候，雨又變大了。京城無論是皇城還是內城、中城、外城都建了完善的排水系統，雨水流到地下暗河後會進入運河。盛德皇帝和大臣們擔心的是百姓這一年的收成和即將可能發生的水患，好在降雨較多的地方集中在北方的黃河流域，南方幾個省份還算風調雨順。

這日上朝，盛德皇帝下旨讓大臣們都寫一寫預防黃河水患和治理水患的好法子。徐鴻達回到家連飯也顧不上吃，就一頭鑽進了書房裡。他展開本朝的地圖，對照著歷年來水患的記載，翻閱著一本本藏書，針對黃河流域特有的地形地貌進行分析。

如此忙碌了七八日，徐鴻達對黃河流域各省份途經的地理位置、堤防建設、附近河流情況都有了大概的了解，再根據自己從藏書中學到的各種方法逐一進行對照分析，看哪樣合用，又琢磨還有什麼旁的法子，直到半個月後才認真地寫了摺子呈上去。

這幾日盛德皇帝除了盯著各省關於降雨的摺子外，花費時間最多的就是看各個大臣關於水患治理的建議。除了幾個老臣的法子比較實際外，多數人寫的都是一些空話套話。聽著外面嘩嘩的雨聲，看著毫無建樹的摺子，盛德皇帝越發煩躁，將摺子甩了一地，吼道：「叫欽天監給朕求日頭去！」

欽天監監正一臉懵逼：陛……陛下，祈雨還會，求日頭我師父沒教過啊！

盛德皇帝正暴躁的時候，徐鴻達的摺子送了進來，盛德帝沒好氣地罵了一句，「都幾日了才送進來。」但到底是自己關注的大事，還是伸手將那摺子拿了過來。起初還有些不耐煩，可越看越覺得徐鴻達寫得十分用心。摺子上，徐鴻達將近期各地的雨量進行了分析，又查找了以往的降水量做了對比，選了三處最容易發生水患的地方，根據當地的實際狀況，分別提出了治理建議。

盛德帝越看越喜，頭也不抬地吩咐道：「來人，傳徐鴻達進宮。」

……

徐鴻達在宮裡待了大半日，直到天黑才回來。第二天一早，盛德皇帝特意讓徐鴻達在早朝上念了防治水患的幾條建議。經過大臣們的討論，盛德皇帝下旨，責令工部尚書陳素河、工部侍郎王永兆去治理水患。陳素河同王永兆二人快馬加鞭去了魯省，可惜一個月過去，二人在防治水患上絲毫沒有成效，反而需要重點治理的黃河新鄉段發生了決口，洪水直沖附近幾個村鎮，臨近幾個府縣的大運河被毀，漕運要道失去了作用。盛德皇帝大怒，下旨怒罵了陳素河一通。

治理水患迫在眉睫，盛德皇帝也不信任旁的官員能做好此事，當場下旨派徐鴻達趕赴魯省治理水患。只是徐鴻達為官時間短，在政績上也未有建樹，不能貿然升官。可若是以他現在的官職去，只怕壓不住下面的人，思來想去，盛德皇帝決定讓太子祁顯一同前往。

祁顯如今二十出頭，從未真正參與過政務，往常都是皇帝拿些摺子給他看，再提兩句看法，僅此而已。這段時間，祁顯一直在關注黃河水患的事，特意要了所有呈上來的摺子看。盛德皇帝見太子憂國憂民，也想藉此機會歷練他，看看他的處事能力到底如何。

事不宜遲，徐鴻達和祁顯二人領了聖旨，不敢多耽擱，收拾了東西，第二天一早就要出發。朱朱和青青兩個幫著寧氏一起收拾行囊，再三檢查了幾遍，見沒有遺落才放下心來。

是夜，姊妹倆躺在床上，難得都失眠了。聽著外面淅淅瀝瀝的雨聲，青青嘆了口氣，「這麼大的雨要怎麼走？千萬別下了，希望明天一早雨就停了。」

許是青青許的願靈，又或是老天爺下夠雨了，第二天剛起來就瞧見只剩毛毛細雨，等徐鴻達出門時，雨已經停了。祁顯和徐鴻達快馬加鞭十來天就到了魯省新鄉鎮，雨雖然停了，但上漲的河水依然從堤壩的決口處流往村鎮。

到了決口河道邊，徐鴻達並未急功近利地採取什麼措施，依舊是讓當地河工鞏固堤壩，自己則對水勢地形進行勘測。工部尚書陳素河此時已經被皇帝罵得狗血淋頭了，見徐鴻達來了兩日也沒提出什麼法子，只是四處瞎轉後頓時急眼了，忍不住將被皇帝責罵的怒氣都朝徐鴻達發洩出來，指責他有負皇上重託。

祁顯見陳素河的治理法子不見成效，便把希望都壓在了徐鴻達身上。他見陳素河情緒不穩，便寫了摺子加急送回京去。幾日後，盛德皇帝下旨，將陳素河、王永兆二人調去其他地方鞏固堤壩，決口這段流域全權交給徐鴻達負責，同時從南方調來糧食救濟魯省的災民。

徐鴻達一邊讓河工在將泥沙裝在麻繩編織的袋子裡壓住決口，一邊請旨在新鄉到黃河之間開鑿溝渠、修建水閘，同時疏浚運河。治理水患迫在眉睫，盛德皇帝看過摺子後認為徐鴻達的法子可行，便准了他的摺子，並派出五萬京兵前去協助開鑿溝渠。

徐鴻達看到旨意有些發愁，原本他還是想靠徵集民夫來開鑿溝渠的，雖然進度會慢些，但幹起活來老實聽話，只要給足吃穿，百姓可比官兵好管理多了。但旨意下了，徐鴻達只能領旨，心裡也安慰自己，好在有太子在，應該能壓住那些兵油子。

等一萬京兵來了，徐鴻達大吃一驚，看著到自己肩膀的朱子裕道：「你怎麼來了？」

朱子裕笑道：「皇上命李元髝李總兵帶五萬京兵前來開鑿溝渠，這李總兵原是我祖父提拔起來的，我求了他便跟著一起來了。」

徐鴻達問：「你跑這麼遠來，你祖母能同意？」

朱子裕道：「在陛下跟前過了明路的，祖母沒法只能應了我，又派了好多家丁隨從跟著，回頭都讓他們挖渠去。」

京兵們休息了半日，到第二天開始挖鑿溝渠，徵集的一萬民夫則去疏浚運河。徐鴻達怕這些人偷工減料，親自審核運來的物資品質和數量，然後寫摺子回京城對數。

從古以來，這撥發物資最是個抽油水的肥缺，一層層盤剝下來，到最底下能剩下一半就不錯了，這已成了官場上的潛規則。

然而，徐鴻達是個較真之人，祁顯更想做出一番成績，兩人雖然沒有精力去查到底是誰盤剝了多少，可東西一路下來總不過是那些人。一封摺子回到京城，盛德皇帝勃然大怒，責令都察院嚴查此事，涉案官員一律抄家並押解進京。此旨一出，從上到下都驚出一身冷汗，有能耐的找了替罪羊，那做事粗糙又貪婪的只能恨自己命苦又怨徐鴻達多事。

徐鴻達寫了摺子自然就不會怕這些人嫉恨，他的心思都在治理水患上，也正因為這一招的毒辣，打那以後，徐鴻達要的物資銀兩再沒有人敢動一分一毫了，連救濟災民的糧食也難得的全部到位，並毫無差錯地發放到了災民手中。百姓們有了吃的心裡就踏實下來，等洪水退了重新蓋了房屋，補種上莊稼，並沒有出現大批流民遷移的現象。

因為治理河道的銀錢充足，徐鴻達又是平民百姓出身，知道民夫的苦處。他寧願自己吃住省點，也不在吃上頭剋扣京兵和民夫，每天都保證讓他們吃上一回大肉，粗糧管夠，只要幹活不偷奸耍滑就行。因吃得好，也有銀錢拿，從一開始的一萬民夫到後面的兩三萬人，徐鴻達治理水患的大業快速向前推進。

解決了物資和人力問題，瓦甃溝渠、修建水閘、疏浚運河的品質就成了重中之重，太子、徐鴻達、李總兵三人各管一處，早晚都在施工場地監督，朱子裕則三處隨機，誰撐不住就接替誰幾天，誰有事傳達他騎馬送信。雖然才十歲的年齡，面孔還帶著些稚嫩，但跟著幾人鍛煉了幾個月後，就能當個成人使喚了。

半年時間，太子、徐鴻達等人扎根在魯省，只在臘月二十時才匆匆回了京城，又在初十返回了魯省。盛德皇帝看著黑瘦但又精幹的太子，心裡十分酸楚，以往對他又寵又怨的心思也淡了不少，反而是滿滿的心疼，「叫你去不過是歷練一下，怎麼把自己累成這樣？過了年就不要去了，我派督察御史去接替你。」

祁顯跪下道：「黃河水患事關國之根本，懇請父皇准許兒臣完成此項大業。」

盛德皇帝嘆了口氣，慈愛地摸了摸他的頭，半晌道：「去吧，父皇等你回來。」

如此又過了半年，耗時一年的黃河水患防治工程才得以竣工。說來也巧，竣工後，祁顯帶著徐鴻達等人剛回京赴命，魯省又逢大雨，境內多處遭遇洪災。工部尚書陳素河、工部侍郎王永兆二人監督加固的堤壩多處損壞，唯有太子、徐鴻達二人加固的堤壩完好無損，且因附近流域建有水閘，才能平安地度過了洪水。

盛德皇帝這一年被水患鬧得心力交瘁，見陳素河二人監督加固的堤壩出了這麼多問題，直接問了陳素河和王永兆的罪，並免去二人的官職。

於是，剛回家沒幾日的徐鴻達帶著朱子裕又趕赴魯省，補修決口的堤壩。有了去年的經驗，加固堤壩、修建水閘可謂是輕車熟路，不到一年內便將魯省所有的堤壩都加固加高，在水患風險較大的地方設置了減水閘門，徹底平息了水患。

兩年時間，那個原本清秀俊朗的狀元郎變成了黑瘦的壯漢子，青澀稚嫩的鎮國公府的公子長成了頂天立地的男兒。盛德皇帝召見了徐鴻達、朱子裕、李元膺三人，並賜了宴席，更有無數的賞賜送到各家府邸。

徐鴻達治理水患有功，原本可以外放的，但盛德皇帝考慮到徐鴻達只在翰林院待不到一年，學的東西還遠遠不足，若以後想走得更遠，不如在翰林院多待幾年，便下旨封徐鴻達為從五品侍讀學士，生生提了兩級。而朱子裕將來是要承爵的，盛德皇帝封他的顧慮就小了很多，直接賞了他一個正五品的三等侍衛。

朱子裕偷偷看了徐鴻達一眼，心裡忐忑不安：一不小心竟比未來岳父的官還大了！

察覺到朱子裕的目光，徐鴻達朝他露出意味不明的笑容，看得朱子裕渾身直哆嗦。

升了官，徐鴻達上了給母親和妻子請封的摺子，沒幾日就下了誥命文書，封徐婆子、寧氏為從五品宜人。當初徐鴻達為母親和妻子請封從六品安人的敕命三年都沒動靜，徐婆子還以為自己沒有那運道，想不到兒子出去兩年，給自己掙了一個宜人的誥命回來。

徐婆子摸著那帶著四季花圖案的角軸，穿戴上賜下來的宜人服飾，愣是捨不得脫下來。如今正是天熱的時候，沒一會兒，徐婆子就冒了一身的汗，她一邊搖著蒲扇一邊還讓兒子瞧瞧，看哪裡不齊整。

徐鴻達笑著勸她脫下大衣裳，「等過年進宮請安時還有機會穿，現在折騰做什麼？」

話音剛落，宮裡來人傳太后口諭，叫徐老宜人和徐宜人並兩位小姐三日後覲見太后，又帶來三個嬤嬤教導四人入宮禮儀。徐婆子年紀大了，又活得粗糙，時常記住這個忘了那個。等休息的時候，她拉著那嬤嬤問：「要不，我不去了吧？我一個老婆子不會說不會笑的，舉止又粗俗，去了該掃了太后娘娘的興了。」

嬤嬤笑道：「太后娘娘最是憐老愛幼的，您只管大大方方地去，太后娘娘不會苛責的。」

另一個嬤嬤也說：「這次徐大人治理黃河水患立了大功，太后娘娘看到妳們，歡喜還來不及，哪會怪您禮儀不到？」

既然兩個嬤嬤這樣說了，徐婆子便將心放到了肚子裡，學起行禮倒比之前機靈多了。

比起徐婆子的緊張激動，寧氏則有些魂不守舍，她不由自主想起十多年前的那一天，令自己感到恥辱的那一天。她忍不住攥緊了拳頭，暗自希望那個人早已忘了自己，又忍不住自問：自己一家人進宮，真的沒事嗎？

……

縱使寧氏祈禱著時間過得慢一點再慢一點，可三天時間眨眼就到了。

徐婆子和寧氏穿上命婦冠服，帶著朱朱和青青，乘著馬車早早地到了宮門口。

寧氏心中有事，徐婆子則是又緊張又激動，朱朱一看到皇宮就想起以前見過的三皇子，忍不住有些發抖。唯一稱得上不緊張的當屬青青了，她知道這次太后明擺著是按照皇帝的意思嘉獎徐家，自然不會受到為難。

等了大約一刻鐘，從宮裡頭出來了一個拿著權杖的太監，來領徐婆子等人進宮。寧氏從袖子裡拿出一荷包，趁人不備偷偷塞給了那太監，笑著問道：「敢問公公如何稱呼？」

那公公捏了捏荷包，摸著裡面似乎有薄薄的一張紙，知道放的是銀票，喜笑顏開，「咱家姓王，徐宜人叫咱家小海子就成。」

寧氏忙稱呼道：「王公公。」

王海見寧氏上道，又瞧著左右沒人，想著略微提點寧氏幾句。只不過他也是在福壽宮院子裡伺候的，太后的屋裡他是進不去的，因此知道的消息不多，也就在茶房裡伺候那些大太監喝茶時聽了兩耳朵。他輕聲道：「聽說是徐大人治河有功，太后娘娘特意要賞您呢！」

徐婆子見太后宮裡的人也如此說，頓時放下了心，嘴上雖不敢說話，但心裡美滋滋的，想著拿了賞後定要供起來，抽空還要回鄉一趟，也讓親戚鄰居們見識見識。

走了兩刻鐘，穿過了一道道宮門，徐家幾人終於來到了福壽宮。那小太監朝門口候著的太監行了禮，回道：「李公公，太后娘娘要召見的徐大人的家眷來了。」

李公公沒搭理王海，只瞅了徐婆子等人一眼，寧氏趕緊遞上荷包，「勞公公通報。」

李公公順勢將荷包收進袖子裡，臉上有了幾分笑模樣，說道：「徐宜人不必慌忙，太后娘娘剛叫了點心進去，估摸著起碼得兩刻鐘才會召見。不如讓小海子帶宜人到茶水房歇歇，等到了時辰我再讓人叫您。」

寧氏忙道了謝，心想著這五十兩銀子不白花，好歹人家給了消息還指了地方休息，要不然只怕得戰戰兢兢地在宮院候著了。王海領四人到了茶水房，沏了壺茶又端上兩盤點心讓她們先用著，自己則出去等消息。

徐家四人怕進宮遇到內急不雅，打早上起來只潤了潤喉嚨沒敢吃喝。此時見那熱氣騰騰的茶點，徐婆子和寧氏都不敢動，倒是朱朱和青青餓得受不了，摘了個鐲子給原本坐在屋裡打盹兒的宮女，勞她打了盆水來洗了手，兩人托著帕子一人吃了一塊剛出鍋的棗糕，又喝水漱了口。青青從荷包裡摸出兩粒清口糖，和朱朱一人一粒含在嘴裡。

寧氏不敢大聲叨念兩人，又擔心她倆吃了東西覲見太后時失儀。之前替她們打水的宮女得了一個柳葉寬的金鐲子正高興，見寧氏面帶擔憂，便主動領眾人去淨了手，又拿了自己的一盒香膏讓她們搓手使。

剛收拾妥當，王海進來道：「快隨我來，太后娘娘剛用了恭桶，應是要召見妳們了。」

寧氏連忙起身，又檢查了下徐婆子和姊妹倆身上，見樣樣穩妥這才放了心。

幾人在殿前候了半晌，一太監從裡面出來，看了她們一眼，亮起嗓子通報道：「太后娘娘傳翰林院侍讀學士徐鴻達家眷覲見。」

徐家四人心中一凜，胸口宛如揣了一頭小鹿般，緊張得心臟怦怦怦直跳。按照宮裡嬤嬤的教導微微垂著頭、弓著胸邁過門檻，往前走了五步便齊刷刷跪在地上，「臣婦（女）拜見太后娘娘，太后娘娘金安。」

「起來吧，賜座！」一個蒼老又透著些慈祥的聲音響起。

徐婆子等人又叩頭道：「謝太后娘娘。」

宮女們搬來圓凳，徐家四人規規矩矩地坐下了。

太后召見徐家人之前也大概問了徐鴻達的來歷，知道是一耕讀之家，祖上並未出什麼做官的，見了自己只怕拘謹不自在，因此太后口氣又和藹了幾分，先問徐婆子道：「老宜人多大年歲啦？」徐婆子忙站起來回道：「回太后娘娘，臣婦今年五十三歲了。」

太后笑道：「老宜人坐下回話就好，不必拘束。」

徐婆子緊張得冒了一手心的汗，局促地笑了一下，謝了恩又不自在地坐下了。

太后又問：「家裡還有什麼人讀書呀？」

徐婆子回道：「大孫子也進學了，如今是舉人，正在家預備著明年的春闈。其他幾個孫子也讀書，只是年歲小，跟著先生啟蒙。」

太后點了點頭，又去瞧寧氏。太后眼睛有些昏花，剛才只掃了寧氏一眼，並未仔細瞧，這會兒定睛一看，覺得眼熟，不由笑道：「年紀大了眼睛就有些花了，取我的水晶鏡來。」

捧眼鏡匣子的宮女忙打開盒蓋，遞到太后身邊的老嬤嬤身前。那老嬤嬤取出水晶眼鏡又恭敬地遞給太后。太后舉著眼鏡看了看寧氏，微微頓了一下，又去瞧寧氏身後的兩個女孩，只見一人約十五六歲，皮膚白皙，雖不十分美貌，但也算清秀佳人。再看那小的……

太后一直保持微笑的面容終於僵住，露出了詫異之色。她端詳許久，這才把眼鏡放下，朝兩個女孩招手示意她們上前，「長得像鮮花一樣，我都忍不住看住，過來讓我瞧瞧。」

朱朱和青青二人走到太后身前，太后先看朱朱，問道：「多大了？」

朱朱答道：「回太后娘娘，臣女今年十五歲了。」

太后道：「正是最好的年齡。」又問寧氏：「可定了人家？」

寧氏忙回道：「和沈太傅的小兒子，翰林院編修沈雪峰訂了親事。」

太后看了看朱朱，笑著點點頭，「這可是一門好親事。前幾年還恍惚聽說沈太傅的兒子拖拉著不肯訂親，原來姻緣應在妳這裡。」

朱朱羞紅了臉，低頭不語。

太后又叫過青青，一邊拉著手，一邊打量著她的模樣，問了生辰後，笑道：「徐家風水養人，女孩們一個個都花容月貌。妳叫什麼名字？」

青青被拉著手，只能微微躬身，「臣女大名叫徐嘉懿。」

太后點頭，「好名字。」又問她年歲，這才鬆開了手。

太后又將寧氏叫到跟前，先問了家中子嗣情況，聽說有三兒兩女，便讚了句家丁興旺，又誇了徐鴻達一番，最後給四人各種賞賜，方才擺擺手，示意她們退下。

徐家四人磕了頭，頂著一身的汗，慢慢退了出去。

退到院子，幾人剛鬆了一口氣，準備帶著賞賜出宮，又有一個太監過來道：「兩位宜人留步，貴妃娘娘有請。」

四人剛落到肚子裡的那顆心瞬間又回到了喉嚨裡。

寧氏臉色微白，拿帕子拭了拭額頭的汗，照例送出個荷包道：「有勞公公帶路。」

此時福壽宮內一片寂靜，太后歪在榻上閉上了眼睛。老嬤嬤揮了揮手，所有的宮女悄無聲息地退了出去。嬤嬤坐在腳踏上，拿個美人錘替太后捶腿。

「人走了？」閉目養神的太后忽然問道。

嬤嬤答道：「讓貴妃娘娘叫去了。」

太后緩緩睜開了眼睛，看了眼老嬤嬤，「錦瑟，妳看見那孩子了嗎？」

嬤嬤點點頭，「長得與聖文皇后極像，偏生那眼睛……」她頓了頓才緩緩說道：「那眼睛和皇上一個眸子刻出來的。」

太后嘆了口氣，「徐狀元是吉州府人，十三年前皇上去吉州私巡時在那裡待了十日。」

「您是說……」嬤嬤猶豫了下，搖搖頭，「那徐宜人確實和聖文皇后有幾分相似，但就算皇上當年寵幸了她，也應該帶回宮才是，怎會將她留在民間？這不合祖宗規矩。」

太后擺擺手，「這麼些年，難道妳還不知道皇上的性子。」

兩人沉默了片刻，太后道：「叫安明達過來，若是皇上問起，就說哀家問問皇上近日的飲食。」

◆　◆　◆

貴妃常氏是聖文皇后的堂妹，當初皇上選她進宮，一是為了安常家的心，再者也有找人照看太子的意思。只是太子彼時已經六歲，和這個比自己大十歲的姨母並不親近，盛德皇帝也不喜歡這個事事以皇后標準端著的貴妃，因此除了有宮務之事才叫人傳話外，別的時候似乎都忘了她一般。

這回治水功臣徐鴻達得到聖上褒獎並連升兩級的事情傳到了後宮，又一打聽說皇上請太后賞賜徐家人，常貴妃馬上緊跟步伐，讓人把徐家家眷帶到自己的景仁宮說話。

聖文皇后與常貴妃相差十二歲，常貴妃剛記事，聖文皇后就嫁入東宮了。等盛德皇帝登基，常貴妃更是沒機會見到皇后，頂多聽祖母去宮裡請安回來提過兩句。雖然不知聖文皇后長得什麼樣，但宮裡人都知道，淑妃就是因為長得像聖文皇后，多年來才聖寵不衰。

常貴妃看著在殿前向自己請安的徐氏母女，心情十分複雜。原就聽說曾經有一個幾分像聖文皇后的王昭儀，後來又出現了淑妃，現在徐家母女兩人也同淑妃相似，想必長得也像聖文皇后了。

常貴妃十分不解，據說聖文皇后乃當今絕色，可為何出現這麼多與她相似的女人？最可氣的是，自己明明與聖文皇后血脈最近，偏生自己一處也不與她相似。

常貴妃完全沒了說話的心思，應付了幾句，就將預先準備好的東西賞賜下去，便讓她們退下了。靠在華麗的寶座上，常貴妃轉頭看了眼站在自己身旁的老宮女，「嬤嬤，徐宜人和淑妃比，誰更像堂姊？」

老宮女嗤笑一聲，「淑妃通身氣派不足皇后娘娘的十分之一，寧氏和淑妃比又差了幾分，不過倒比當年的王昭儀強上一些。倒是那個小丫頭……」她的神色從輕蔑轉為認真，「那個叫徐嘉懿的小丫頭，除了眼睛以外，其他的地方倒是極像皇后娘娘。雖然年紀小，但氣派足，剛才她進來時，我差點以為看到了年幼時的娘娘。」

老宮女是當年聖文皇后嫁入東宮時，常家老夫人給的陪嫁丫頭。只是聖文皇后更願使喚打小伺候自己的幾個人，因此這老宮女一直不得重用。聖文皇后殯天後，貼身伺候她的那幾個陪嫁都給娘娘守陵了，只有她留在宮裡。常貴妃進宮後，知道還有這麼一個人，便將她要到了自己身邊伺候。

常貴妃神情難辨，心情複雜地說：「可惜太小了些，若是讓她進宮至少還得三年。」

老宮女忙說：「娘娘這麼多年都等得，還怕這三年嗎？等那徐家的丫頭入宮，不怕皇上不來。到那時，娘娘定能兒女雙全。」

別的女人生孩子，自己再要過來養，實在是沒法子中的法子，總比膝下空虛強。

常貴妃皺了皺眉頭，「後院那兩個才人來了半年，皇上也沒想起她們，找個宮院讓她們搬吧。等下個月選秀，有那新鮮好顏色的再選兩個。」

想起徐家女孩，常貴妃又吩咐道：「徐家那孩子的事先別聲張，左右時間還長，我們慢慢謀劃，記住，萬不能讓淑妃聽到風聲。」

老宮女恭敬地低下頭，應道：「謹遵娘娘吩咐。」

◆ ◆ ◆

盛德皇帝正在書房裡看加急送來的摺子，前幾天，魯省突降大雨，足足下了三日，經徐鴻達改造的河道順利通過了汛期，無一處堤壩決口。盛德皇帝龍顏大悅，又聞今日徐家家眷入宮向太后請安，正想問兩句，太后差人來尋安明達，說問問皇帝的身體情況。

雖然盛德皇帝每天早上都去向太后請安，但太后娘娘仍每隔十日或者半個月就叫安明達過去一趟，細細問問皇上的身體狀況，以示關心。因此，這回太后娘娘叫他，皇上也不以為意，擺擺手就叫安明達去了。

安明達一進福壽宮就發覺氣氛有些不對，所有的大宮女都在外面候著，殿內只有太后和錦瑟嬤嬤兩個人。安明達丈二金剛摸不到頭緒，心裡惱怒帶他過來的人也不提前透露兩句，害自己完全沒有準備。

安明達小心翼翼地請安，太后瞅了他一眼，忽然喝道：「安明達，你好大的狗膽！」

安明達嚇得渾身一哆嗦，撲通一聲就跪下了，心裡將近日宮裡內外發生的事迅速過了一遍，更加不知所措了。沒出什麼事啊，太后娘娘哪來的這麼大的火？

安明達不知從何說起，只不住地磕頭，太后這才冷冷地問道：「十三年前，皇帝私巡路過吉州府時可發生了什麼事？」

安明達瞬間就明白了，滾圓的汗珠直接從臉上落了下來。

看著安明達的神色，太后還有什麼不明白的，揉了揉眉心，聲音裡充滿了疲憊，「到底怎麼回事？給哀家一五一十地說明白。」

安明達再不敢隱瞞什麼，顫抖著回憶道：「當年皇上到吉州府私巡，住在了吉州知府劉道遠家的一處園子裡。因那次皇上說一切從簡，出巡的隊伍伺候的人手不足，每次停留都是當地官宦送來些丫鬟伺候。」吞了吞唾沫，他想起當年的事，有些頭暈目眩，「到吉州時，因當地十名百歲老人獻上祥瑞之物，皇上高興，難免多喝了幾杯，剛回到住處，正巧瞧見了來送水的一名丫鬟，皇上……」

安明達偷偷瞅了眼太后的臉色，又低下頭，小聲說道：「皇上把她看成了聖文皇后。」

太后怒喝：「既然寵幸了她，為何沒帶回宮裡？」

安明達嚇得快昏過去，強撐著答道：「皇上酒醒已是第二天下午了，他看到那丫鬟心情很不好，又擔心太后娘娘知道這事會生氣，因此不同意帶那丫鬟回宮。奴才沒敢勸，只能親自看著那丫鬟喝了避子湯，按照皇上的意思賞了她一千兩銀子，囑咐劉道遠放她回家嫁人。」

「糊塗！」太后搶過錦瑟嬤嬤手裡的美人錘就朝安明達頭上丟去，鮮血頓時從安明達額頭流了下來。安明達感覺臉上一股熱流緩緩流下，臉色煞白，可沒太后發話，他不敢亂動。

錦瑟嬤嬤瞪了安明達一眼，喝道：「還不趕緊捂住，小心嚇著太后娘娘！」

安明達這才手忙腳亂地從袖子裡抽出一條帕子，緊緊按住了額頭。

太后心煩意亂，盤腿坐在榻上，盯著安明達，「你確定那丫鬟喝了避子湯？」

「是！」安明達連忙答道：「奴才親自看著小太監熬的，又盯著那丫頭喝下去的。要不然奴才也不敢放那丫頭離開啊！」

太后聞言略有些疑惑，錦瑟嬤嬤半猜測地說道：「剛才聽安公公的意思，等皇上醒來時，已過了一天一夜，是不是吃藥時已經遲了？」

安明達剛才還不明白太后是從何處知道十多年前的舊事，這會兒聽到錦瑟嬤嬤話裡的意思，安明達嚇得魂飛魄散，一不小心驚呼出來，「難不成皇上遺留了龍種在民間？」

想了想今日太后娘娘召見的人，又想到徐鴻達的祖籍，他頓時又出了一身冷汗，「難道當年那丫鬟嫁給了徐大人？」

太后也是這麼估摸著，只是拿不準到底真相如何，只能追問道：「當初劉道遠就沒來信回一句這事怎麼處置的？」

安明達的衣裳濕透了，聲音也帶著哭腔，「皇上剛一回京，就升任劉道遠去四川當巡撫，劉道遠直接從吉州府去四川赴任，臨走時送信說安排他夫人的陪房送那丫頭回鄉了。」

錦瑟嬤嬤說道：「剛才娘娘問那丫頭的生辰倒是對得上，只是……」她看了眼太后，默默地跪下了，「有句話奴才不知當講不當講？」見太后點頭示意，她才說：「若那徐姑娘真的是皇上流落在民間的遺珠，娘娘打算怎麼安頓徐姑娘？」

太后愣住了，她之前只是想知道徐嘉懿到底是不是皇家公主，卻忘了，徐姑娘如今頂的是徐家二姑娘的名頭，其父是剛治理完水患的翰林院侍讀學士徐鴻達。若是將青青帶回宮中撫養，不僅有礙皇上名聲，只怕那徐鴻達也無法在朝中立足了。而徐宜人的下場更不必說，只怕當了公主的徐嘉懿也要面對這世人暗地裡的指指點點，成為百姓私下裡的笑談。

可這事終究要和皇帝說一聲的，否則安明達這額頭上的傷就躲不過去，再者，眼看著徐家姑娘就快到了相看親事的年紀，記得聖文皇后長相的人不知凡幾，到時候議論起來，讓皇上起了心思……不如現在就直接捅開。

太后嘆了口氣，吩咐道：「請皇帝過來吧！」

因黃河未再發生水患，盛德皇帝心情極好，聽見太后派人來請，還很有心情地讓人準備了幾樣太后愛吃的點心一併帶過去，可進了殿門，看見滿頭血的安明達、愁眉苦臉的錦瑟嬤嬤，皇帝不由慢了腳步。向太后請完安後，笑著問道：「這小子怎麼惹怒母后了？母后別氣，我叫人打折他的腿。」

「你啊……」太后在皇帝的腦門上狠狠點了一下，「你這輩子算是毀常望舒手裡了！」

聽到已故聖文皇后的閨名，皇上的臉色沉了下來，忍不住問道：「母后這是怎麼了？怎麼好端端的提起望舒？」

太后指著安明達，沒好氣地說：「你問他！」

安明達爬了兩步，跪倒在皇帝面前，語帶哭腔地說：「皇上，當年您在吉州府寵幸的女子有可能是徐鴻達的夫人，徐家的二姑娘許是陛下的遺珠。」

「什麼？」盛德皇帝微微瞇起眼睛，回憶了好一會兒，這才想起當年那件事來，「你說劉家那個丫鬟？她怎麼了？」

「皇上，今日徐鴻達的妻女進宮，太后娘娘估摸著徐家二姑娘怕是您的遺珠。」安明達眼巴巴地看著盛德皇帝，不知道這事要怎麼處置。

「我記得當時她是處子，徐鴻達又沒什麼侍妾通房之類。若是當年的那丫鬟，怎麼生的是二姑娘？」

「皇上，徐家大姑娘是徐大人原配所生，前幾日徐大人還上了摺子替原配請封誥命。」作為皇帝的貼身太監，這種些微小事，安明達記得牢牢的，就怕哪天皇上問起來，自己若是不記得可就抓瞎了。

盛德皇帝聞言頭都大了，心虛地咳嗽兩聲，眼神飄移不定，就是不敢看太后，「母后為何斷定徐家二姑娘是朕的公主？」

太后嘆了口氣，指著他說：「那眼睛長得和你是一模一樣，那臉龐又像常望舒。我一見她就琢磨著不對，問了她出生年月，可不就和你去吉州的時間對上了。」

一個長得像望舒和自己的女孩子？

皇上心中一動，眼神熱切了幾分，催促安明達道：「還愣著幹什麼？還不去給朕查！」

安明達剛從地上爬起來要往外跑，太后就喝道：「慢著！」

一句冷喝，讓安明達瞬間又跪在了地上，也讓盛德皇帝發熱的腦袋冷靜下來。他將手腕上的念珠摘了下來，一粒一粒摩挲了片刻，半晌才又囑咐道：「小心查訪，不許走漏了風聲，讓劉道遠把嘴巴給朕閉緊了。」

安明達應下，見太后沒再言語，這才小心翼翼地退了出去。

「無論徐二姑娘是不是你的孩子，你都不能認她。」太后一字一句道：「我雖不問朝政，但也聽聞這徐鴻達替你解決了黃河水患的大事，這樣難得的人才，可不能草草對待。」

盛德皇帝點點頭，說道：「徐鴻達這人學識淵博，又是個實幹之人，難得的是為人極為剛正，朕是打算將他當作肱股之臣培養的。」

太后便說：「皇帝這樣想是對的，一切要以朝事為重。至於那孩子，以後多看顧些也就罷了，其他的就當什麼都沒發生過。」

盛德皇帝沉默地點點頭，半晌才問了一句：「真的長得像朕和望舒嗎？」

太后嘆了口氣，看著兒子的眼神十分心疼，「你若放不下，改日我叫她進宮讓你看一眼，但看過以後你得歇了念想，要不然對那孩子也不好。」見盛德皇帝臉上閃過一絲哀傷，她又勸慰道：「她就是長得再像，也不是望舒的孩子。皇帝，太子是你和望舒的親生骨肉。有了太子，旁的還有什麼好掛念的？」

盛德皇帝點頭，忽然覺得自己對太子不夠好，自己常將望舒的殯天怪罪在太子身上，若是望舒知道該怎麼心疼？

從太后宮裡出來，盛德皇帝親自去了東宮，看著一臉慈愛的皇帝，迎駕的祁顯都懵了，磕了個頭，結結巴巴地叫道：「父……父皇！」

盛德皇帝親自把祁顯扶起來，拉著他的手進了正間，溫情地問了他的日常起居：「平日裡他們伺候得好不好？有沒有欺負你的？哪裡不如意和朕說，朕砍了他們！」

伺候太子的大太監都快給跪下了，心裡哭嚎著：那是太子啊，除了您經常抽風地對太子發脾氣，旁人誰敢啊？

祁顯琢磨過來，父皇這是又想起自己是母后的獨子，來送父愛了。

父子倆，一個有意撒嬌，一個著意補償，場面溫情滿滿。盛德皇帝在東宮待了好一陣，賞賜了無數東西，又把太子帶回處理政務的書房，兩人一起看摺子，一起用晚飯，據說盛德皇帝還給太子夾菜來著。

淑妃娘娘得了消息，第二天一早，讓心腹傳三皇子祁昱進宮，母子兩個嘀嘀咕咕許久，不知又在謀劃著什麼。

十日後，四川的密摺八百里加急送進了京城，徐家姑娘這些年生活的細節也遞到了皇上的案頭。盛德皇帝猶豫了片刻，到底沒敢打開看，而是親自拿著送到了福壽宮。太后看著那完好無損的鉛封，眼神頗為複雜地看了皇帝一眼，這才讓錦瑟嬤嬤拿了小刀來，自己一點一點地拆開封印。

太后先看的是四川送來的密信，劉道遠在信中詳盡地寫了當初那丫鬟的身世以及發嫁情況，越往後看越如之前所料。太后嘆了口氣，將信遞給了盛德皇帝，「上頭寫著丫鬟寧蘭芷嫁與吉州府玫城縣平陽鎮灃水村秀才徐鴻達為妻。」

盛德皇帝聞言心情複雜，既有些欣喜又有些失落，拿過信來匆匆掃了一眼，便讓安明達端個火盆進來，親自將密信點燃後丟到盆裡，火舌瞬間將那信紙吞噬。看著皇帝的舉動，太后欣慰地點了點頭，又拆開第二封信。

第二封信是暗衛送來的，裡頭記錄了這些年徐家姑娘生活的點點滴滴，打從出生起到上山六年再到京城，太后越看越是吃驚，等放下那疊厚厚的信，太后轉頭望向了牆上的《八仙過海圖》發愣。盛德皇帝不明所以，剛伸手拿過信，便聽見太后忽然說了一句：「原來書香居士居然是那麼小的丫頭。」

盛德皇帝一臉莫名其妙。

太后自得了那幅《八仙過海圖》，便喜歡書香居士畫的神仙。世人投其所好，這兩年斷斷續續又送進《蟠桃盛會》、《鴻鈞講道》、《開天闢地》等關於神仙的畫作，都被太后收藏了，時不時拿出來賞玩一番。身為太后的親兒子，盛德皇帝相當了解太后的喜好，還琢磨著讓人查找書香居士，給福壽宮的照壁上也作上一幅。

這會兒突然聽到太后說起書香居士，下意識就以為書香居士又作什麼新畫讓太后知道，忙問：「母后喜歡什麼畫，兒子讓人買去。」

太后看著盛德皇帝，惱怒非常，「你豬油蒙了心，既然幸了徐宜……徐嘉懿的娘，怎麼就不把她帶回宮來？那會兒怕我生氣了，那旁的讓我生氣的事你怎麼不收斂些？」

盛德皇帝一頭霧水地被太后娘娘罵了個狗血淋頭，訕訕地摸了摸鼻子不敢吱聲，低頭看著厚厚的密信，一刻鐘後，盛德皇帝終於知道了太后惱怒的根源，忙寬慰太后道：「您喜歡的話，常叫她進宮便是。」見太后依然神色憤憤，他忍不住說道：「若是當年將人帶回來，那徐姑娘就沒有機會上山學畫，想必也不會有今天的書香居士了。」

太后一愣，臉色緩和了幾分，想了想，點頭道：「你說的也有道理。」
盛德皇帝趁機說：「原本我就想著宣書香居士進宮為福壽宮的影壁牆新作上一幅畫，若是徐姑娘就方便多了，不如明日母后就傳她進宮來？」
太后看著盛德皇帝殷勤的眼神，說道：「早晚都會見到，何必這麼著急？」
盛德皇帝嘆了口氣，「我一個皇帝哪能隨意見朝臣家的女兒？若是她在母后宮裡作畫，我便能藉此多見她兩次了。我與那孩子無緣，也沒什麼能給她的，想著藉由此事多賞賜她，以後看顧她也有個由頭。」
太后點頭道：「也成，只是須得謹慎些，不要讓人看出端倪。」
第二天，文人墨客照例來書畫坊賞畫，也有人技癢地在一樓揮毫灑墨，彼此互相切磋。氣氛正熱烈的時候，忽然來了一位公公來傳旨，在場的人呼啦啦跪了一地，掌櫃驚疑不定，只能跪下接旨。
公公卻不急著念聖旨，只是笑咪咪地看著掌櫃說：「這聖旨是下給書香居士的，還得由書香居士接旨。」
掌櫃無法，只得趕緊讓人去請，一邊又試圖將畫坊清場。可別看平時這些文人一個個風雅至極，不理俗世，可這會兒一個比一個好奇，都瞪著眼睛瞅大門口，誰也不肯出去。
這些人身分不一，掌櫃不敢硬攆，看那傳旨的公公也一副笑容可掬的看戲模樣，頓時沒轍。也不怪這些人好奇，打這鋪子開起來，多少人想知道書香居士到底是誰，可誰也沒能將這人找出來。現在文人們開起詩會，都會對這事議論一番，京城有名的才子，差不多都被猜了個遍了。

掌櫃派人出去，過了三刻鐘，一輛馬車停在書畫坊門口。在眾人期待的目光中，一位身穿石榴紅緞面大衫，繫著白綾金彩繡錦裙的女孩緩緩走了進來。只見那女孩約莫十二三歲之齡，但容貌豔麗，一雙丹鳳眼神采飛揚。她一進來，似乎沒料到這麼多人齊刷刷地看自己，忍不住露出錯愕之色，停住了腳，有些不知所措。

雖然見到一美貌佳人實在難得，但眾士子期盼的是書香居士，因此都面露失望之色，將視線從小姑娘身上移開，又往門口望去。

這時，掌櫃小跑過來，站在女孩邊上說：「東家，宮裡來聖旨了。」

「東家？」所有人都愣了，一臉狐疑地看著這個未及笄的女孩，她竟然是這赫赫有名的書畫坊的東家？

吃驚的事還未結束，只見那女孩轉頭對那傳旨的公公說：「請公公宣旨吧！」

有人便出聲說：「雖然妳是東家，但是公公說了要書香居士接旨的，妳就別添亂了，趕緊把書香居士請來。」

此言一出，眾人紛紛附和。

「就是就是，這回可不能藏著掖著了，也讓我們瞧瞧書香居士的真面目！」

那女孩絲毫不理眾人的議論，乾脆俐落地跪下來，朗聲道：「臣女書香居士接旨！」

所有人嘩啦啦跪了一片，耳朵裡卻聽不進聖旨，皆拿眼瞅那女孩的後背，心裡急得像被貓爪撓了似的：她是書香居士？怎麼可能？書畫坊開了三年了，那女孩當年才幾歲？

聖旨很簡單，先是誇讚了一番書香居士高超的畫技，又說太后極愛書香居士的畫作，皇帝特意下旨，讓書香居士為太后的福壽宮畫一幅影壁畫。

青青接了聖旨，掌櫃忙遞上厚厚的荷包，與那公公耳語一番。

公公笑道：「原來姑娘是徐大人愛女，是咱家唐突了。要是知道，該去徐府傳旨的。」

青青笑道：「公公客氣了。」又問：「是否這會兒便要進宮？臣女還未與家人打招呼，恐怕母親擔心。」

那公公笑道：「來之前太后吩咐了，要好生請居士進宮，不得為難。要是姑娘此時不便，我明日一早叫人去府裡接姑娘？」

青青謝過，好生將人送了出去，目送公公坐車走了，自己也趁機上了馬車，揚長而去。

此時傻在書畫坊裡的人這時才回過神來，有的跑出去追，有的將掌櫃團團圍住，七嘴八舌地問道：「剛才那姑娘是書香居士？她才多大？騙人的吧？」

掌櫃認同地點頭，「對，我也覺得是騙人的。」

眾文人：能不能真誠一點？

掌櫃換了一副真誠的表情：這樣行嗎？

眾文人：……

書香居士是位未及笄的少女，消息瞬間傳遍了京城的大街小巷。本朝崇尚文才，世人對女子雖有所苛刻，但像書香居士和食客這樣的書畫大家，在士大夫眼裡，已經跨越了性別，成為他們崇拜和追捧的對象。沒瞧見，連太后娘娘都喜歡書香居士的畫作，盛德皇帝還特意為此下旨召書香居士進宮嗎？

徐鴻達上了個茅廁回來，就被得到信的同僚們團團圍住。

徐鴻達懵了，下意識抱住胸口，「你們想幹什麼？」

翰林院眾人看著徐鴻達的動作，一臉無語。

這樣沒氣質的人，怎麼養得出那樣一個驚才絕豔的女兒？

在同僚們你一言我一語的七嘴八舌聲討中，徐鴻達才知道，原來閨女的別號暴露了。

翰林學士捶胸頓足，「你明知我苦苦求那幅《錦繡山河》，你居然不給我走後門？」

另一人說：「當初我們討論書香居士時，你竟裝作不知此人？騙子！」

又有一人義憤填膺，「上回我見你拿了一柄書香居士畫的扇面，你還騙我是提前一年預約的。我還說呢，好不容易有機會，怎麼不要大幅的畫，就只選了一個扇面？」

沈雪峰笑得快岔了氣，見岳父丟過來一個威脅的眼神，只好硬著頭皮鑽進人群，護住了徐鴻達，「諸位大人冷靜，冷靜！」

沈雪峰不出來還好，一出來，大家也想起他來了。

「你可是徐鴻達的女婿，你說你知不知道書香居士是誰？」

「怎麼可能不知道？他們是一家人，一丘之貉！」

沈雪峰被擠得滿頭大汗，實在沒招了，只能下血本，「一人送一柄書香居士的扇面！」

所有人瞬間安靜，趕緊點頭算是放過了他們，連翰林學士都笑著拍了拍沈雪峰的肩膀，難得地誇了他一句：「到底是年輕人，腦筋活絡！」說完還嫌棄地瞥了徐鴻達一眼。

徐鴻達抹著滿腦門的汗，看著沈雪峰的眼神很是幽怨。

沈雪峰訕笑了兩聲，剛要說話，一個羞答答的十八歲庶起士湊了過來，「沈大人，您知道食客是誰嗎？我喜歡他畫的蟲草。」

沈雪峰登時變了臉，一臉防備地上下打量著他。

小翰林摸著腦袋，滿頭霧水。低頭看了看自己的衣裳，齊整乾淨；又摸了摸臉蛋，沒有沾染上墨汁，不由小心翼翼地問道：「沈大人，您怎麼了？」

沈雪峰，「哼！」

小翰林：……

小劇場

〈一〉

高氏：給母親請安。

老太太：子裕昨天回來時臉上都是灰，是不是妳讓他燒火來著？《燒火的灰公子》上就是這麼講的。

高氏：我倒是想，可我怕他把我給燒了。

老太太：今天子裕上哪兒去了？是不是妳讓他撿黃豆去了？

高氏：蒼天啊，能不能給留點活路啊？

徐鴻達：其實是我在牆頭上抹了油，朱子裕從上頭摔下來了，正好臉朝地。

朱子裕：……

〈二〉

玉帝：讓你下場雨，你下那麼多幹啥？你瞅瞅把老百姓給淹成什麼樣了？你說你幹活怎麼那麼不長心呢？

龍王哭喪著臉：我剛準備打個噴嚏下去，正好瞧見青青姑娘在抬頭看著我，嚇得我一哆嗦，就把隨身帶的水囊打翻了，我能怎麼辦？我也很絕望啊！

青青：我不就是想對著太陽打個噴嚏嗎？怎麼還下雨澆我呢？咦，這個水囊是誰掉的？正好拿去給我爹裝酒。

玉帝：……

龍王：……

伍之章◆天子青睞惹猜忌

寧氏自上次進宮回來，就有些心神不安。青青隱隱約約猜到了自己的身世與宮中有關，明著沒法安慰寧氏，只能給她配了寧神靜心的藥丸吃。剛清靜幾天，見宮中沒什麼動靜，寧氏才略微放下了心，不料這日青青出去一趟，回來便說皇帝下旨，讓她去為太后畫影壁。

寧氏頓時一股無名火上來，忍不住劈頭蓋臉念了青青幾句，「好好的做點什麼不好，非得去開書畫坊！這回鬧進宮去，若是有事，誰能救得了妳？」

青青知道寧氏心裡憋著火，忙抱著她的手臂安撫道：「娘，您不用擔心，這幾年別人都說太后娘娘喜歡我的畫，皇上才會以此孝敬太后。我去宮裡不過是畫一幅畫，誰還能為難我不成？娘，您不用擔心。」

女兒軟言軟語的安慰瞬間擊破了寧氏的心防，她抱住青青痛哭了一場。

青青沒多問，也沒多說，只是緊緊抱著寧氏。

早上起來，果然有公公登門要帶她進宮。青青梳妝打扮好出去一瞧，不由笑了，微微福了個身，客氣地道：「原來是王公公。」

王海笑道：「太后娘娘怕姑娘緊張，特意讓小的來領姑娘。」

寧氏忙塞了個荷包過去，王海笑得更真心了，「徐宜人放心，只畫影壁畫而已，太后娘娘一直很喜歡徐姑娘的畫，不會有人為難她的。」

寧氏道：「進宮後得麻煩公公費心了。」

王海拍著胸脯打包票，「我雖在太后面前說不上話，但在院裡吃得開。等進了宮，我定時給姑娘送茶水送點心，保證讓姑娘餓不著。」說著看了看天色，「時辰不早了，姑娘，咱們得趕緊走了，太后娘娘還等著呢！」

青青點點頭，捏了捏寧氏的手臂，說道：「娘放心，我下午就回來了。」

寧氏一臉愁容，青青又囑咐朱朱：「別忘了看著娘吃藥。」

朱朱笑道：「妳放心就是，家裡有我。」

王海又催了一次，青青這才上了馬車，一路暢通無阻地進了宮。到了宮門，居然有一頂軟轎候在那裡。王海看著軟轎也愣了一下，還以為是給哪位年老的誥命備著，自覺地往旁邊讓了讓，示意青青隨他從邊上過去。

跟著軟轎的李公公喝道：「小海子，你瞎了嗎？你要把徐姑娘領到哪兒去？」

王海連忙過來打千，「不知哥哥要等哪位夫人，小的沒敢打擾。」

王海沒搭理他，反而笑著與青青搭話，「太后娘娘擔心姑娘走過去腳疼，特意派了軟轎來接姑娘過去。」

青青想起上次祖母進宮都沒轎子坐，自己這個沒品級又年幼的女孩居然能坐著轎子去太后宮裡，難道太后真這麼喜歡自己的畫？

青青客套了兩句，才滿腹疑惑地上了轎子。轎夫是經過訓練的，抬得又穩又快，青青還未來得及欣賞宮牆內的景致，轎子就到了福壽宮。

見過一次太后，再次進宮，青青少了幾分緊張。請完安，太后笑咪咪地把她叫到跟前，讓她坐在自己旁邊的小凳子上，「妳這孩子，見到我宮裡掛著妳的畫，妳也不吱一聲。」

青青微微紅了臉，笑道：「不敢在太后面前賣弄。」

太后拉著青青的手，問道：「妳跟誰學的畫？多大學的？平時畫畫累不累？」

青青逐一答了，又問太后：「影壁上要畫什麼樣的內容？臣女好做些準備。」

太后說：「不急，先歇歇，畫影壁可不是一朝一夕能完成的，年前畫完就行。」

青青下意識看了眼殿裡堆著的冰山，如今可是盛夏時節，太后這是準備讓她畫什麼啊，居然給她留了大半年的時間。

錦瑟嬤嬤端來各色茶點，又有宮女來伺候青青洗手，青青忙起身推辭。

太后笑道：「小姑娘最愛吃這些糕啊餅的，我這宮裡的糕點可是一絕，妳也嘗嘗。」

既然太后賞了，青青只好謝恩，拿了最近的一塊點心用帕子托著小心翼翼品嘗。

她原本只打算吃一個，太后卻是道：「嘗嘗這個？」等她吃完又說：「這個味道也不錯。」一直到她吃了五六塊，太后才不再出聲。

青青喝著茶，很慶幸宮裡的點心做得小，一塊也就一口，要不然幾塊點心下去，她就是塞也塞不進去。喝了茶，她又將話題轉移到影壁上，太后剛說：「我想讓妳替我畫個……」話還未說完，就聽外面通報：「皇上駕到！」

福壽宮裡的宮人們全都恭敬跪在一邊，青青也起身跪下。太后往前迎了幾步，身穿常服的盛德皇帝大步走了進來，下意識先往太后身後掃了一眼。

宮女們的衣裳都是按照品級有嚴格的規定，且顏色多為深色，而青青正是稚嫩的年紀，又穿了一件鵝黃色的窄袖小襖，盛德皇帝一眼就看見了她。只是她此時低著頭跪著，只能看見她烏壓壓的一頭黑髮，旁的什麼也瞧不見。

盛德皇帝收回視線，向太后請安，扶著她坐下。

按照以往的習慣，皇帝通常會跟太后敘敘話，才讓宮女們起來，可這會兒他看到青青跪在下面，擔心她跪青了膝蓋，便直接說道：「都起來吧。」

青青麻利地從地上爬起來，乖乖站在一邊當柱子。

盛德皇帝問完了太后的吃穿飲食，終於將話題轉移到影壁牆上，他笑道：「聽說書香居士已經來了，朕怎麼沒瞧見？」

太后似笑非笑地瞅了他一眼，似乎在說：真能演！

盛德皇帝心虛地撇過頭，太后這才放過他，指著青青道：「就是這孩子。說來你可能不相信，前幾天我剛見了她，就是翰林侍讀學士徐鴻達的女兒，可真是巧。」

「哦？」盛德皇帝佯裝十分感興趣的樣子，終於正大光明地將視線投向青青，只是青青仍舊垂著頭，僅能看清她的鼻尖和嘴唇，但就這兩處便與年幼的聖文皇后極像。

一個長得像他和望舒的女兒！

盛德皇帝心裡暖暖的，聲音溫柔了兩分，「看起來還是個孩子，抬起頭來讓朕瞧瞧。」

青青抬起頭，丹鳳眼眨了眨，與盛德皇帝的目光對上，兩人都有些愣。

盛德皇帝看到青青的臉，瞬間明白為何太后一瞧見這姑娘就懷疑是自己的孩子，雖然他有七個皇子，其中有三個隨了他的眼睛，卻沒有一個和青青似的，眼睛和自己這麼像。

青青眨了眨眼，眼裡透著一絲疑惑。

盛德皇帝輕笑一聲，眼神裡多了幾分慈愛，「妳叫什麼名字？今年多大啦？」

青青屈膝回道：「回皇上，臣女徐嘉懿，今年十二歲。」

「徐……嘉懿……」盛德皇帝的聲音裡略微帶著一絲失落和遺憾，這樣一個像自己和望舒的女兒，居然不能相認。

太后時時留意盛德皇帝的表情，見他情緒不對，忙笑著打圓場，「我也沒想到那樣好的一個書畫大家，竟是這麼小的孩子。」

「是啊！」盛德皇帝打起精神，又端起笑容，和氣地對青青說：「太后娘娘喜歡妳的畫，妳回頭好生替太后娘娘畫影壁牆。」看了眼殿裡飄蕩著冷霧的冰山，不由囑咐了一句：「日頭不足的時候畫兩筆就罷了，日頭強的時候可別在外頭。」

太后道：「在哀家這裡，自然累不著她。皇帝，你政務繁忙，先回吧。」

盛德皇帝看了青青一眼，這才戀戀不捨地收回目光，囑咐了太后少吃涼食，晌午多睡片刻，方才慢吞吞離開了。

青青跪送了盛德皇帝後，忍不住鬆了一口氣。雖然皇帝看起來很和氣，但是她總覺得他看自己的眼神很古怪。

太后見青青明顯放鬆的神情，暗自嘆了口氣，看她轉過頭來，忙笑道：「我聽說妳的鋪子有一幅《仙人赴宴圖》，我想著讓妳在影壁上也給我畫上一幅。」

青青說：「這倒是不難，只是影壁是立在外頭的，難免風吹日曬，怕留不住色。」

太后道：「無妨，等妳畫好就罩上透明的琉璃罩，不會讓雨淋著的。」

既然如此，青青只得應了。太后讓人拿來紙筆，讓青青寫下需要的各種東西。準備顏料、搭建架子，都需要時間，太后沒多留青青，說好明日再接她進宮。

回到家後，寧氏少不得拉著她細細問了在宮裡的情形，聽說皇帝也去了，還問了她話，驚得寧氏臉色煞白，心臟都要從喉嚨裡跳出來。青青輕描淡寫地說了兩句，把皇上的問話描述成例行公事。

寧氏的心結無非是怕青青的身世大白於天下，此事一旦被世人知曉，只怕徐家上下都會被此事波及，誰也不能善了。自打上次進宮，寧氏就一直悔恨，恨自己當初為什麼要嫁人。若是知道自己嫁人生子這事可能會連累一大家子，她寧願削髮去做姑子。

好不容易一家人有驚無險地從宮裡回來，青青居然又要獨自進宮作畫，寧氏昨晚一宿沒睡，早上心神不寧地送走青青後，回頭就發熱了。好在朱朱在家，給寧氏摸了脈，熬了藥，看著她吃下。

青青早就知道自己的身世有蹊蹺，再加上兩次入宮寧氏表現出來的害怕擔心，從眼神流露出的絕望，讓青青對自己的身世有了一個不好的推測。直到見到皇上，看到那雙和自己一模一樣的眼睛，青青覺得自己差不多摸到真相了。

然而，青青和寧氏考慮的一樣，她不希望這事曝光，對她來說，祖母、父親、家裡的姊弟們才是親親熱熱的家人，是不能割捨的依戀，至於什麼皇帝公主的，她不稀罕那些。

安安靜靜地陪著寧氏半日，拐著彎各種暗示皇帝和太后根本不知道自己的身世，也對自己不感興趣。寧氏聽了，寬了幾分心，又怕夜長夢多，囑咐青青早早畫完早早歸家。

晚上徐鴻達回來，知道妻子發了熱，還摸摸她頭安慰她：「不過是去畫個影壁，怎麼擔心成這樣？妳放心，太后最慈愛不過，青青也是朝臣之女，不會有人為難她的。」

看著徐鴻達一臉無知的表情，寧氏將頭深深埋在了他的懷裡。

翌日一早，果然宮裡又來了人，將青青接到福壽宮。此時影壁牆朝門的一面已經重新整體砌過並粉刷一新，細膩又潔白。影壁牆和宮門之間搭了臨時的棚子，一是怕下雨時淋了未完成的畫作，二是能在作畫時幫著青青遮擋日頭。

進去請完安，錦瑟嬤嬤帶著宮女端來一盅燉得軟糯的紅棗燕窩和幾樣點心。

太后笑道：「燉了幾個時辰，又糯又甜又香，女孩子就該多吃燕窩，最是滋養人了。」

青青謝了恩，端起燕窩慢慢吃盡。太后又讓她吃了兩塊點心，這才吩咐宮女伺候她漱口洗手用恭桶。按理說，外命婦和官員子女基本上沒有在宮中小解的，那叫失儀。像青青這樣要待半天在宮裡，若是忍不住也只能偷偷在宮女的地方淨手。

聽太后讓宮女去傳恭桶，又讓人伺候她更衣，青青頓時手足無措起來。

太后笑道：「無妨，這時候天氣熱，她們用的難免不乾淨，小心熏了妳。」

這話可是冤枉了伺候太后的大小宮女了，這種事情都有專人收拾，哪怕再熱的天都不會有一絲味道出來。不讓青青用宮女的東西，不過是嫌她們上不得檯面罷了。

錦瑟嬤嬤雖知道內情，卻也覺得太后表現得太過了，便是太后喜歡的侄孫女進宮小住，都沒在太后的更衣間內淨手過。好在青青不知道宮裡的規矩，雖然覺得不太好，但在太后的要求下，還是羞答答地享受了一回宮女們的伺候。

查驗了一遍福壽宮準備的各色筆墨顏料等物，福壽宮的大太監蘇明問道：「姑娘瞧瞧還差什麼東西，只管吩咐便是。」

青青笑道：「都很齊全了，多謝公公。」

蘇明笑容滿面地說道：「姑娘客氣了，這是咱家應該做的。」說著，他又指著站在一邊的四個太監道：「他們四個是宮裡的畫匠，給姑娘打下手，有什麼事指使他們做便是。」

蘇明又囑咐在這裡伺候的兩個宮女、兩個太監機靈著點，凡事長點眼色，這才離開。

裡頭有錦瑟嬤嬤伺候太后，蘇明不急著回去，一轉身去了茶房，立刻有機靈的小太監滿口叫爺爺，給他沏上好茶，「爺爺，您嚐嚐這茶葉，可不比皇上孝敬太后娘娘的差，小的統共就得了不到一兩，都給爺爺留著呢！」

蘇明掀開茶碗的蓋子，輕輕撥弄了下茶葉，細細品了一口，果然清香淡雅。

小太監又去切了一盤水果，要了四盤點心擺上，見左右沒人，悄悄問道：「爺爺，來的那徐姑娘到底是什麼來歷，怎麼太后娘娘那麼看中她？」

蘇明說：「人家那是有福氣，你說世上那麼多大家，宮裡那麼多古畫，偏生太后娘娘最喜歡她畫的，旁人羨慕也沒法。」

小太監說：「我瞅她不大，太后那畫至少掛了兩年，當年她才十歲，就能畫那麼好？」

蘇明喝了口茶，恣意往椅子上一靠，自在地說：「人家那叫天賦，老百姓的話就是老天爺賞飯吃。人家十歲就能比那些畫一輩子的人畫得還好，嘖嘖，人比人可氣死人！」

小太監湊過來塞給蘇明一個荷包，「蘇爺爺，若是這姑娘這麼得太后娘娘青眼，回頭院裡就讓我伺候唄，我可不比王海那小子差。」

蘇明將荷包丟在那小太監腦門上，笑罵了句：「統共那麼點銀子，留著自己叫點心吃吧，別在爺爺這裡丟人現眼了！」不過這小太監素來把自己伺候得舒服，他也不是那無情的人，於是又說：「也別說爺爺不照顧你，明兒就讓你和小田子換班，到時候你自己長點眼色，把徐姑娘伺候好了，少不了你的好。」

小太監喜不自禁，又給倒茶又給捶腿的，把蘇明伺候得舒舒服服。

青青在影壁牆前站了一刻鐘，腦海裡要描繪的畫面一一顯現，這才動手調起顏色。手一揮，一朵祥雲出現在天邊；再一抹，雲海緩緩呈現眼前……

青青全身心投入作畫中，殿內太后聽著宮女念了幾頁書，問道：「徐姑娘畫多久了？」

錦瑟嬤嬤道：「有兩刻鐘了。」

太后睜開眼睛，「那麼久了？趕緊叫她進來歇歇，吃點果子！」

錦瑟嬤嬤無奈地看了眼太后，只得叫人出去傳話，只是過了半晌也沒人回來。太后又催促了一遍，錦瑟嬤嬤便叫大宮女素馨去瞧。

過了片刻，素馨一臉為難地回來，回稟道：「徐姑娘畫得入了神，奴婢叫了兩聲，徐姑娘都沒聽見，只全神貫注地作畫，奴婢沒敢再打擾。」

太后又心疼又歡喜，「怪道她畫得這樣好，就這份定力不知比多少人都強。」

好在青青作畫追求逼真，要根據畫面的變化調製不同的色彩，她的視線剛從影壁挪了下來，看向一邊的顏料，旁邊的宮女立刻上前福了一福，說道：「太后娘娘怕姑娘累著了，叫姑娘進去吃點果子歇上一歇。」

青青一臉茫然，「總共還沒畫兩筆呢，我這會兒還不累。」

那宮女聞言都快哭了，一臉央求地看著青青，「太后打發人出來看兩回了，姑娘快跟我進去略坐一坐吧。」

青青無奈放下畫筆，跟著宮女去了後殿。

太后正在明間的南漆羅漢床上坐著，見青青進來，忙招手叫她過來，「站著累不累？」

青青：總共才站了不到半個時辰。

太后又問：「日頭曬不曬？」

青青：三層的頂棚，累死日頭也曬不著我。

太后再問：「渴不渴？」

一連串問題丟出來，青青有些受寵若驚，忙回道：「多謝太后娘娘關心，平時作畫一站就一兩個時辰，臣女已經習慣了。」

「這麼辛苦啊？」太后一臉心疼，忙吩咐錦瑟道：「把他們做的『酥山』端來，她們這些孩子最愛這樣的冰涼之物。」

不一會兒，宮女端進來一盤高聳的冰山，上面澆了櫻桃醬，旁邊擺了晶瑩剔透的荔枝。

太后笑道：「這個法子傳了幾個朝代了，是用牛乳做出那種近乎融化的酥，再撒了糖和蜂蜜，一點一點淋出山的形狀，在放冰窖裡冷卻定型。雖然做法麻煩了些，但是吃起來冰涼爽口，甜酥細膩，妳快嘗嘗合不合妳的口味？」

青青拿起銀勺舀了一匙，也不知這酥山怎麼做的，看起來凍得牢牢的，可勺子一碰就能舀下來。冰涼的酥山入口，吃起來像是奶油冰淇淋的味道，甜甜涼涼的又帶著濃濃的奶香。

青青舒服地瞇起了眼睛，享受酥山在嘴裡融化的感覺。

再舀一勺，則是帶了一點櫻桃醬，酸酸甜甜的口感配著酥山，彷彿吃奶昔般滋味十足。放下小勺，拿起銀叉叉了一個晶瑩剔透的荔枝放到嘴裡。軟滑多汁的果肉宛如瓊脂，因挨著酥山又借了些微涼氣，入口後先感受到冰涼滑潤，輕輕一咬，嘴裡滿是甜香的汁水。來到這個世界十二年，她都快忘了荔枝是什麼味道了，忍不住吃了三個，直呼好吃。

太后微微一笑，青青這才回過神來，看著對著自己笑的太后，不好意思地放下叉子。

太后笑道：「這荔枝上火，吃三個也就足了。若是喜歡，回頭送妳一簍。」說完，指著那冰，「雖也不能多吃，但妳剛才沒吃幾口，再吃一些吧。」

青青點點頭，又舀了一口酥山，十分享受那種在炎炎夏日吃冰的感覺。一連吃了幾口，太后就不許她吃了。見青青戀戀不捨地看著酥山端出去，不由好笑，安慰她說：「若是明日天熱，還許妳吃，只是不許貪嘴。」又問她小日子是什麼時候，「那種怕涼的日子可不許吃，肚疼可是一輩子的事。」

青青喝了盞溫茶，又去作畫。一會兒吃點心，一會兒喝茶，一會兒吃果子，她一上午也沒畫上一個時辰，肚子裡倒塞了不少東西。

到中午，太后將青青留在後殿的明間用膳，二三十名宮女將精美的菜餚擺在桌上，除了太后吩咐的幾樣菜，青青看了哪樣菜一眼，立刻就有人給她盛上。若說早上吃點心時還有些拘謹，可上午在太后面前吃了這麼多東西，青青已經泰然自若了。御膳房的手藝極好，何況是太后吃的，那更是十分用心。

她原本就很愛吃，很會吃，這麼多美味佳餚，自然吃得十分盡興。

太后年紀大了，用飯少，像這種炎炎夏日，通常兩天也吃不上一碗飯，可今日和青青同席，見青青吃得香甜，便也跟著吃了半碗飯。

錦瑟嬤嬤笑道：「娘娘多少日子沒這麼好的胃口了，還是託了徐姑娘的福。」

太后道：「可不是？一見到這孩子我就喜歡得不得了。我就喜歡這樣嬌嬌嫩嫩又好看的孩子，可妳瞧瞧皇帝，生的都是臭小子，也不知哀家什麼時候才能有這樣漂亮的小孫女。」

青青被誇得小臉通紅。

錦瑟嬤嬤道：「徐姑娘的年紀正好能做娘娘的孫女，讓她當孫女伺候娘娘。」

太后道：「那可美死我了。」

用完膳，太后領著青青在殿內轉了兩圈消食，才吩咐錦瑟嬤嬤帶青青去東廂房休息。

青青惦記著今天還沒有進展的影壁，剛想推辭，太后似是看穿她的想法，開口說道：「中午日頭足，人容易發昏，不如睡一會兒，下午才有精神作畫。」

青青只得謝恩，跟著錦瑟嬤嬤來到東廂。福壽宮裡的廂房一直無人居住，雖日常有人打掃，但陳設擺件都是舊物。因想著青青要在這裡午睡，太后吩咐人特意將東廂重新收拾了一番，窗戶是重新糊的，床是新換的，更別提各種紫檀木座、牛油石插屏等物，全都是太后親自過目了的。

青青到了東廂的寢宮，便有宮女們上前替她寬衣。青青躺在鋪了青玉涼蓆的床上，很快就沉沉地睡著了。因寢宮內擺了冰山，又關緊了門窗，屋裡很是涼快。兩個打扇的宮女見青青沒有出汗，便放下扇子悄悄退了出來。

宮裡素來沒有不透風的牆，太后喜愛一個會作畫的姑娘這件事很快就傳遍了後宮。這些宮妃日常來向太后請安，都知道太后酷愛書香居士的畫，又聽說書香居士是個嬌滴滴的小姑娘，便不覺得稀奇了。

倒是常貴妃，本打算過兩年將徐嘉懿弄進宮來給自己固寵，不料她卻先一步入了太后的眼。想到皇帝那孝順的勁兒，常貴妃忍不住摔了茶碗，「若是她走了太后的門路，以後怕是難以為我所用，嬤嬤且替我想個法子。」

常嬤嬤勸道：「太后娘娘不過看她一時新鮮，等她及笄還有三年，娘娘不必著急。」

常貴妃神情陰鬱，陰沉沉地說：「我是怕淑妃壞了我的好事。」

常嬤嬤道：「若是淑妃此時為難那小丫頭，不用我們出手，太后就能活吃了她。」

還不知道自己成了後宮嬪妃、宮女們議論的對象，青青吃飽喝足了，下午又畫了一個時辰才被送出宮。隨她出宮的還有一車賞賜、兩簍荔枝、一匣子金玉首飾，更有綾羅綢緞、宮花胭脂等無數。

徐鴻達看著滿滿一車的物事發愣，旁的不說，單說這荔枝就極其難得，不知用了多少冰塊累倒多少馬匹才從南方送到京城，到了地兒能剩下一半好的就不錯了。據說沈太傅家也只得了半簍，昨兒沈雪峰剛送了一盤過來，還提過此事。

徐鴻達百思不得其解，倒是徐婆子很欣賞太后的眼光，言語間很是推崇，甚至一臉與有榮焉地道：「不愧是太后娘娘，一眼就瞧出咱們家青青的好來！」

◆　◆　◆

朱子裕現在雖然是正五品的三等侍衛，但因為他年僅十二歲，所以盛德皇帝特許他只掛個虛職，並不用點卯當值。

兩年時間，朱子裕為了拚前程，也為了在未來岳父面前搏好感，一直跟著徐鴻達治理黃河水患。回到家，被祖母按在家裡關了幾日，剛瞅著空去瞧青青，兩人好多話還沒來得及說完，青青就被一道聖旨叫到宮裡去了。

朱子裕每日眼巴巴地盼著和青青見上一面，可每天一早青青就被小太監接走，回來時天色已擦黑。累了一天，他也不好煩她坐著陪自己說話，自己只能除了刻苦練武外，抽空去尋摸些新鮮有趣的玩意兒送到徐家，讓青青累了的時候解悶。青青見朱子裕可憐兮兮的模樣，既好笑又心疼，可影壁牆沒畫完之前，她實在是沒空陪他。

太后之前的生活過得是既規律又乏味，她懶得看那些嬪妃彼此間明裡暗裡的鬥嘴，也不愛聽她們虛偽的奉承，因此只定了初一、十五來福壽宮請安。其餘時候，她吃了早飯就圍著福壽宮的小花園轉一圈，回來賞賞畫，讓宮女念兩卷書，通常就到了吃點心的時候。下午歇了晌，和錦瑟絮叨一下過去的人和事，一天就這麼平淡無奇地過去了。

可是，自打青青進宮來畫影壁，太后忽然像是生活有了盼頭，每天早上起來就忙叫御膳房做應季又稀奇可口的吃食，再讓宮裡說書的小太監預備些女孩子愛聽的故事，更別提各地送來新鮮珍惜的水果和食材。往日福壽宮只留很少一部分，其他的都賞出去了，如今青青在宮裡要吃一頓正餐、三次點心，太后便讓小廚房和御膳房變著花樣做各種吃食，就怕虧了青青的嘴。青青在宮裡待了一個月，個子竄高了三公分不說，還胖了兩斤。現在宮裡人都說，徐家二姑娘怕是比太后娘娘的侄孫女孟宛如更得太后娘娘的喜愛。

說來也巧，這話傳了沒幾日，常貴妃便在宮裡設賞花宴，邀請京城的姑娘來御花園賞菊花。因明年是選秀之年，四皇子、五皇子都到了適婚的年紀，淑妃也打算為三皇子納側妃，幾個嬪妃求了常貴妃，想以賞菊的名義先瞧瞧官宦人家的小姐們，看看是否有中意的。

青青年紀小，原本是不用參加賞花宴的，但常貴妃發話，往日都在宮裡，單落下她一個也不好，便也送了帖子給她。

青青左右為難，她在京城就幾個說得上話的小夥伴，但有的已訂親，有的家裡品級低沒拿到帖子，估摸著到時候有一兩個相熟的就不錯了。

太后見她拿著帖子發呆，笑著勸道：「都是些年輕的小姑娘，見一見也好，省得整日陪哀家這老婆子怪膩歪的。」

青青道：「我就願意在太后娘娘這裡膩歪，又能和娘娘說說畫、下下棋，比一群人乾坐著賞花有趣多了。」

太后點點她的頭，「就妳歪理多。只是妳雖然不喜歡這樣的事，可當女孩兒時躲躲就罷，以後成了親早晚都得應酬交際，不如早早適應的好。」

青青有氣無力地點頭，應了聲，「好！」

太后笑道：「哀家前幾天又想了新樣式的衣裳，已經將料子和款式送到了針織局，估摸這兩天也能得了。」

自青青來宮裡的第一天起，太后就讓人將今年進上的料子挑那顏色嬌嫩、花紋精緻的搬來，選出最適合青青膚色和氣質的，叫針宮局趕製了幾十套精緻的夏裝。

青青正是長個子的時候，有的穿過一回，有的還沒上過身，衣裳就短了一寸。她原本還琢磨著把邊放一放，可還沒動手，新的衣裳又源源不斷送來。

到了賞花宴那天，青青穿著新裁的衣裙進了宮。太后估摸著青青起得早，在家裡只怕沒吃些什麼，趕緊傳了早膳。青青就著鮮蝦魚肉粥，吃了一籠蟹黃包子，又吃了兩塊花糕。見她吃得香甜，太后忍不住笑道：「妳就喜歡這種味鮮的東西。」

用過早飯，青青重新洗了臉上了妝。錦瑟嬤嬤親自幫她梳頭，將太后提前選好的珍珠髮簪幫她別在髮間，微微一動便熠熠生輝。

青青長得美，稍微用心打扮就讓人覺得驚豔。太后左瞧右瞧，又替她套上一對羊脂白玉鐲，這才滿意地點了點頭。

青青剛梳妝打扮好，宮女進來稟告：「太后娘娘，孟大姑娘來向娘娘請安。」

「叫她進來吧。」太后吩咐了一句，又對青青道：「是我娘家侄孫女，叫孟宛如，大妳三歲，今天讓她照應妳。」

孟宛如進來向太后行大禮，青青站在一邊，待孟宛如平身後福了一福，道了聲好，孟宛如也回了一禮。孟宛如早知道最近有個作畫好的徐二姑娘入了太后的眼，太后賞了她不知多少好東西，據說一日不見她吃飯都不香甜。身為曾經唯一能在太后宮裡午睡的女孩，孟宛如有些嫉妒。此時一見青青，倒明白太后為何喜歡她了，別說那高超的畫技，就憑這精緻的相貌，連她都看住了，怎會有人不喜歡她呢？

一個有意相交，一個故意示好，兩個女孩很快相談甚歡。

太后欣慰地點頭，囑咐孟宛如：「妳大三歲是姊姊，又和各家小姐相熟，一會兒在御花園裡可得照顧好嘉懿。若是有人欺負她，說她小話，妳回來可得告訴我。」

孟宛如笑道：「可見姑祖母是喜歡嘉懿妹妹了。我第一回在宮裡參加筵席時，姑祖母可沒怎麼擔心呢！」

太后故作埋怨，「小沒良心的，當時哀家特意囑咐太子照應妳來著，難道妳忘了？」

孟宛如道：「哪裡敢忘，不過和姑祖母逗趣罷了。」

此次姑娘們進宮參加賞花宴，是特許帶一個貼身丫鬟伺候的，只是不許亂走，僅能在御花園內活動。青青習慣獨來獨往，今日也是獨自一個人來的。太后看了一圈，點了大宮女素馨和雲香兩人，吩咐要好生伺候徐姑娘。

孟宛如看了看那兩個堪稱是福壽宮門面的兩人，算是知道徐嘉懿受寵到什麼程度了。

到了時辰，青青和孟宛如攜手到了御花園。雖說很多女孩子青青都不認識，但這些高官貴胄士大夫家的女兒，哪個不懂詩文書畫？這幾年青青的書畫大熱，眾女孩都聽聞過她的大名，有家裡管得寬鬆的，還專門去書畫坊看過字畫，因此青青一來，先有十來個愛畫的女孩把青青圍住了。

有的問她畫的山石怎麼那樣險峻？有的問花鳥怎樣畫才靈動？有人則問，那麼多神仙故事的畫，怎麼想出來的？一時間，青青周圍熱鬧非凡。

也有不屑於與青青來往的，認為閨閣千金應該恬靜羞澀，怎麼能成為人們口中討論的對象，太輕浮了些。有那絲絲細語傳到青青耳中，青青忍不住冷笑，「有的人樣樣拿不出手，自然也不希望別人鶴立雞群。」

被稱為樣樣拿不出手的是德妃的侄女，名叫李嬌娘。此時她又羞又怒地瞪著青青，臉上似著火了般，漲得通紅。孟宛如見狀，暗暗嘆氣：哪裡都有這樣蠢的人，家世才華相貌皆不出眾不說，還長了一顆比針尖還小的心眼，但凡別人比她強些，心裡就氣不過。

青青倒和孟宛如想一塊去了，懟了李嬌娘一句：「妳這是紅眼病，得治。」

眾人聞言，有的嬉笑出聲，有的則覺得青青牙尖嘴利，得理不饒人。

李嬌娘被氣得胸口上下起伏，剛要出聲斥責她，就跑來兩個太監，眾人便都安靜下來。

太監們指揮著眾千金在路邊跪好，一炷香的功夫，常貴妃的轎輦就出現在御花園入口，後面跟著兩排宮女和太監，雖然人數眾多，但無一人說話，只聽見輕輕的腳步聲。

常貴妃的轎輦進了御花園，一名太監隨即揚聲道：「貴妃娘娘到！淑妃娘娘到！德妃娘娘到！麗嬪娘娘到！」

眾千金跪下行大禮，常貴妃搭著大宮女的手下了轎輦，笑道：「都起來吧！」

常貴妃帶著淑妃、德妃等人在涼亭坐下，眾千金則坐在涼亭下的迴廊裡。

剛才的爭吵雖然才過去一會兒，但來的幾位娘娘都從身邊的宮女嘴裡聽到了剛才那事。德妃氣得臉都紅了，剛想叫青青上前來斥責兩句不莊重，一眼瞧見站在青青身後的素馨和雲香，登時把話憋了回去，只能恨恨地瞅了眼自己的宮女，怪她不把太后派人伺候徐嘉懿的事提前告訴自己。

這些娘娘們心裡指不定在編排什麼，臉上卻都帶著和善的笑容，常貴妃還特意叫了青青到跟前，笑著說道：「上回見妳還是跟著妳娘進宮請安。聽說妳如今在福壽宮作畫，可惜每回向太后請安都沒能瞧見妳。」

青青抿嘴一笑，答道：「臣女每天上午都要在書房裡為太后娘娘抄幾頁經書，因此娘娘沒瞧見臣女，臣女也不知道娘娘來了，原該出來給您磕頭的。」

常貴妃笑容滿臉地拉住她說：「為太后娘娘抄經書是正經。」看到孟宛如在，她也很自然地囑咐了一句：「好好照應妳徐妹妹。」

孟宛如笑著應了聲是。

淑妃冷眼打量著青青，都說她和自己長得相像，卻一直沒能瞧見真人。今日一瞧，雖然對方年紀還小，但看著顏色可比自己年輕那會兒強了百倍。眼見常貴妃那有意拉攏的模樣，淑妃不禁撇了撇嘴。

不管上頭幾個什麼心思，有幾位才思敏捷的千金已經開始作詩或聯句，極力表現自己。往日這樣的賞花宴，也少不得畫上兩筆，可今日有青青在，誰也不願在娘娘面前被比下去，所以放著筆墨顏料的那幾張桌子一直乏人問津。

淑妃雖看到了青青身後的素馨，但她仗著皇上的寵愛，又有三皇子祁昱傍身，膽子格外大些。都說太后喜愛這個徐嘉懿，她到想看看能愛到什麼分上。

淑妃看了青青一眼，漫不經心地摸著自己染的鮮紅指甲，美豔的紅唇邊帶著一抹冷傲的笑意，「都說徐姑娘是書畫大家，可惜本宮一直沒機會細細賞玩徐姑娘的畫，不如今日就給本宮畫上一幅，也讓本宮好好欣賞欣賞。」

青青笑而不語，素馨從後面上前，並未行禮，朗聲說道：「太后娘娘口諭。」

淑妃嚇了一跳，連忙起身，常貴妃等人也站了起來，心裡暗罵淑妃多事。

太后的口諭無非是誇讚青青的勞苦功高，之後說今日特命青青寬鬆寬鬆，任何人不許讓她作畫。淑妃原本認為自己當眾懟徐嘉懿一下，回頭請安時太后可能會為難自己幾句，實在沒想到太后娘娘會下這樣一道口諭，這可是再沒有過的事情。

淑妃的臉色變得十分難看，常貴妃心裡一邊嘲笑老對手的愚蠢，一邊暗自擔心，有太后給撐腰，徐嘉懿不能為己所用。

淑妃進宮將近二十年，變臉都快練成絕技了，只見她輕輕鬆鬆就換了一副笑臉，嫵媚的眼角一挑，笑道：「太后娘娘吩咐的是，也是我常聞書香居士的畫乃當今一絕，這才激動了些。」又道：「妳們女孩子最喜歡風雅，我剛讓人練了幾首小曲兒，正與此時風光相合，不如叫她們奏了來。」

淑妃的宮女吩咐了下去，不一會兒，遠遠就傳來悠揚的樂曲聲，涼亭裡登時安靜下來。青青端著茶盞，微微閉上雙眼，靜靜地欣賞這美妙的樂聲，享受著陽光和難得的靜謐。

盛德皇帝想來御花園裡瞧瞧青青玩得如何，特意沒讓人通傳，只帶安明達一個人悄悄過來。兩邊的太監宮女見到盛德皇帝時，很有眼色地安靜跪了一地，誰也沒敢吭聲。

盛德皇帝見那一亭子的女孩子，並未上前，而是去了不遠處的碧照樓。安明達打開二樓明間的窗子，四個小太監抬來一張紫檀羅漢寶座椅放在窗前，又在旁邊擺上一四方小案，端上茶水和點心。

盛德皇帝見青青聽著曲子一副如癡如醉的模樣，問道：「這是哪裡排的曲子？」

安明達躬身回道：「稟萬歲爺，是淑妃娘娘排的詠菊小調。」

盛德皇帝微微一笑，「難得嘉懿如此喜歡，賞！」

安明達猶豫了一下，還是把剛才從徒弟嘴裡聽到的話說給出來，「……淑妃娘娘當眾命徐姑娘為她作畫，是素馨姑娘搬出太后娘娘的口諭，淑妃娘娘這才退了一步，又為了打圓場，方叫放出這段小曲兒來。」

盛德皇帝聽到第一句時就冷了臉，等安明達回完話，便下了道口諭：「淑妃言行不遜，對太后娘娘不敬，罰其禁足一個月，抄《孝經》十遍。」

安明達領命即走，盛德皇帝又叫住了他，「難得嘉懿出來玩一日，別掃了她的興，等她出宮後再去傳旨吧。」

長長的曲子奏完，等青青睜開眼，茶水已經微涼。

孟宛如幫她換了一盞，在她耳邊說：「若不是看妳微微晃頭，我只當妳睡著了。」

青青笑道：「難得這樣清閒，有好花賞，有好曲聽，還不讓我自在一回？」

孟宛如搖搖頭，「也就妳在這裡還覺得自在，我被幾個娘娘盯著都快難受死了。」

青青眼睛掃過淑妃、德妃、麗嬪，這三位娘娘都是預備著給兒子選妃的。青青拿起團扇擋住嘴，小聲說道：「德妃娘娘看她侄女這麼滿意，是準備讓李姑娘做她兒媳婦嗎？」

孟宛如回道：「上回進宮聽我娘和太后娘娘說話，似乎德妃娘娘早就有這個打算，只是這李姑娘的父親官位低微，人品也一般，皇上不太中意李姑娘。」

「怪不得她見誰都一副看不順眼的樣子，恨不得把旁人踩下去好顯露出她來。」

「原來總聽說妳溫柔端莊，卻不知道妳這樣伶牙俐嘴，不怪李姑娘剛才氣成那樣。」

常貴妃略在園子裡坐了一會兒就走了，淑妃、德妃、麗嬪三人都叫了中意的姑娘到跟前說話。德妃和麗嬪叫了孟宛如上前，問了幾句閒話，又藉故賞了她一些金玉首飾。

孟宛如是唯一一個能經常進宮陪太后的孟家姑娘，德妃娘家式微，她深知皇上是不會同意讓李嬌娘當五皇子的正妃，頂多能看在自己的面子上，許她一個側妃之位。為了將來五皇子多一份助力，就必須得給他選一個勢強的岳家。而身為督察院左都御史的女兒，當朝太后的親侄孫女孟宛如，就成了德妃眼裡的香餑餑。

麗嬪也如此想法，只是她認為自己比德妃更具優勢，四皇子和五皇子年紀相當，五皇子如今已有了親表妹李嬌娘為內定的側妃，而麗嬪生的四皇子可沒有什麼勞什子表妹之類的摻和進來。身為女人，麗嬪自認為很懂女孩子的想法，雖說丈夫以後納妾是難免的，可有誰願意一進門就有個青梅竹馬的側妃膈應自己？

麗嬪瞟了眼德妃，心裡冷笑：德妃為了拉拔娘家，連兒子的前程都不顧，當真愚蠢！

大約坐了一個時辰左右，常貴妃賜下宴席，淑妃、德妃、麗嬪紛紛上轎輦走了，只留下一群食不知味的千金們。

青青和孟宛如隨意吃了兩口，找藉口去了太后宮裡，略微坐坐便都出宮了。

淑妃剛換了家常衣裳，散了頭髮，就有一太監來傳旨。

淑妃在御花園時看到了碧照樓二樓窗邊那抹明黃色，只當皇上聽到了自己的小曲要賞自己，歡天喜地重新梳妝換了衣裳，卻不料聽到了皇上要她禁足的口諭。算算時間，只怕中秋節都出不去了。

淑妃滿臉厲色，長長的指甲摳住手心，嘴角帶著一絲冷笑，「一個毛還沒長齊的小丫頭，倒也能攛掇皇上為她做主了，她真以為她長了那張臉就能超過本宮？做夢！」

而聽到消息的常貴妃臉上閃過一絲驚愕，立刻快速盤算起來，「從皇上的舉動來看，只怕已將這徐嘉懿放在心尖尖上了，我們等不了兩年的時間。」

常嬤嬤忙道：「不如娘娘趁機順勢推舟，和皇上建議，將徐姑娘選進宮內封個位分，等及笄後再讓她侍寢……」她在常貴妃耳邊耳語一番。

自以為摸到了皇上心思的主僕打著滿滿的算盤，相視一笑。

盛德皇帝將批完的摺子放到一邊，安明達端著一盅甜品進來，稟道：「皇上，貴妃娘娘送來了冰糖燉燕窩。」

常貴妃知道皇上不喜歡她，極少派人到皇上的寢宮來，除非有宮務找皇上相商。

盛德皇帝揉了揉眉心，命安明達將奏摺收好，端起燕窩喝了兩口，問了時辰，方說：「朕乏了，懶得過去，問她有沒有什麼要事？」

安明達躬身回道：「貴妃娘娘正在殿外候著。」

盛德皇帝又喝了口燕窩，「傳她進來。」

似乎是沒想到一盞冰糖燕窩就敲開了皇帝寢宮的大門，常貴妃進來時臉上有著驚喜和期待，一臉嬌羞地請了安。

盛德皇帝卻沒空去瞧她臉上那妝容，只是淡淡地問道：「何事？」

一句話讓常貴妃的心裡涼了半截，她實在不知道自己到底哪裡讓皇上厭煩，為何每每看到自己就沒好臉，難道自己比堂姊就差那麼多嗎？

常貴妃心有不甘地咬了咬下唇，盛德皇帝冷眼瞧了她一眼，「沒事就趕緊回去。」

「有事有事！」常貴妃再不敢胡思亂想，趕緊說出自己的目的，「臣妾今日辦了賞花宴，那位書香居士也來了。」她偷偷看了眼皇上的臉色，見皇上的不耐煩消失，心裡有了底氣，便又笑盈盈地說道：「當真是個伶俐聰穎的女孩，怪道太后娘娘那樣喜歡她。」

盛德皇帝想起太后近日精神頭十足，微微點了點頭。

壓抑住心裡的酸澀，常貴妃又露出真誠的笑容，「臣妾想著徐姑娘每日進宮未免勞累，臣妾的東西配殿如今都空著，不如叫徐姑娘先搬進來？」

盛德皇帝臉上的笑容凝滯住，掃了常貴妃一眼，常貴妃只當盛德皇帝心中意動，忙喜氣盈盈地說道：「臣妾想著，先給徐姑娘一個封號，讓她住在臣妾的宮裡，每日去向太后請安也便宜。等她及笄……」

「安明達！」盛德皇帝暴喝一聲，打斷了常貴妃的美夢，「傳旨下去，貴妃常氏殿前失儀降為妃，去掌管六宮之權，禁足半年。」

常貴妃癱軟在地上，不敢置信地看著皇上，不明白自己到底做錯了什麼。

安明達擺了一個手勢，兩名太監上前將常妃架出去。

盛德皇帝想起因為難青青而被禁足的淑妃，以及德妃的蠻橫侄女，皺起了眉頭。在後宮的女人身上想了一圈，記起之前安明達說賢妃特意著人去書畫坊殷勤地請書香居士畫了三清的畫像，便下了旨：「賢妃品行端莊，賢德淑良，今封為貴妃，掌管六宮，暫執鳳印。」

賢妃正在翊坤宮內給三清上香，又念了一卷經文才退出來，準備梳洗就寢。就在這時，安明達忽然來了，傳了一道令整個皇宮震驚的聖旨。

失寵三年的賢妃，居然升為貴妃了？

……

後宮因為盛德皇帝的一道旨意，有人喜也有人怒，而青青一身輕鬆地向太后告了一個月假，因為朱朱要及笄了。

沈雪峰從一個大齡未婚青年等了兩年，終於等成了超大齡未婚青年，眼瞅未婚妻要及笄了，成親的美好日子就在眼前。沈雪峰每天當值都能樂出花來，天天在徐鴻達面前晃悠，一逮著機會就猛叫爹，快把徐鴻達折磨瘋了。偏生翰林院提起兩人來，都是與有榮焉的表情。翁婿同科的進士，又是進士及第，一個狀元，一個探花，簡直是翰林院的一段佳話。

徐鴻達聽到這段人人交口稱讚的佳話後苦不堪言，要是知道會有這樣一個煩人的女婿，打死他當初也不在貢院裡煮羊肉麵吃，誰想得到煮個麵都能勾個饞蟲女婿回家。

徐家上下都在為朱朱及笄忙碌，青青也同太后告了假。想到一個月不能見到嬌俏漂亮的小孫女，太后難受得肝都疼了，可也沒法總將人留在宮裡，只得戀戀不捨地准了假，還不忘囑咐她，哪日有空叫人傳話進來，她便接她到宮裡玩。

青青歡快地答應一聲，太后哀怨地看了她一眼，「小沒良心的，一點都不留戀哀家！」

青青被太后逗得直笑，忍不住大著膽子抱住了太后的手臂。見太后一臉享受，青青才晃了晃她，「臣女保證過幾日就來向娘娘請安。」又從自己帶來的匣子裡翻出十來本書，「這些都是臣女閒暇時寫的話本，可有趣了，娘娘沒事可以請素馨念兩頁給您解悶。」

太后刮了她的鼻子一下，「沒見過臉皮這麼厚的，說自己的話本好看。」

青青睜大了眼睛，一臉認真，「真的好看，若是印出去，保證風靡全京城。」

兩人說笑了一回，見時辰不早了，太后又沒了笑容。如今是藉著畫影壁牆才將人留在宮裡，就是進度再慢一天也總能畫上一個多時辰。一想著畫完影壁，又不知得幾天才能叫小孫女進宮一回，太后整個人都不好了。

看著神情懨懨的太后，青青心裡有些不忍，可想著家裡盼著自己的娘親和祖母，還有望眼欲穿，整天趴牆頭的朱子裕，她只能安慰太后幾句，下了保證，這才得以出宮。

剛回到家，青青還未來得及換衣裳，宮裡的太監便送來了太后的賞賜，賜給朱朱及笄用的一套珍珠釵冠。送走了太監，徐婆子都快把那套釵冠供起來了。她將珍珠釵冠放到桌上，看了半個時辰都沒看夠，喜孜孜地逢人就說：「誰能想到咱們家的女孩能得到太后賜的釵冠及笄，這可是天大的臉面，了不得的榮譽！」

原本寧氏看著青青每天帶回來無數賞賜，暗中琢磨是不是太后知道了青青的身世才這樣恩寵她，如今一瞧，太后雖只見了朱朱一面，卻也賜下一套奢華名貴的釵冠當作及笄禮，只怕真是看在徐鴻達治水的功績上了。

寧氏心事去了大半，臉上也帶著盈盈笑意，同剛到京城的大嫂王氏、弟妹吳氏一起準備朱朱的及笄禮。贊者自然是青青擔任，正賓之位，寧氏請了朱朱的婆婆沈夫人，有司則拜託了隔壁的國子監祭酒夫人。

青青雖然在宮裡好吃好喝的有人伺候著，但心情總是不如在家裡放鬆。放假第一天便一覺睡到日上三竿，她簡簡單單梳了個辮子，隨便吃了兩口飯，就滿屋子晃悠。

姊妹倆一直在同一個屋，早早起來繡嫁衣的朱朱被她繞得眼昏，「好不容易在家待幾天，不好生歇歇，亂晃悠什麼？」

青青湊到朱朱跟前，摟住了她的脖子，「姊，妳說咱倆打小一個屋睡，眼瞅著妳及笄後就要出嫁，沒了妳，我睡不著怎麼辦？」

朱朱被她搖得手直晃，沒好氣地看了她一眼，到底沒撥開她的手，「要不，妳跟娘說，把小弟抱過來摟著睡。」

「不要！」青青一副敬敏不謝的樣子，連連擺手，「我前日不過是抱了他小半個時辰，他就往我身上尿了兩回。」

朱朱被她逗笑，笑過以後，心裡不免有些惆悵，「其實我還想在家多待一年的。」

青青寬慰道：「妳也要替姊夫想想把，他都二十歲的人了，眼睛都快等綠了，妳要是再不嫁過去，他怕是要瘋了。」

朱朱滿臉通紅，伸手就要掐青青，「胡說八道什麼？我告訴娘去。」

青青一邊笑一邊躲，看著滿臉緋紅的朱朱，忍不住暗忖：我什麼都沒說就紅了臉，要是入了洞房，豈不是像煮了她似的？

青青笑著出了院子，正好被趴在牆頭上的朱子裕瞅了個正著，「青青！」

青青站在牆邊抬頭仰望，「你又爬牆了，小心我爹瞧見了捶你！你怎麼不過來？」

朱子裕道：「去妳家說個話還得一群人瞅著，妳來我家好不好？或者我帶妳出去玩？」

特別足，胡椒烤兔子格外香。」

青青回頭看了看屋子，搖搖頭，「家裡好些事呢，這時候出去不好。」

朱子裕左右張望，見沒什麼人在，便從牆頭一躍，跳到青青跟前，「家裡的事有嬸嬸呢，妳能幫上什麼忙？馬上要中秋了，不如我帶妳去吃烤兔子？我知道一家蜜汁烤兔子滋味特別足，胡椒烤兔子格外香。」

「中秋吃烤兔？」青青被拽出門時還有點懵，「總感覺哪裡不對？」

可惜還沒等想明白，就聽窗內傳出聲音：「早去早回，記得每樣帶一隻回來。」

青青轉頭一看，抱怨道：「姊，妳又偷聽我說話！」

朱子裕嘿嘿一笑，「朱朱姊放心，保准送回來的烤兔子是熱氣騰騰的。」

因徐鴻達今日休沐，在前院看徐家的子弟們讀書，朱子裕便摟著青青的腰，抱她飛過高牆，輕輕落在了隔壁的院子裡。青青一個不留神，就像坐雲霄飛車似的，騰空飛躍了一把，落地後嚇得腿都軟了，伸手就在朱子裕的腰上掐了兩下，「就不能走門嗎？飛什麼飛？當初幫你挖祕笈時，是為了讓你拽著我飛的？」

朱子裕還在回味剛才摟住佳人的感覺，激動得滿臉通紅，連被青青掐兩下也覺得分外甜蜜。他忍不住按住青青的小手，把她往懷裡一帶，湊在她耳邊說道：「我覺得學這祕笈最管用的就是，可以帶著妳一起飛。」

這突如其來的情話伴隨著呼吸吹拂到青青臉上，青青紅了臉，瞪了朱子裕一眼，掙脫他的擁抱，一邊往門口走一邊頭也不回地問：「到底要不要吃烤兔子？不吃我回家了。」

「吃吃吃，咱們這就去。」朱子裕一蹦三跳地追上青青，殷勤地問道：「還有烤魚呢，妳喜不喜歡啊？」

天莫面對著牆壁，直到見兩人走遠了才回過神來，卻看到玄莫睜大眼看著兩人的背影呆愣。天莫朝他後腦杓拍去一巴掌，「瞅什麼瞅？」

玄莫摸了摸腦袋，「少爺摟青青姑娘的小腰，我瞅見了。」

「閉嘴！」天莫上前捂住他的嘴，擔心地回頭瞅了眼兩家中間那堵牆壁，小聲說道：「若是讓徐老爺聽見，得把咱們家少爺抓住打八回。」

玄莫趕緊捂住嘴，聽聞隔壁沒動靜，這才放心地鬆了口氣，「咱們家少爺才多大，就知道和小姑娘牽手，我那麼大的時候還沒開竅呢！」

「我去！」天莫愁壞了，「好像你現在開竅了似的。咱們府裡那個玉瓶姑娘等你幾年了？你穿壞了人家好幾十雙鞋，到底什麼時候要上門提親？」

玄莫忽然連耳朵都紅了起來，兩手捂臉跑掉，「你討厭！」

天莫一臉困惑地看著玄莫消失的背影，喃喃道：「你到底娶不娶玉瓶啊？不娶的話，她就要答應別人的親事了？」

朱子裕此時沒心思搭理兩個抽風的隨從，他幸福地與青青一起上了馬車，直奔外城的一家專做燒烤的店。兩人到得早，店裡沒什麼人，朱子裕要了二樓的雅座，先每種口味的烤兔都點了兩隻，又叫了十隻烤乳鴿，讓店家送到徐府。

青青和朱子裕兩人吃不了太多，只點了一隻蜜汁烤兔、一隻黑胡椒烤兔，以及兩隻烤乳鴿、一條烤魚，又點了些時令的小菜，溫了一壺果酒。因為每天的客人都很多，店家一開門各色東西就開始烤上。兩人坐下沒一會兒，烤兔子就上來了。

朱子裕洗了手，拿乾淨帕子裹住兔腿拽下來一隻遞到青青手上。

抹了蜂蜜的兔腿烤過以後，呈現出令人垂涎欲滴的金黃色。因燒烤時機掌握得好，原本有些乾柴的兔肉並沒有流失肉汁，反而鎖在了肉裡。吹一吹熱氣，咬上一口，香軟滑嫩的口感讓人拍案叫絕。

見青青吃得香甜，朱子裕連忙將另一隻兔腿也揪下來放在她的盤子裡。青青一連吃了兩隻兔腿，才滿足地端起酒杯，和朱子裕碰了一下，一飲而盡。

隨著烤魚和烤乳鴿上來，青青吃得越發盡興。

這一個月來神經一直繃得很緊，難得放鬆一回。青青吃上幾口肉就喝上一口酒，喝完了一壺又要了兩壺，直到吃不下了，朱子裕才察覺青青兩頰泛紅，宛如盛開的桃花。

朱子裕暗叫不好，看樣子青青是喝醉了。

偷偷摸摸把人家姑娘拐出來吃烤兔子，結果還喝醉，朱子裕覺得自己逃不了一頓打了。

愁眉苦臉地叫小二熬一碗醒酒湯，扶著青青的肩膀餵她喝了下去。

看著雙眼有些迷離的青青，朱子裕實在不敢就這樣帶她下去，看到雅間裡有一張小榻，他半扶半抱地將青青放在榻上，從隨身帶的包袱裡掏出披風給她蓋上，這才坐在一邊靜靜地看青青的睡顏。

青青長得極美，睡著了也很好看，長長的睫毛向上翹著，紅唇隨著呼吸一張一合。

朱子裕越看臉越紅，可是讓他離遠些他又邁不開步。安靜的環境似乎給足朱子裕勇氣，他大著膽子，身體慢慢向前傾，呼吸也開始急促起來。他一隻手撐在榻上，微微低下頭，然後快速地用另一隻手在青青臉上摸了一把。

似是擔心青青驚醒，朱子裕迅速退開，一屁股坐在地上，捂住紅得像猴屁股似的臉，羞澀又得意地笑了：我摸到青青的臉了！

……

青青滿足地睡了一個午覺，醒來時看到一張俊俏的臉近在咫尺，眼睛眨都不眨地看著自己。剛睡醒的青青還有些迷糊，下意識閉上了眼睛，迷迷糊糊地又要睡著，猛然意識到什麼，睜開眼睛，與朱子裕亮晶晶的眸子對視在一起。

「青青，妳醒了？」朱子裕的臉紅紅的，一臉的幸福。

青青下意識往後躲了躲，用手背抹了下嘴角。

朱子裕不明所以，還以為青青怕自己流口水丟醜，忙說道：「青青睡著了也很好看，沒有流口水，不用擔心。」

青青：我是怕你趁我睡著偷親我！

撐著手臂慢慢坐起來，青青感覺頭有些暈，輕輕晃了晃頭，說道：「這個果酒甜絲絲的，後勁兒倒足，我往常喝果酒都不醉的。」

朱子裕遞過來一盞熱茶，「妳喝了三壺，能不醉嗎？」

青青連喝兩盞茶，方覺得好些，問道：「什麼時辰了？家裡人恐怕發現我出來了。」

朱子裕道：「我叫天莫去瞧了，大家都在忙及笄禮的事，午飯也是各吃各的，倒不一定會注意到妳出門了。」

青青這才放了心，下榻整理了一下有些皺褶的衣裙。只是因睡得太沉，頭髮難免凌亂。

朱子裕早就想到了這一點，他打開窗子，朝樓下停留的馬車吹了聲口哨，玄莫帶著一個包裹從樓下直接躍到了二樓。朱子裕打開包裹，拿出一面銅鏡立在桌上，又將一個嶄新的梳妝匣子拿了出來。

坐在桌前的青青笑道：「你準備得倒是齊全。」

朱子裕撓了撓頭，「見妳睡著，想著醒來時頭髮會亂，才打發玄莫回家去取的。」

玄莫很有存在感地站在桌前，「少爺買了好些女孩子的玩意兒，都是準備送姑娘的。」

朱子裕白了他一眼，「還不出去候著，真沒眼力，怪不得娶不到媳婦！」

莫名其妙挨了一刀的玄莫，捂著胸口，從樓上跳下去，驚住了幾個過路的人。

天莫嘴裡叼著一根稻草，靠在馬車上，看著玄莫一臉受傷的樣子，問道：「怎麼了？」

玄莫哭喪著臉，「少爺說我娶不到媳婦！」

天莫嘴裡的稻草掉了下來，吃驚地看著玄莫，「你現在才發現你快要娶不到媳婦了嗎？夫人的陪房打算向玉瓶她家提親，你不知道嗎？」

玄莫傻了眼，「為啥？玉瓶不是都給我做鞋了嗎？我穿了人家三十二雙鞋了，為什麼她家還要把她許給別人？」

天莫氣得恨不得把他的腦子撬開，「你也知道你穿了人家那麼多雙鞋了，既然如此，為什麼不託人向玉瓶家提親？」

玄莫不好意思地湊到天莫跟前，小聲說道：「那回我聽見徐姑娘給咱們家少爺說的故事，裡頭講了成親之前先戀愛，我這不是琢磨著也得學個戀愛嗎？」

天莫聽了簡直想把他一巴掌拍到土裡去，四下看了看，見沒人注意這裡才小聲說：「你也說是書上講的事，書上的事能瞎學嗎？」

玄莫委屈地撇了撇嘴，「少爺也有學來著！成天送個花送個果給徐姑娘，還時不時勾勾小手，我都瞅見了！」

天莫瞪著玄莫，氣極了，「咱們少爺和徐姑娘才十二歲，才十二你懂嗎？離成親早著，人家有的是時間勾手送禮物。你都三十了，玉瓶也十八了，誰有空跟你玩過家家的遊戲？」

玄莫被天莫罵得狗血淋頭，偏偏還不敢吱聲。

天莫想想自己能滿地跑的兒子，又瞅了瞅唯一剩下的這個蠢兄弟，感覺萬分心塞。轉頭見朱子裕和青青下樓了，不再跟玄莫廢話，只說了一句：「我媳婦說，這幾日玉瓶家可是很熱鬧，想娶她的人不少，你自己掂量著辦。」

玄莫似乎被嚇傻了般，呆愣愣的不出聲。

朱子裕扶著青青上了馬車，一回頭，撞到了玄莫身上，不由念了他一句：「木頭樁子似的杵在這裡做什麼？」

玄莫眨了眨眼睛，終於回過神，「少爺，我要告假！」

「幹啥去？」朱子裕坐在馬車的車架上看著玄莫。

「我要上山打大雁，去玉瓶家提親！」像是突然被打通了任督二脈，玄莫恨不得馬上就去玉瓶家辦大事。和朱子裕說了一句話，當下轉身幾個縱躍就不見了蹤影。

朱子裕笑道：「這是哪根筋不對，突然開竅了。」

天莫繼續心塞，瞅著朱子裕說：「少爺，下回徐姑娘說書可別叫玄莫聽了，都快把他這個大傻子帶到溝裡去了。」

朱子裕想起玄莫最近的舉動，笑了幾聲，吩咐道：「回家跟大管家說一聲，替他準備聘禮再找個媒人。這個傻子，哪能光拿大雁提親？」

馬車進了朱家大門，青青照例從園子的小門回家。到了院子，朱朱還在歇晌沒起來，她索性去了寧氏的屋子。寧氏正在列朱朱的嫁妝單子，見青青來了，看她一眼又低下頭去，「歇晌起來了？中午子裕送來了烤兔子，我叫人送了兩隻去妳屋裡，可吃到了？」

青青心虛地摸摸鼻子，機智地轉移話題，「好厚的單子，娘晌午沒睡？」

「略微瞇了瞇就起來了，心裡擱不住事。」寧氏放下嫁妝單子嘆氣，「還有三日便是妳姊姊的及笄禮，到十二月就得出嫁，實在是太急了。」

青青噗哧一笑，「要是拖到明年，我怕姊夫過年就得住咱們家不走了。」

想了想自己的大女婿，寧氏也忍不住笑了，「好在自訂親起就開始給朱朱準備嫁妝，雖然急了些，但也不至於慌亂。」

青青好奇地摟著寧氏的手，探頭去瞅那單子上列的鋪子、田地、宅子，以及各種古董字畫、家具等物。寧氏抽了抽鼻子，回頭看了青青一眼，「吃酒了？怎麼有一股酒味？」

青青不好意思地笑笑，撒嬌般搖搖寧氏的手臂，「吃烤兔子，忍不住喝了兩盅果酒。」

寧氏聽到果酒便沒再理會，「過兩日家裡就來客人了，別成天身上有酒味讓人笑話。」

青青趕緊應了一聲，就怕寧氏多問。好在寧氏此時的心思不在她身上，讓大丫鬟皓月和皎月兩人到庫房再理一遍嫁妝，看看哪些定了的還沒送來，趕緊打發人去催。

當初買進來的石榴、葡萄，朱朱姊妹倆身邊的糖糕、寶石，及徐婆子身邊的麥穗都嫁了人，有的嫁給了自家的小廝，有的嫁給了店鋪的夥計。幾個丫鬟成親後依然在府裡伺候，只是不再近身服侍了，而是當了管事娘子，石榴和她男人就負責採買那塊。

聽了寧氏打發人吩咐的話，石榴連忙過來回道：「家具都打好了，如今放在那晾味，我昨天剛去瞧了一回。太太看是叫他們先送來咱們放庫裡，還是等成親前再拉回來？」

寧氏想了想，說道：「先放著散味，等朱朱及笄禮完事再拉回來放東邊小院的庫房。」

石榴應了一聲，又道：「花燭和彩紙都得了，只是想著家裡近日事多才沒叫往回搬，等及笄禮之後一起送過來嗎？」

寧氏點點頭，「妳心裡有數就成。十月前各樣東西必須都得備齊了，別慌裡慌張的落了東西，到時候丟了咱們家的臉面。」

石榴應下，看了青青一眼，對寧氏說道：「咱們家二姑娘的也該備起來了，大姑娘那會兒就是因一時尋不到好木頭，方拖到現在才打完家具。」

「可不是？」寧氏也看向青青，卻不想她聽這話，便指使她說：「胭脂鋪的月帳送來了，我沒空看，妳幫我去瞅瞅。」

青青起身笑道：「不就是說給我買木頭打家具的事嗎？有什麼不能聽的？」

寧氏氣得用手直點她，「成天往外跑，臉皮都跑厚了，哪有閨女聽見這不害羞的？」

青青不理解這有什麼好害羞的，笑著進了東次間。

石榴笑盈盈地看著青青的背影說：「還是咱們家姑娘爽朗，太太知不知道中城做糕餅的叫桂祥苑的那家？前兒他家掌櫃請我去他家裡吃茶，她家那姑娘聽說是照著大戶人家的閨秀養的，身條看著倒是婀娜多姿，可一問話就紅了臉，別提多小家子氣了。我當時就想問他家娘子，你們是不是對大戶人家的姑娘有什麼誤解？依我說，還是咱們家姑娘這樣最好。」

寧氏聽了笑個不停，笑完了才想起來，「他家請妳去吃什麼茶？」

「別提了。」石榴一臉好笑，「想接咱們家大姑娘及笄禮和出嫁時用的糕餅生意。我都服了他家了，咱家的瑰馥坊和他家點心鋪子就隔著不到五戶，他家不知咱瑰馥坊的糕點最有名嗎？哪裡需要去外頭買那些東西？怪不得他家生意越來越不好，光悶著頭做那老幾樣，旁的什麼事也不知道，也不知那家的東家怎麼選了這樣一個掌櫃？」

寧氏聽了也忍不住笑，青青在裡頭聽著兩人談論的話題越跑越遠，探頭出來問道：「不是說給我準備家具的事嗎？」

一句話把石榴問住，半晌才說道：「瞧我這記性，差點忘了正事。」

寧氏對朝青青說了句：「把頭縮回去，哪裡都有妳，沒見過這麼急著要嫁妝的姑娘。」

青青吐了吐舌頭，又退了回去，正兒八經幫母親看帳本。

石榴又揀起剛才的話題說：「給咱們家大姑娘打家具的那家，新得了些上好的酸枝木和楠木，我琢磨著先預定下來，架子床等以後量了新房再打，箱子、櫃子和桌案之類的，可以提前叫他慢慢打著。」

寧氏點點頭，說道：「先叫他留著，過幾日我叫咱們家三老爺跟妳一起過去瞧瞧，若是料子真的好，就付了銀子訂下來。」

石榴應了一聲，把採買的帳和寧氏對了一遍，方才走了。

東次間裡，青青也算好了瑰馥坊的進帳，將條條項項列好了拿給寧氏看，又拽著寧氏的手撒嬌，「娘，您這生意越來越好了，給我點零花錢唄。」

寧氏瞅了她一眼，「少來，妳那書畫坊一個月賺的銀子比我一年都多，妳姊的酒樓還有妳的份子，咱們家就妳是個大財主。」

寧氏雖是如此說，卻很享受女兒的嬌言嬌語，被她揉搓了半晌才叫皓月開了箱子，抓了一把新打的銀錁子給她，囑咐說：「出去玩別老叫朱子裕出銀子，咱們家又不是沒錢。」

青青笑著將銀錁子放荷包裡，湊到寧氏跟前在她臉上親了一口後，飛快逃走。

寧氏摸著被女兒親吻的臉頰，笑罵道：「越大越沒樣！」

到了朱朱及笄禮那日，天剛亮，蜜糖和酥酪就伺候朱朱起來梳洗。聽到西次間的動靜，青青翻了個身，問珍珠：「什麼時辰了？」

珍珠回道：「才過卯時二刻，姑娘不如再多躺一會兒？」

青青閉著眼睛點點頭，忽然又坐了起來，「不睡了，我去給姊姊做碗長壽麵去。」

珍珠伺候青青起床，瑪瑙則打發了個小丫頭去廚房讓廚娘先活出麵來，一會兒姑娘去了直接擀麵就成。青青洗漱完，珍珠先幫她綁了簡單的麻花辮，瑪瑙端來院子裡小灶間溫著的燕窩紅棗，青青幾口吃完，去西次間和朱朱互相問安，這才去了大廚房。

朱朱梳了精緻的髮型，只是未用過早飯還不敢換衣裳，便先細細畫了眉，塗了胭脂。因今日宴請賓客，要忙碌的事情多，早飯依舊是各人在房裡用。蜜糖幫朱朱收拾利索了，打發小丫頭去廚房去提食盒，沒一會兒小丫頭回來，後面還跟著青青和瑪瑙。

食盒擺在了明間的炕案上，朱朱和青青盤腿坐下，瑪瑙逐樣將食盒裡頭的東西擺上來，最後端出一碗熱氣騰騰的長壽麵放在朱朱面前，笑道：「太太原也吩咐廚房給大姑娘做了長壽麵，只是二姑娘想著自己做的可口，特意去廚房擀了麵條。」

碗裡的麵條有小手指寬，打眼一瞧似乎上面還有字。朱朱拿起筷子將麵條夾了起來，這才看到麵條上刻著「長命百歲、萬事如意」。看著密密麻麻的字眼，朱朱眼眶紅了，將麵條放在嘴裡，嚼了幾下嚥下去，眼淚也滾了下來。

青青掏出帕子探過身幫朱朱擦掉滑到腮邊的眼淚，嘴裡說道：「不過是做了一碗麵給妳，怎麼還把妳吃哭了呢？白瞎了酥酪幫妳塗的好胭脂了。」

朱朱噗哧一笑，眼眶紅紅地看著青青，「人家心裡難受，妳還逗我？」

青青笑道：「這有什麼難受的，只是及笄禮又不是出嫁，等妳出嫁那日再哭給我看。」

一句話把朱朱的眼淚又勾下來，青青不敢再提出嫁的字眼，指著長壽麵說：「快吃麵，冷了就不香甜了。我特意拿燉了一夜又去了油的雞湯調的麵條湯水，妳嘗嘗鮮不鮮？」

朱朱點點頭，低頭把一碗麵條吃乾淨，一點湯水都沒留下。她放下碗，看著青青，「這是我吃過最好吃的麵條。」

青青笑了，「去年妳生日時也是這麼說的。」

朱朱惱羞成怒地瞪著青青，「妳好煩！」說著去搔青青的癢，青青邊躲邊還擊。

姊妹倆嘻嘻哈哈用完早飯，寧氏過來一瞧，朱朱臉上花了，頭髮也散了，瞬間頭大，「怎麼還沒梳洗好？趕緊打水伺候姑娘洗臉梳頭！」又囑咐青青：「今日來的客人多，妳也好生打扮，幫我招呼客人。」

於是，青青也重新去梳頭洗漱。

朱朱換上了及笄特意做的華麗衣裳，青青則穿了太后讓針織局為她做的夏衫，連藍藍、丹丹幾人也認真打扮了一番，像模像樣地跟在青青後頭向客人請安問好。

沈夫人是第一個來的，看著打扮得十分齊整的朱朱，心裡十分欣慰。盼了兩年的兒媳婦終於及笄了，沈夫人覺得她的人生終於要圓滿了，恨不得立刻把朱朱娶回家，可以好好替他管教管教那個糟心的小兒子。

隨著沈夫人到來，其他賓客也陸續抵達。

到了吉時，眾人來到正廳外頭的院子裡，寧氏將沈夫人請到正賓的位置，餘者按順序入坐。朱朱的叔伯及兄弟姊妹們都坐在觀禮席，沈雪峰也厚著臉皮蹭了進來。

見人都到齊了，徐鴻達起身來到前方向賓客們行禮作揖，「今天是小女徐嘉言及笄之日，各位親朋能來見證嘉言的及笄之禮，徐某不勝感激！」

繁瑣而慎重的及笄禮開始了，隨著一拜、二拜、三拜，沈夫人三次為朱朱加笄，又為朱朱戴上了太后娘娘賞賜的珍珠釵冠。

及笄禮結束後，寧氏請眾人移到花廳吃茶，朱朱一臉嬌羞地坐在沈夫人下首。

原本都說徐家攀了高枝，搭上了太傅府的親事，可今日一瞧，也是徐家的姑娘好，要不然京城裡的姑娘那麼多，有幾個能得到太后親賜的及笄釵冠？

沈夫人也笑意盈盈地看著朱朱，對這個兒媳婦滿意至極。旁的不說，就憑能讓她兒子主動結束萬年光棍的生涯，就是最難得的好姑娘。

朱朱陪著客人說了會兒話，沈夫人見她額頭冒了細汗，有些心疼，忙說：「如今已禮畢，我們在這裡不過是吃茶說話，妳回去換身衣裳歇歇再來。」

眾人聞言都笑道：「看這婆母多好，心疼兒媳婦。」

朱朱臉一紅，向眾人福了一禮，才退了出去。

來觀禮的各家夫人也有帶女兒來的，寧氏趁機笑道：「我家有個園子，雖不甚大，但她們姊妹打理得仔細，開了不少好花，不如讓嘉懿帶她們到園子裡轉轉，省得在屋裡悶得慌。」

各家夫人都說好，青青便帶著一串女孩和自己的妹妹們去園子裡玩。

朱朱回了屋子，脫下厚厚的大袖長裙禮服，蜜糖和酥酪兩人拿溫熱的汗巾替她把身上的汗擦了去，又換上一身新做的衣裙。剛收拾妥當，酥酪就瞧見一個叫寶瓶的二等丫頭撩起簾子探頭探腦地往裡看。

酥酪皺著眉，出去說她：「姑娘沒發話，妳就打簾子，沒規矩！」

寶瓶連忙福身說道：「剛才我打熱水回來，正好碰見了咱們家大姑爺，姑爺說有賀禮要送給姑娘，不知姑娘是否方便？」

酥酪說：「今天來的姑娘多，別衝撞了。趕緊把姑爺請到書房坐坐，我去喚姑娘。」

因朱朱和青青作畫的需要，青青特意讓人將小院的東廂房裡明間和次間都打通，改建成了一個寬闊明亮的書房。寶瓶將沈雪峰領到書房，又端上了茶和點心，這才退下去。

書房裡四面牆上掛滿了姊妹倆的書畫，桌案上擺著未畫完的半成品。原本沈雪峰大愛書香居士的山水畫，認為其磅礴大氣，能激發男兒的壯志雄心。可自從和朱朱訂親後，沈雪峰的審美一下子偏愛到花花草草上去了，媳婦畫的花雍容華貴，媳婦畫的蟲鳥靈動逼真，媳婦畫的唇看起來美味至極……

看著朱朱未畫完的《詠春》圖，沈雪峰的思維已經在蕩漾在暖暖的春風裡。

朱朱走進書房時，正好瞧見在傻笑的沈雪峰。

朱朱繞過長長的桌案，看了看自己那幅未完成的畫作，又看了看傻笑的沈雪峰，忍不住伸手在他眼前晃了晃，「雪峰哥？」

沈雪峰的視線從畫作上挪到朱朱美若芙蓉的臉上，他癡癡地看著朱朱，忍不住抬起手，輕輕撫摸她的臉，「嘉言……朱朱……」

朱朱冷不防被摸了臉，瞬間粉腮通紅。

魂牽夢繞的未婚妻子就在眼前，沈雪峰按捺不住心中的情感，從袖子裡拿出一個細長匣子，取出鴛鴦同心樣式的簪子，插在朱朱的髮髻上。

朱朱微微低頭，輕輕問道：「好看嗎？」

「好看！」沈雪峰兩眼亮晶晶，溫柔地托起朱朱的臉，「我的嘉言特別好看！」

朱朱嘴角彎起，眉眼間滿是羞澀，杏仁般的大眼睛一眨一眨地凝視著沈雪峰。

沈雪峰的視線細細描繪了朱朱的柳葉彎眉，滑過小巧可愛的鼻子，最後落在朱唇上。

熾熱直白的眼神，讓朱朱更加羞澀的同時，也多少有些退縮。

似乎察覺到朱朱的羞意，沈雪峰伸出一隻手扣住了朱朱纖細的腰身，將她往自己懷裡一帶。兩人目光相接，沈雪峰慢慢低下頭。朱朱睫毛顫了兩下，微微閉上眼睛……

「珍珠，青青呢？」還在變聲期的破鑼嗓子打破了滿室的旖旎，朱朱瞬間清醒過來，紅著臉從沈雪峰懷裡掙脫出來。

想到剛才的暖玉溫香，以及差一點就能品嘗到的朱唇，沈雪峰瞬間火冒三丈，暴跳如雷地大聲喝道：「朱子裕！」

小劇場

〈一〉

翰林院眾人：這麼有才華的姑娘居然是徐鴻達的閨女，沒天理啊！

徐鴻達：我是狀元！

翰林院眾人：你會作畫嗎？

徐鴻達：……

翰林院眾人：你的字比書香居士寫得好嗎？

徐鴻達：……

翰林院眾人：那你憑什麼當書香居士的爹？

徐鴻達：命好！

翰林院眾人：……

〈二〉

朝中某大人：徐大人，我兒子今年十五，眉清目秀，才華橫溢，咱兩家訂個親事唄？

朝中某尚書：徐大人，我兒子和令嬡同年，一定很有話說，要不，讓他們聊聊？

朝中某學士：徐大人，我孫子雖然才五歲，但年紀不是問題，你一定要讓居士給我孫子一個機會啊！

朱子裕：青青是我的！

眾人：訂親了嗎？

朱子裕：……沒。

眾人：徐家相中你了嗎？

朱子裕：……不知道。

眾人：那你憑什麼說青青是你的？

朱子裕：因為青青給我綁了紅線，你們看！

眾人：你眼瞎啊，那明明是汗巾！

徐鴻達：咦，這不是青青從花園裡撿的嗎？送了一圈沒人要，原來是給你了？

朱子裕：……

陸之章◆兩小無猜訴情誼

來參加朱朱及笄禮的夫人不少，有的是與徐家十分親近的人家，有的則是想瞧瞧徐二姑娘，特意託了關係要來帖子。徐鴻達現在雖只是侍讀學士，但大家都知道他治理黃河功勞卓越，皇上相當看重他，前途不可限量，因此許多人家都動了與徐家結親的心思。

大姑娘及笄且與太傅府訂了親事，眾夫人的心思便轉而圍著二姑娘徐嘉懿打轉。這徐二姑娘雖然年紀小，但生了一副花容月貌，又是京城內赫赫有名的書畫大家書香居士，連太后都是她的狂熱追隨者，還特意把她叫進宮去作畫，各種賞賜不斷。有才有錢，有貌有名氣，京城裡閨秀的名頭都被她壓了一頭，誰家不想娶這樣一個才華橫溢的媳婦回來。

寧氏雖然知道這些人的想法，可她只能裝糊塗，畢竟青青和朱子裕青梅竹馬長大，又彼此存了心思。這些年縱使徐家想盡了法子，朱子裕仍舊每天像黏牙糖似的想出各種法子見青青，而青青一聽說朱子裕來了便笑意盈盈。就是明面上攔著，私下裡兩人也時常見面。

徐鴻達起初也不願讓女兒和朱子裕來往過於密切，可朱子裕的執著和抗打擊性讓他想起兒時的自己。當年他是個孩子的時候，因為瞧著蘭花好看，便一門心思往人家家裡鑽，當時的人生夢想就是以後能娶蘭花為妻，後來這個願望總算實現了，但其間的波折和酸楚，徐鴻達和寧氏都不願回味。

看到朱子裕和青青，徐鴻達就覺得像是看到了當初的自己和蘭花，頓時有些於心不忍起來，也開始考慮起與鎮國公府結親的可能性。

徐家和鎮國公府不來往，但時常能從楊家或從朱子裕嘴裡聽到鎮國公府的消息。

鎮國公府的老太太這兩年聽說書聽得腦袋突然靈光起來，整日琢磨著高氏會害朱子裕，恨不得把她當賊來防。在老娘的耳濡目染之下，鎮國公朱平章也對高氏懷疑起來。為了不讓高氏教壞小兒子，還把朱子昊挪到了前院，除非過年過節，平時都不許他去找高氏，而鎮國公府的中饋，也不再只由高氏一個人掌管，莊子鋪子的收成、採買、廚房、節禮等事務都由大總管把關，朱子裕另有兩個心腹隨時抽查，剩下的雜事則抬了兩個姨娘和高氏共同打理。

該年鎮國公府的盈餘銀子比往年翻了一倍，白紙黑字還有什麼不明白的，若不是看在一雙兒女的分上，朱平章休妻另娶的念頭都有了。

高氏如今老實得像鵪鶉似的，一點么蛾子都不敢出。

鎮國公府現今這個局面倒還算合徐家的意，朱子裕又打包票說自己的親事能說動老夫人和鎮國公，徐家就暫緩了給青青說親的心思，反正青青還小，若是及笄後和鎮國公府的親事還定不下來，到時候再說親也不遲。

面對來做客的這些夫人明裡暗裡的示意，寧氏笑道：「嘉懿還小呢，我就這兩個女兒，大的訂親早，小的就想多留她兩年。」

眾人見寧氏不鬆口，只好笑道：「這樣一個嬌俏的女孩子，任誰也得疼進心肝裡。」

青青陪著各家千金在園子裡賞花釣魚玩鞦韆，等前頭開席，朱朱也回來了。眾位千金都是禮儀之家出來的，彼此讓了坐，才按年齡分座次坐下。朱朱和青青各陪一席，又行斟酒之禮。吃罷了酒席，送各家散去，青青已熱得渾身是汗，嚷著要洗澡。珍珠和瑪瑙兩人打來熱水，服侍青青洗了澡換了家常衣裳，瑪瑙和珍珠拿了十來條汗巾幫青青擦頭髮。

青青趴在床上說：「熱天宴請最是煩惱，裡三層外三層的大衣裳，即便不動都會流汗，又要走路，又要陪酒，真讓人受不了。」

瑪瑙笑道：「起初進宮時候不也每天這麼穿？好在太后娘娘心疼姑娘，特許姑娘不穿大衣裳，要不然那才遭罪呢！」

青青說：「穿大衣裳進宮，若是陪著說話倒罷了，我是去作畫的，外頭又曬又熱，難免冒一身的汗，等進了殿裡又有冰山冷氣，一熱一冷最容易著涼發熱。若是我生病了，耽誤了影壁牆的繪畫進度不說，過了病氣給太后我可擔待不起。」

等珍珠、瑪瑙兩個把青青的頭髮擦乾，青青也沒叫瑪瑙梳小髻，只鬆鬆垮垮綁了一條麻花辮子垂在身後。西次間朱朱也洗完澡出來晾頭髮，只是她一瞧見青青便兩頰緋紅。

青青伸手摸了她的臉一把，笑道：「我又不是姊夫，妳看我臉紅什麼？」

「作死，整日嘴沒個把門的！」朱朱嗔怪她一句，挨著她坐下，卻期期艾艾不知要說什麼。瑪瑙見狀噗哧一笑，朱朱抬頭瞪了她一眼，瑪瑙笑道：「我去給姑娘們端果子。」便和其他人退了出去。

見屋裡沒人，朱朱才支支吾吾地道：「那個，雪峰哥給子裕眼睛上打了個黑眼圈。」

青青啼笑皆非地看著朱朱，「妳沒說反吧？姊夫能打到朱子裕？」

見朱朱點點頭，青青奇了，「朱子裕他都能胸口碎大石，居然能被姊夫一個書生給打了，他到底幹了什麼缺德事才這麼心虛啊？」

朱朱被說得臉都快燒起來了，只能含糊地說道：「我給了子裕祛瘀的膏藥，塗上三四天就能消了。」說完起身匆匆地走了。

「這是怎麼了？」青青一臉疑惑，擔心朱子裕，便去了園子。敲了敲暗門，進了朱府。此時朱子裕正拿冷毛巾敷眼睛，一見聽見青青的聲音，連忙坐了起來，「妳怎麼來了？」

在一邊打濕汗巾的天莫，向青青打了招呼，十分自覺地擰乾了汗巾遞給青青，然後轉身出去並帶上了門。

青青看到朱子裕右眼有一圈青紫，噗哧一笑，「什麼仇什麼怨啊，把你打成這樣？」

朱子裕惱羞成怒，趕緊拿涼汗巾捂住眼睛，「我去妳院子找妳來著，見書房裡關著門窗，還以為妳在裡頭，結果瑪瑙說姊夫和朱朱姊在裡面說話，我就想嚇他們一嚇……」

青青又不是真正的孩童，一想到朱朱羞澀的模樣，便知道兩人在裡面沒做好事，朱子裕挨這下子，一點也不冤枉。

見青青笑得前仰後合的，朱子裕委屈地癟了癟嘴，「妳都不心疼我，還笑。」

青青擺了擺手，問道：「我姊給你的藥膏呢？我幫你塗一塗。」

朱子裕忙跳起來，從桌上拿了藥膏遞給青青，又一臉期待地躺下。

青青好笑地拍了他的頭一下，打開盒蓋，沾一點藥膏出來，輕輕塗在朱子裕眼眶周圍。

「姊夫打你，你怎麼不躲？」青青一邊塗藥，一邊問道。

朱子裕冷哼一聲，「看他氣急敗壞的樣子，我當時有點心虛，誰知道他下手這麼狠。」

見青青又笑了，朱子裕忍不住去拉她的手，「再笑我生氣啦？」

朱子裕越這麼說，青青越笑個不停。

朱子裕伸手去搔她癢，青青沒提防被搔個正著，頓時癢得笑不停，軟軟地往後一靠，被朱子裕恰好抱了個滿懷。

沒想到還有這種好事，朱子裕的眼睛瞬間比天上的繁星還亮，剛想收緊手臂，就聽見玄莫大嗓門地在門口喊道：「少爺，我端冰水來了，你再敷敷唄！」

趁著朱子裕走神，青青掙扎著站了起來。

朱子裕當下十分理解沈雪峰想打死他的心情，顧不上躲在架子後頭的青青，穿上鞋竄出去，抓著玄莫就開打，當場打出了他兩個烏眼青。

玄莫差點氣哭了，冰水也不往裡送，自己找了個汗巾浸濕後冷敷，「少爺太過分，怎麼無緣無故就打我？明天我還要去玉瓶家提親，這讓我怎麼見人啊？」

天莫在廊下拿著刻刀在給兒子雕小人，聞言不禁嫌棄地瞥了他一眼，「沒聽見徐姑娘在裡頭給少爺塗藥嗎？非得亮你的大嗓門？」

「塗藥怎麼了？塗藥還不能看了？」玄莫滿心的不服氣，「對了，徐姑娘配的藥一直很好用，我也去跟徐姑娘要點膏藥。」

天莫剛「哎」了一聲，還沒來得及起身，就眼睜睜看著玄莫把書房的門推開，「徐姑娘，那個藥膏……」

天莫機智地抱起自己的木頭和刻刀，風一樣的跑了，而玄莫剛推開門便看見自家少爺正拉著青青姑娘的小手，朱子裕和青青同時回頭看向門口的玄莫。

玄莫撓了撓頭，不知為何突然感覺到一股殺氣襲來，顧不上多想，又問：「徐姑娘，那個藥膏給我一點唄，我也想塗塗眼圈，明天我還得去提親呢！」

「要藥膏是吧？」朱子裕笑呵呵地起身，走到門口，面對玄莫期待的眼神，狠狠地踹了他一腳。玄莫頓時倒飛出去，撞到了院子中間的一人多粗的樹上。

房門砰一聲被關上，天莫從牆角處伸出頭來，看著狼狽的玄莫，過去問道：「你是不是收了沈公子的好處了，這麼賣力地幫他報復咱們家少爺？」

玄莫一臉茫然，「我幹啥了我？」

青青從開了條縫的窗子看了看坐在樹下思過的玄莫，忍不住擔心地問了一句：「你怎麼動不動就打人？玄莫沒事吧？」

朱子裕說道：「這種程度的拳腳對玄莫來說，就像蚊子咬似的，不用為他擔心。我們三人每天早上練武時，出手比這重多了，我肩膀上還有玄莫打的青紫，不信我給妳瞅瞅？」

青青嗔怒地瞪著他，「你再這樣我就走了！」

「別別別，咱倆好好說會兒話。前陣子妳每天進宮，咱倆好久沒說話了。」朱子裕佯裝虛弱地躺在榻上，「再幫我塗點藥唄。」

青青看看他的眼圈，「一次不用塗太多，薄薄一層就好，等藥滲入再塗，效果才好。」

朱子裕這才罷了，可想想還是有點不甘心，又道：「等回頭我就頂著黑眼圈到太傅府告狀去，讓沈夫人替我出氣。」

青青問道：「你整天在我面前裝大人，可其實還是孩子心性，居然想著去太傅府告狀，你也不怕姊夫笑話你。」

「他笑話我？我還羞笑話他呢！」想起剛才自己被玄莫攪和的那一下，他不禁小聲對青青說：「我猜姊夫肯定是想抱朱朱姊，冷不防被我打斷了才如此生氣。」

青青：呵呵……

朱子裕沒想太多，端來一大盤紅彤彤的石榴，和青青兩人剝了吃。

兩人吃著石榴，又提起在皇宮裡作畫的事情，朱子裕問：「往常雖聽妳說在皇宮裡樣樣都好，我只擔心有人欺負了妳。」

青青將剝下來的石榴籽放在小碗裡，裝了滿滿一碗才用小勺往嘴裡放，聽見朱子裕問，她笑道：「我平日都在太后宮裡，哪個不長眼的敢到福壽宮撒野？若是出去，也有宮女或是嬤嬤跟著。太后待我極好，你放心就是。」

朱子裕剝了些石榴放到青青的碗裡，又端來一盤蜜桃，用小銀刀去了皮切成小片，拿了個銀籤子扎了一塊遞到青青嘴邊。青青低頭吃進嘴裡，甜蜜蜜的桃汁讓她眼睛一亮，於是她也不吃石榴了，而是一片片吃著桃子。

朱子裕見她喜歡，笑道：「南邊送來的桃子，妳喜歡吃，回頭我叫人送一簍去給妳。」

青青點點頭，「比咱們這裡的桃子汁多，味道也甜。」

朱子裕又拿起一顆桃子去皮，故作不經意地問道：「聽說前幾日妳在宮裡參加了賞花宴？沒碰到哪個皇子吧？三皇子、四皇子、五皇子之類的？」

青青笑著瞥了他一眼，「弄什麼鬼呢？有話好好說。」

朱子裕笑嘻嘻地往青青那邊湊了湊，「主要是妳長得那樣好，我怕哪個主位娘娘瞧上妳，給咱們添堵不是？」

青青道：「咱們大光朝的官員之女參加選秀本就是自願，何況我年紀也不到。等下一回倒是正好，我那時就及笄了。」

「青青！」朱子裕急了，叫了她一聲。

青青看了他一眼，笑而不語。

朱子裕被青青那一眼看得臉紅心跳，大著膽子在她耳邊說：「若不是嬸嬸非得等妳及笄才許提親，我明日就請媒人到妳家去。」

青青用手指刮了刮粉腮，看著朱子裕盈盈笑著，「不害臊！」

「娶媳婦多好的事，害什麼臊？」朱子裕臉皮越來越厚，兩人你一句我一句，說得心裡暖暖的，朱子裕看著青青的眼神也帶著絲絲情誼。

青青去淨手，朱子裕便把青青的小碗端過來，將剩下的桃子吃完。

青青回頭瞧見了，說道：「有好些桃子呢，你非吃我剩的，讓人瞧見成什麼樣？」

朱子裕笑道：「往常這個院子就和我天莫、玄莫兩個，玄莫這個不長眼的被打歇菜了，天莫比誰都機靈，早不知躲到哪裡去了。」

青青來了有一會兒了，這便準備回去。

朱子裕難得有機會和青青獨處，拉著她的手不許她走。

青青道：「明日再來瞧你，我這個月都在家，等過了中秋才進宮。」

提到中秋，朱子裕想起一件事，忙說：「我還有事和妳說。」見青青不信，他又道：「是關於中秋節禮的……」

青青聞言，這才又坐了下來。

自打徐家來京城後，朱子裕都以自家名義送上豐厚的節禮。禮尚往來，縱然朱子裕年齡小，但寧氏每年也認真準備了同樣豐厚的節禮。只是徐家與鎮國公府並不往來，因此禮物都送到隔壁的朱府，朱子裕說的便是這回禮的事。

他拉著青青道：「今年的中秋節禮，我也不私下準備了，從鎮國公府直接走禮，你們家的回禮也送到鎮國公府去。」見青青臉頰微紅，朱子裕撓了撓她的手心，意有所指地說：「總該慢慢讓祖母知道妳才是。」

青青臉一紅，「若是問了可怎麼說？你家人都以為你整日在外面野，或是去你外祖家，可不知道你整日在你娘的這個陪嫁宅子裡。」

朱子裕道：「之前是怕後娘使壞，才找了藉口出來。自打我有了官職，我父親便不再拘束我，也知道我習武之事，三等侍衛總得會點拳腳功夫才好當差。只是祖母有時念叨，說以後有爵位繼承，何苦領那苦差事。」

青青抿嘴笑道：「老人家難免想得淺薄了些，左右她聽你的，你哄著些便罷了。」

「嗯。」朱子裕點頭，又羞澀地看著她，「我想請妳去瞧瞧我祖母，讓她認認妳。」

青青一下子羞紅了臉，從朱子裕手裡抽回自己的小手，捂著臉說：「又沒什麼名目，貿然上門去拜見，可羞死人了。」

朱子裕道：「自我外祖家回京，每年中秋節前我大舅母都會去我家瞧瞧我祖母。往年她也帶我幾個表妹去，今年我請她帶著妳好不好？」

青青紅著臉沒說話，從桌上拿起幾顆石榴籽丟在朱子裕臉上，「想得美！」轉身走了。

朱子裕笑著起來送她，到圍牆處，他悄聲說：「等妳去我家時，我陪著妳說話。」

翌日，將軍府楊家果然遞了帖子來，寧氏雖然有些詫異，也趕緊回了帖子。

打楊家回來後宴請親友，請了徐家去做客，徐家每年年節都和輔國將軍府走禮，等朱子裕和徐鴻達去魯省治理黃河後，兩家來往更密切了，甚至朱朱及笄禮，輔國將軍府也叫了大太太孟氏去徐家觀禮，畢竟楊家唯一的外孫都快成為徐家的上門女婿了。

孟氏來做客，寧氏親自在二門迎接，孟氏挽住她的手笑道：「昨日令嬡及笄，我那大兒媳婦回去說大姑娘出落得好相貌，樣樣都齊全，瞧著她婆婆滿意得不得了呢！」

寧氏笑道：「是沈夫人慈愛，不嫌嘉言愚笨。」

孟氏道：「若是妳家女兒愚笨，那滿京城就沒有聰明的女孩了。」

寧氏自謙道：「哪裡當得夫人如此誇獎？」

兩人說著話來到了徐家待客的廳堂，朱朱和青青都來向孟氏請安。例行誇讚了朱朱一番，孟氏拉著青青，眼裡閃過一絲驚豔，暗道：「怪不得子裕小小年紀就認定了她，這等樣貌，男兒瞧了哪有不動心的？」見青青臉上有羞意，她笑說：「也不知宜人怎麼養的女兒，才幾個月沒見，二姑娘又漂亮了許多。」

寧氏道：「她小兒家哪得夫人如此誇讚？」

孟氏笑了笑，又拉著青青問了好些家常才鬆開了手。寧氏知道孟氏無事不登三寶殿，此次來必有話說，便打發兩個女兒下去，「做兩樣拿手菜，讓楊夫人嘗嘗妳們的手藝。」

見徐家千金出去，孟氏這才直奔主題。

「我是為我那外甥來的。」孟氏喝了口茶，嘆了口氣，「若是他親娘在，也不用我操心這些。如今兩個孩子一天天大了，親事雖還沒定下來，但他倆一起長大，任誰也不忍心拆散他們，我們家老太太也認定了嘉懿這個外孫媳婦。」

看了眼寧氏的神情，孟氏繼續道：「不過，我家只是外祖家，子裕的親事還得鎮國公府點頭才行。我想著不如藉著中秋之際，帶嘉懿到鎮國公府瞧瞧子裕他祖母，也讓老太太知道咱們嘉懿的好處，來往兩三年熟悉了，也好順其自然訂下親事。」

寧氏有些猶豫，「多謝夫人替嘉懿想著，只是貿然上門，不知朱老夫人會不會不喜？」

孟氏道：「老夫人最是簡單的一個人，沒有那麼多彎彎繞繞，妳只管放心便是。再說，有子裕在，他祖母最是疼惜他的，他就是要星星，他祖母都恨不得叫人架梯子摘下來給他。」

寧氏聞言頗為意動，畢竟鎮國公府不知道兩個孩子的事，萬一哪天鎮國公府一時興起，給朱子裕訂了親事，那可就坑了自家姑娘了。想了想，寧氏問：「去了要怎麼說呢？」

孟氏道：「就說和我們家是同鄉，到時候叫子裕去圓話，他說什麼他祖母都信的。」

寧氏點頭道：「讓夫人費心了，還請您多看顧嘉懿。」

孟氏道：「妳放心就是，我們家老太太也是整日掛念著子裕，心疼他沒親娘疼愛。等二姑娘及笄，兩家訂下親事，我們也算對得起他娘了。」

寧氏唏噓不已，孟氏說了許多楊氏的舊事給寧氏聽。兩人說著話便忘了時辰，不知不覺已到晌午，青青做好了午膳，過來請孟氏入席。

青青去楊家吃過幾次酒席，留意過楊家眾人的喜好，孟氏不愛肉類，偏愛蔬菜，海鮮也吃得，因此中午的席面是以蔬菜和海鮮為主。因顧慮著蝦蟹等物去殼吃起來不雅，做菜時特意只取了肉出來，做了一道爆炒蝦仁、一道水晶蝦餃、一道蟹黃包和一道蟹殼肉。

蟹殼肉是將做好的蟹肉放回蒸好的蟹殼內，吃的時候不需要剝殼，用小勺舀了吃就行。幾道青菜炒過後仍青翠欲滴，既保留了青菜的原味，又將水分鎖在內裡，口感十分鮮嫩。

青青見孟氏除了肉菜以外，其他的都吃了一兩口，便指著筵席必備的幾道肉菜說：「我知道夫人不喜肉食，這幾道菜都是用豆腐做的，不知夫人是否吃得？」

「豆腐做的？」孟氏驚訝地看著那幾道肉香撲鼻的菜，任她怎麼瞧都覺得是真的肉，連肉類特有的紋理都清晰可見，絲毫沒有豆腐的痕跡。

孟氏示意丫頭夾一點給自己，小心翼翼地放在嘴裡品嘗，結果只嘗到滿嘴的肉香卻絲毫沒有膩歪的感覺，不由笑道：「我就是吃不了肉的油膩，這個菜好，香又不膩，倒適合我家老爺。我家老爺最愛吃肉，偏生大夫又囑咐他少吃肉食，每天饞得他沒法。好孩子，回頭方子可得給我，我回家也讓人做來吃。」

青青道：「一會兒我就寫方子給夫人。」

一席飯吃得孟氏心滿意足，連聲稱讚。臨走時，孟氏和寧氏約定了時間，說到日子便來接青青一同去鎮國公府。

◆　◆　◆

孟氏帶著青青來鎮國公府時，鎮國公府的老太太聽故事入了迷，等下人通報了才想起輔國將軍府的大太太來做客的事，只好先遺憾地讓人將女先兒領下去，還不忘囑咐說：「先別讓她回去，下午我歇完晌，給我講完今天這個新書再讓她走。」

兩年前，青青送來幾個關於後娘的精彩故事，朱子裕讓人排成了小戲，還改成了評書，讓老太太聽得如癡如醉，彷彿打開了新世界的大門，發現世界上原來有後娘這樣壞透了的物種。這些說書的女先兒們都是市井混出來的，見過的聽過的後娘故事不知多少，見這鎮國公府的老太太愛聽，她們便將這些故事搜集起來，改編成小戲或評書，老太太聽得欲罷不能。講的多了，這些女先兒們也發現了老太太的喜好。

老太太最喜歡聽的是前頭養的兒子被後娘虐待，然後奮發圖強，一朝成為人上人，然後轉頭啪啪打後娘臉的故事。或是後娘幹多了壞事被衙門揪出來，被懲罰得要死要活的結局。

重點是怎麼爽這麼來，甭管情節合不合理，反正老太太也不懂，只要她聽高興了就行。

自打老太太每天來一段後娘的故事，高氏算是生活在水深火熱之中了。故事裡的各種喪心病狂的事，老太太都往她身上安，氣得高氏在自己房裡直罵：「我要是能想出那麼多法子，早就弄死他了，何苦等到今天？」

可甭管怎麼說，在鎮國公府風光了十年的高氏就這麼莫名其妙被打壓下去了，她曾經認為的兩個傻子，如今把她治得死死的，她只能滿腔怨恨地看著朱子裕搖身一變成了正五品的三等侍衛，而每年只能見幾次的親生兒子一臉正直地對自己念聖賢書。

如今鎮國公府來客人，老太太也不讓高氏出來了。通常來鎮國公府的都是些親戚，老太太輩分大，盤腿坐在炕上就見了，甭管東扯西扯，人家都是順著她的話說。而來見高氏的客人，呵呵，哪兒來的回哪兒去，就連高氏的親娘也被攆了好幾回。

青青原本擔心在鎮國公府見到高氏又得受她一頓陰陽怪氣，聽了鎮國公府的現狀，這才鬆了口氣。到了鎮國公府後，老太太的大丫鬟香纓直接將孟氏和青青領到了東次間。

青青隨著孟氏向鎮國公夫人行禮問安，老太太請孟氏上炕，好奇地瞅著向自己請安的少女，叫她到跟前來瞧，「這是誰家的孩子，生得這般好模樣？」

「這是我家遠親，和我們家老太爺是同鄉。前幾年這孩子的爹考上狀元，兩家才走動得近了些。」孟氏笑道：「子裕去魯省那兩年，就是跟這孩子的爹去的，徐大人可沒少幫咱們照顧子裕呢！」

老太太一聽，語氣更和善了，盤著腿往後挪了挪，叫青青來自己身邊坐。

青青笑著上前，老太太拉著她仔細瞧了瞧，「長得真俊，眉眼無一處不精緻。好孩子，妳叫什麼名字？幾歲了？幾月生日？」

青青笑著答了，才說幾句話，打簾子的丫頭就進來稟道：「老太太，三少爺來了。」

「快叫他進來，好不容易今天在家，往常都瞧不見他人。」老太太一疊聲叫人進來，一邊笑咪咪地對青青說：「我有個孫子和妳同歲，大妳幾個月……」

老太太的話還沒說完，朱子裕就大步進來，先朝青青擠了個眼，才向老太太和孟氏請了安，又對青青作揖，「青青妹妹。」

老太太嚇了一跳，看了看孫子，又瞅了瞅回禮的姑娘，忙說：「你認錯人了嗎？她不是你舅母家的女兒，是徐家的閨女，叫嘉懿。」

朱子裕笑道：「祖母，我知道，她小名叫青青，我打六歲去玫城縣就和她認得了。」

老太太鬧不懂這是何緣故，朱子裕便挑了幾件和徐家來往的事說了。

在他的描繪下，徐家個個待他宛如親生，他與青青簡直是青梅竹馬的美好典範，直把青青聽得面帶尷尬，孟氏更是暗笑不已。雖說旁人聽得坐不住，但老太太卻是聽得津津有味，真把兩人的事當說書來聽。等朱子裕說完，老太太還沒聽夠，咋了咋舌，問：「然後呢？」

朱子裕懵逼了，「沒，沒有然後了……」

老太太十分不滿，瞪著孫子看了半天才反應過來，這並不是說書，不由笑道：「上了年紀就是容易糊塗，聽什麼都上癮。」

孟氏笑得腸子都快打結了，青青也聽得臉色緋紅。

老太太聽了孫子說徐家姑娘好，便也覺得她格外好，拉著青青不鬆手，「我家也有幾個孫女，只是沒妳這麼可人疼。」想起自家的孫女，她忙吩咐道：「請幾位小姐過來。」

鎮國公府的大小姐同四少爺是一對龍鳳胎，小名叫寶珠。雖說叫寶珠，卻不是朱平章和高氏的掌上明珠，朱平章除了對朱子裕還重視兩分，對其他孩子都不算上心，而高氏的心思都在朱子昊身上，那可是她的命根子，是她一生富貴的指望。至於女兒，不過早晚請安時說上一兩句，衣裳首飾都是走官中的，高氏從不額外給她添置，日常生活都是寶珠的奶嬤嬤為她操心。其他三個女孩是庶女，皆是後院姨娘所生養，也跟著姨娘過活。

每回孟氏來，家裡的女孩都要來請安，因此她們都早早穿戴好在廂房坐著。等老太太傳話出來，寶珠立即帶著三個庶妹前來請安。

青青與四個女孩互相行禮問安，說了姓名，分主客在兩排椅子上分別坐下。

朱家的四個女兒，最大的是寶珠，今年九歲，其餘幾個便小了。四人穿著一樣的衣服，戴著相似的珠花，雖容貌還未長開，但個個粉嫩可愛。

青青在看她們，寶珠也在打量青青。她雖與母親不算親近，可母親整日的咒罵她還是有所耳聞的。據說三哥有個打小就喜歡的女孩子，長得美貌非常，只是家世略微低些。原本母親對兩人的事樂見其成，但是今年不知怎地，據說這姑娘成了太后眼前的紅人，母親頓時恨了起來，一天罵三回都不解氣。

寶珠年幼，可自幼沒有父母關愛，養成了冷心冷面的性子，也正是如此，她年紀小小便將府裡的局勢看得一清二楚。母親費盡心思想越過三哥給弟弟搏個前程，終究是眼界小又不夠聰明，只會在後院使勁兒，而三哥朱子裕根本不屑與母親博弈，他十歲出頭就出去拚搏前程，靠自己得了個正五品的官。

寶珠覺得，她更願意是三哥承爵，起碼有這樣一個能力出眾的哥哥，以後她們姊妹們嫁了，至少有娘家撐腰。至於自己的龍鳳胎弟弟，寶珠真心不指望，雖然他心思純正，讀書卻有些讀傻了，小小年紀就很迂腐，只怕將來沒什麼遠大的前程。

寶珠眼珠一轉，心裡轉過許多心思，面上也不像以往那樣淡淡的，反而露出幾分笑，「姊姊平時在家都做什麼？」

青青道：「寫字畫畫，閒了看兩本雜書消遣，偶爾也去外城轉轉，到茶肆聽人說書。」一聽到說書，老太太立刻轉過頭來問道：「茶肆裡都說的什麼故事？」

青青道：「離奇故事、市井傳奇，什麼樣的都有，只是不如進府女先兒們講得雅致。」青青不知道，老太太聽的故事已經像脫了韁的野馬，離雅致隔了十萬八千里。

朱子裕笑道：「依我說，不管是外頭茶肆的說書先生，還是咱們家的女先兒，都不如青青編的故事好聽。我上回還說，找兩個通文墨的丫頭，把青青講的故事記下來拿出去賣，保准比現在大熱的話本好看。」

孟氏笑著看青青，「我倒不知道妳還會說故事？」

青青忙說：「不過是閒了哄人玩罷了，東一句西一句沒頭沒尾的，虧他還聽得高興。」

老太太是朱子裕堅定的擁護者，她道：「子裕說妳講得有趣，那定是好聽。我年輕那會兒也很會講故事，只是如今年紀大了，總是糊塗，很多故事想不起來了。」

朱子裕見天已到晌午，不由提議道：「其實我也會講故事，舅母在邊疆那麼些年，新奇的故事更是隨手拈來。今日都是自家人，不如咱們也行個酒令，誰輸了誰講一回故事，一起熱鬧熱鬧如何？」

此話一說，旁人還未怎樣，老太太率先叫好。她年紀大了，不愛坐那正兒八經地吃席、敬酒回敬，反而對這種有趣好玩的感興趣，而孟氏本來就是受外甥的請托，帶青青來刷老太太好感的，自然是樂見其成。

酒席擺在正院的明間，眾人圍著一圈坐下，小丫鬟喜兒背對眾人敲鼓。只見喜兒的鼓聲驟然響起，老太太慌忙地將手裡的繡球丟到孟氏懷裡，孟氏笑著遞給朱子裕。一圈繞下去，剛好在青青將繡球放到老太太手裡的時候，鼓聲停止了。

眾人叫好，端酒敬老太太。老太太一口喝了，吃了一筷子蟹肉，想了想，說道：「之前女先兒講個故事特別好聽，我和妳們說說。從前有個少爺叫白雪，這個白雪少爺一出生可漂亮了，皮膚像雪一樣白……」

「噗……」青青一個沒忍住，嘴裡的酒都噴在帕子上，頓時咳嗽不止。老太太忙叫了個丫鬟給她捶背，還問：「怎麼了？吃著辣的了？」

青青連連搖手，喝了口茶，把咳嗽壓下去，「我只是聽故事聽住了，沒忍住嗆著了。」老太太聽了不下十遍的白雪少爺，還看了幾遍小戲，可算是倒背如流，忙又說：「妳往下聽，後面才好聽呢！」說著便興高采烈地講下去。

一家人哭笑不得地聽完故事，面對老太太期待的表情，皆拍手叫好，老太太高興地喝了一口酒，擺擺手道：「繼續！」

鼓聲又敲響起來，喜兒看著前頭姊姊使的眼色，在繡球被扔到青青懷裡時停了下來。青青會講的故事不知有多少，可她年紀在這，在座的又都是外人，才子佳人的必然不能講，修仙的又過於繁雜，想了想，前世那部老少皆宜的《西遊記》定能合眾人口味，當下笑著道：「這也是從別處聽來的，我聽著有趣，學來給老太太聽聽。」說著，用白話講述了石猴出世和鬧龍宮這兩折，眾人聽得津津有味。

如此這般，一場酒席下來，菜沒吃幾口，倒是都喝了酒，擊鼓傳花玩到最後也不玩了，老太太一門心思讓青青跟她講那孫猴子的故事。

朱子裕見老太太喝的有些多，眼皮也有些睜不開，便扶著她到屋裡小憩，老太太剛躺下就呼呼睡著了。朱子裕悄悄退出來，對孟氏說：「我見舅媽也有些酒意，不如在老太太這屋略微瞇上一瞇，等日頭不那麼足了再回家去。」

孟氏喝酒上了頭，點頭道：「那我略躺躺，你帶你青青妹妹轉轉，醒了酒我們再走。」

朱子裕應了，又讓妹妹們各自回去休息，自己帶了青青往前院去。

青青就一開始吃了幾杯，後來說起故事也沒人灌她，故而只有些許酒意。朱子裕帶她來到老鎮國公的書房，她喝了一杯濃茶，在書房裡轉了起來，只見那有些年頭的書架上擺著一冊冊整齊的書和一排排看著老舊的手劄。

「這些都是我祖父和哥哥留下來的。」朱子裕在青青身後說道。

青青抽出一本，上頭密密麻麻的蠅頭小楷記錄著曾經用過的戰略。只看了幾眼，她便將手劄放回原處，又抬頭去瞧書房牆上掛的那幅自己為老鎮國公和朱子裕兩個哥哥作的畫。

如今已過了六年，青青不記得自己當初畫的什麼了，如今又見舊作，倒是想起當年發生的那些事來。她細細看著那幅畫，嘴角帶著微微的笑意，眼眶卻有點紅，「當初年紀小，畫技淺薄沒瞧出來，如今再看才知道，原來畫師父幫我描補了不少地方。」

朱子裕站在青青身後，語氣裡帶著心疼，「當初妳為了我作這幅畫，白天黑夜畫個不停，人都瘦了一圈。我想，當時畫師父也是心疼妳，但又怕妳倔強，只好趁著妳睡著後替妳補畫一些細微處。」

青青嘆了口氣，「一別六年，四位師父也不知去了何方，不知什麼時候才能相見？」

朱子裕安慰她：「四位師父都是神仙一樣的人，不願為這俗世牽絆了腳步。我想著妳說的那些神仙故事，那些修仙者成仙得道之前，不都得雲遊各地歷練一番，四位師父也是如此，等他們成仙了，定會來瞧妳的。」

青青點點頭，視線停留在畫上那兩個俊朗少年的臉上，她第一次主動握朱子裕的手，「你長得和你的哥哥們很像，若是你哥哥們看見你，一定會很欣慰。」

朱子裕站在青青旁邊，回握青青的小手，也抬頭看著那幅掛在牆上的畫像，「青青，妳說我祖父、母親和我的哥哥們他們如今過得好不好？都投胎了嗎？」

青青想了想關於六道輪迴的說法，篤定地說：「鎮國公保家衛國，戰功赫赫，兩位兄長為國為民，戰死沙場，都是有大功勞的人，別說投個好胎，我看成仙都沒問題。」

朱子裕被青青的安慰逗笑了，故意問她：「那我娘呢？」

青青說：「生了三個這麼好的兒子，更是功勞一件，肯定會投個好胎，大富大貴。」

朱子裕看著一臉認真的青青，笑著伸手環住她的肩膀，「承青青姑娘吉言，等我娘給我托夢的時候我就問問她，我們青青姑娘說了，妳是大富大貴的命，有沒有應驗啊？」

青青笑笑，「和夫人說，不靈驗來找我，我多幫她燒香。」

朱子裕摟著青青的肩膀，將她往自己懷裡帶，室內恢復了靜謐。

青青看了看朱子裕，只見他臉上有幾分憂鬱，不由問道：「怎麼了？」

朱子有些惆悵地說：「邊疆的動亂一直未能真正平息，我一直想著能有一天征戰沙場，保一方平安，可一想起兄長的遭遇，我也怕我就此一去不回，若是那樣，我豈不是辜負了妳？就是我自己也不甘心。」

青青的視線挪回畫像上，微微一笑，「當初你剛剛六歲便一個人闖進深山老林，為的就是能尋找到武功祕笈，練就一身好武藝，將來能上陣殺敵。如今怎麼能為了我而磨滅自己的夢想呢？」她看著畫像的眼神相當堅定，「若是真有戰亂，你只管去就是，我用血和朱砂給你畫上一百張一千張平安符，我就不信保不了你平安歸來。」

「青青。」朱子裕滿足地嘆了口氣，手臂輕輕帶，兩人面對面看著彼此的眼睛，「青青，妳不知道我遇到妳是多麼幸運的事。」

青青嫣然一笑，「很多人都這麼說。」

朱子裕滿腔的惆悵都因青青這一笑而煙消雲散了，他大著膽子把青青往懷裡摟，將她抱在懷裡，在她耳邊輕聲說：「我好羡慕沈大哥，我也想上妳家提親。」

青青環住了朱子裕的後背，踮起腳尖，小聲說道：「那我等著你。」

◆　◆　◆

自從青青去了鎮國公府一趟後，老太太就隔三差五給徐家下帖子，邀請寧氏帶青青來做客。有一回寧氏實在抽不開身，便拜託徐婆子帶青青去鎮國公府。

鎮國公府的老太太和徐婆子兩人從出身到人生經歷可謂是一個天上一個地下，老太太是打小集萬千寵愛於一身的大家閨秀，別說幹活了，就是指甲都沒自己剪過。徐婆子如今雖說是宜人，但論出身，是道道地地的農民，從小就背著弟弟妹妹幹活，還下地種過莊稼，下河撈過魚，還是寧氏進門後開了胭脂鋪子才給她買了個丫鬟使，比起鎮國公府老太太這位超一品的夫人，差的可不是一星半點。

這樣兩個出身、品味和家世南轅北轍的人，居然神奇地一見如故。

徐婆子也算是去過許多地方的人了，村裡住了大半輩子，鎮裡也去過，縣裡住了幾年，來京城的路上途經許多地方，見過的、聽過的新鮮事不知有多少。而鎮國公府的老太太這輩子是從一個精緻的小院子挪到了另一個精緻的大院子，除了年輕時上上香、吃個宴席之外，就沒出過遠門。

老太太雖然喜歡聽青青講的孫猴子，但更愛跟徐婆子敘話，隨便一個話題，徐婆子就能引出無數故事來，老太太聽得津津有味。

徐婆子也樂意來鎮國公府，旁的不說，有這樣一個品級的老夫人一臉崇拜地聽自己講古說故事，簡直忒有成就感，還能打發越來越無聊的日子。

在徐府的時候，大兒子一家在老家，長年見不到，還是為了預備徐澤浩的春闈，順便參加朱朱的及笄禮，這個月初才一家老小拖家帶口從老家過來，可來了也閒不著，王氏得幫著寧氏準備過中秋的一干事物，還得幫忙盤點朱朱的嫁妝。

大孫媳婦第一次見，又帶著個嗷嗷待哺的重孫女，也沒法陪著她聊天。寧氏更別說了，這一大家子的事都由她調度，一早起來就一攤子事情等著她，每天忙得腳不沾地。

小兒子兩口子整日忙著鋪子的事，也就晚飯時能見上一回。剩下的幾個孫子孫女，上課的上課，學針線的學針線，就沒有一個能陪她踏踏實實聊天解悶的。

另外，身邊兩個伺候的丫鬟，說啥都抿嘴笑，一點都不會聊天。鎮國公府的老太太和徐婆子，在人生都極其無聊的時候就這樣相遇了，一個愛聽一個愛扯，兩人可算是說到一起去了。老太太聽徐婆子講了很多稀奇有趣的事，徐婆子聽老太太說的精緻生活也開了眼界。沒幾日，兩人就熟得不用下帖子，見面也不穿大衣裳。

吃了早飯，徐婆子穿著家常衣裳坐了車就直奔鎮國公府，兩人坐下就開聊。等在鎮國公府吃完午飯，徐婆子才坐著馬車晃悠悠地回家。

徐婆子可算找到人生的樂趣，每天卡著點去鎮國公府，比徐鴻達點卯還準時。

轉眼中秋來臨，鎮國公府的老太太讓朱子裕給徐家送來許多大西瓜和紅石榴，朱朱和青青兩人親手做了許多餡料的月餅，除了廣式的、酥皮的，青青還做了冰皮月餅出來。兩人分別給宮裡、太傅府、鎮國公府都送了一份，另給徐鴻達的上峰和親近的同僚也備了一份。

宮裡那份是青青遞了牌子親自送進去的，往宮裡送吃食得格外謹慎，不敢經他人之手。到福壽宮，太后娘娘見了青青十分高興，拉著她問東問西。青青說了姊姊的及笄禮，也把去鎮國公府做客的事講給太后聽。

因皇帝叫安明達查訪青青的身世時，安明達呈上來的密信事無巨細地回稟了青青這些年的生活情況，皇上和太后自然也知道青青和朱子裕來往密切之事。

盛德皇帝拿著密信，還當著安明達的面罵了一句：「怪不得當年朱子裕這個臭小子自告奮勇去魯省幫忙治理黃河，朕還以為他長進了，合著是為了討好未來岳父去了！」

安明達低著頭，假裝沒聽見皇上說「岳父」時酸溜溜的語氣。

太后對鎮國公府也很熟悉，當年鎮國公府一對雙胞胎戰死沙場，太后還傷感了許久。等楊氏病死只留下一獨子，太后娘娘還特意下懿旨讓太醫每十日去鎮國公府診平安脈，就是為了保朱子裕平安健康。

一想到當年那個孩子平安長大了，還勾搭了自己的孫女，太后的心情難以言喻，拉著青青的手不住地問：「鎮國公府的老太太對妳好不好？鎮國公夫人好不好說話？」

青青老實地回答：「老太太待人極好，也很和善，沒什麼架子，至於鎮國公夫人……」她猶豫了一下，還是實話實說：「以前在輔國公府見過一次，並不好親近，這回隨著楊大太太去鎮國公府沒見到她。」

太后聞言，冷哼一聲，「架子倒不小。」

青青不再多提鎮國公府的事，洗了手，拿了自己做的月餅給太后看，「進給娘娘的月餅是我自己做的，從選料、和麵、包、烤都沒經過旁人之手。」

坐在榻上的太后伸頭去瞧，只見提盒裡放了三樣月餅，金黃餅皮的月餅有八個，印的是嫦娥奔月的故事。不同圖案對應著不同的口味，青青挨個說了一遍，錦瑟嬤嬤在旁邊一一記了下來。酥皮上頭也印了拜月的故事，難為青青做得精緻，那酥皮明明瞧著一碰就破，但上面的圖畫完整精緻，也不知費了多少月餅才得了這八個。最後一層放的是冰皮月餅，用蔬菜汁及果汁和麵做了各種顏色晶瑩剔透的餅皮，瞧著諧美趣致。

正好到了吃點心的時候，太后也不瞧御膳房送來的果子了，直接吩咐錦瑟嬤嬤：「切兩塊月餅來嘗嘗。」

錦瑟嬤嬤應了一聲，端了月餅下去，拿小銀刀準備將月餅分成小份。分好的月餅剛端上來，就聽宮門處傳來「皇上駕到」的通報聲。

青青自打進宮替太后作畫，每日皇上來向太后請安時，都能瞧見一回。見的多了，也不像一開始那樣戰戰兢兢。熟練地往下一跪，向皇上請了安。

盛德皇帝和太后分別坐在黃花梨的羅漢榻上，盛德皇帝一眼就瞧見榻桌上分好的月餅，不禁笑道：「御膳房的月餅做好了？今年的倒是稀奇。」

「御膳房做的哪有這樣精緻？」太后笑道：「這是我們嘉懿親手做的，又有孝心地送進宮來給哀家。」

盛德皇帝聞言，順著太后的話誇讚青青兩句，叫人打水洗了手，拿起一小塊月餅一口吃掉。錦瑟每樣月餅切了兩個，盛德皇帝拿的這個是太后最喜歡的五仁月餅。雖說是五仁，但青青放裡頭的不知有多少乾果，滿口酥香。

錦瑟切的月餅都小小的，一塊恰好一口的量。盛德皇帝每樣都嘗了一塊，讚了聲好。

太后笑道：「皇帝素來不愛吃甜食，難得今天這月餅吃的倒多，可見是嘉懿做得好，合了皇帝的胃口了。」

盛德皇帝一本正經地說：「這孩子心思巧，做的月餅味道也好，母后替朕好好賞她。」

青青起身謝了恩，盛德皇帝狀似無意地說道：「昨天朕到麗嬪宮裡，麗嬪一個勁兒地誇瑰馥坊的胭脂豔麗香潤，聽說是妳家的鋪子？」

青青忙說：「是臣女的娘親出錢開的鋪子，如今是臣女的叔叔在打理。」

盛德皇帝點點頭，說道：「前幾日賢貴妃提起，說宮裡用的胭脂越來越差了，索性就換瑰馥坊的吧。」他看了眼安明達，「給內宮監傳旨。」又對青青道：「回頭叫妳叔叔直接去尋內官監的常慶山就行。」

青青起身又謝了恩，盛德皇帝心滿意足地走了。

內官監的大太監常慶山接了旨意，有些莫名其妙，皇上什麼時候連採購妝奩胭脂之類的小事也過問了？他連忙將安明達請進屋裡來坐，親自端來好茶水。

安明達喝了兩口，點點他道：「你這崽子，可從皇上嘴裡昧下不少好東西呀！」

「哪能呢？」常慶山笑道：「給皇上、太后和宮裡的娘娘們送去的都是尖兒，剩下的碎葉我留著喝兩口沾沾味罷了。我這裡還留著二兩，回頭哥哥走時帶著，別嫌棄茶葉碎就成。」

安明達看著茶盞裡翠綠的茶葉，微微一笑。

能做到四品宦官又掌管著宮內各種採買，常慶山這差事可比自己的油水多多了。御前還得伺候，安明達不能多待，只慎重囑咐道：「別看瑰馥坊的東家是個小小的宜人，她閨女在咱們太后娘娘眼裡可比那些郡主、縣主都親近，況且此事又是皇上親自吩咐的，你可不能拿了旁人的銀子就為難這家。若是被皇上知道了，我看你這差事也甭幹了。」

「這麼嚴重？」常慶山嚇了一跳，又有些發愁，「原先送胭脂的那家是淑妃娘家的鋪子，若是淑妃娘娘問起，咱家不好說啊！」

因有些事安明達也依賴常慶山行方便，故而也行了個方便，說道：「有什麼不好說的？淑妃如今可不比以往了。若是她問起，你就說是皇上的旨意，有本事讓她和皇上嚷去，你只管把瑰馥坊照應好了就成。」

常慶山知道安明達在御前伺候，宮中的祕密就鮮有他不知道的，既然他這樣說自然錯不了，連忙包了一包稀罕難得的茶葉，一路叫著哥哥把他送出去了。

……

青青在太后宮裡待了大半日，還不知安明達已把事情幫她辦妥，等回了家還未與家人說皇上的旨意，寧氏便先說了徐鴻文被內宮監叫走之事。雖然夥計們來府裡敘述過了當時的情景，說來的太監客客氣氣的沒為難三老爺，但只要徐鴻飛不回來，家人便難以安心。

青青忙道：「皇上聽聞咱們家的胭脂做得好，特意下旨讓咱家的瑰馥坊以後專門給宮內供應胭脂，想必叫三叔去說的就是這事。」

一聽如此，除了寧氏依然面露憂色外，其他人都喜氣洋洋的。

徐婆子笑道：「老三做生意做到如此分上，也算是出人頭地了，他這是當上皇商啦？」

王氏也喜氣洋洋，把徐鴻飛誇讚了一番。

瑰馥坊拿下這單生意，每年從宮中賺的銀子估計比幾個鋪子加起來賺的還要多，徐鴻飛不敢馬虎，單獨劃了個作坊，親自挑了熟練心細的女娘，讓她們專做進給宮裡的胭脂。等做好第一批胭脂送進宮去，這京城的人便都知道了，宮裡的娘娘使的是瑰馥坊的胭脂。許多豪門大戶的夫人奶奶們都緊跟著宮裡的風向，見宮裡的胭脂換了鋪子，她們也趕緊讓採買每月從瑰馥坊訂胭脂香膏。

徐鴻飛專門訂製了一批新的裝胭脂的瓷瓶，除了給宮裡的是特製的，店裡的也換了新包裝，價格更是翻了三番，縱是如此，來買的人依然絡繹不絕。買胭脂的人多，自然嘗各種鮮花點心的人也多。吃得順了口，想買一些回家去，卻被告知此處不外賣點心，若是想買，內城有一家酒樓和點心鋪子有瑰馥坊的點心販售。

於是，朱朱的酒樓和鋪子趁著東風也跟著紅火了一把。

此時後話，暫且不提，只說青青從宮裡回了家，等到中秋那日，家裡一早來了太監，除了太后給徐家老小的各種賞賜外，另外還賜了內造的月餅。徐婆子立即捧了宮裡的月餅看了看，預備著晚上中庭拜月用。

中秋的習俗很多，樣樣都熱鬧有趣。

沈雪峰來送月餅，徐婆子還問他：「中秋之夜，你們家裡晚上都玩些什麼？」

沈雪峰笑道：「去年是在郊外的別莊上，那裡看月亮分外明亮。今年聽我娘的意思是就待在家裡，說要起個賦詩賞月會。」

徐婆子道：「你們家都是文雅人，玩得也風雅。」又指著朱朱說：「她說外頭賣的月光紙粗糙了些，特意畫了幾幅出來，你拿一張回家去，晚上給你娘拜月使。」

沈雪峰大喜，給徐婆子一個感激的眼神，屁顛屁顛跟著朱朱往她小院的書房去了。故地重遊，沈雪峰緊張地看了看牆頭，又瞅了瞅院門，沒看見朱子裕的身影，這才鬆了一口氣。因天氣微涼，書房的窗子都關著。門雖開著，但是簾子放了下來，丫鬟們都很有眼力地站在門口，給小倆口製造了說悄悄話的機會。

起初沈雪峰還老老實實來到畫案前，欣賞朱朱畫的月光紙，可沒過一會兒，心思就有些活絡了。聽外頭沒人過來，忍不住伸手拉住朱朱，輕聲問她：「最近在家裡做什麼？」

朱朱低了頭，說道：「紅蓋頭還有一點才繡好，給伯母做的鞋也還差幾針。」

沈雪峰刮了她的鼻子一下，在她耳邊說：「等進了門就該叫娘了。」

朱朱羞紅了臉，輕輕推了推他，「又動手動腳的，忘了上回的事了？羞死人了！」

沈雪峰輕輕笑了一聲，把小未婚妻摟在懷裡，滿足地嘆了口氣，「等了兩年終於等到妳及笄，想到還三個月就能把妳娶回家裡，心裡就美滋滋的。」

朱朱紅著臉，把臉埋在沈雪峰的懷裡不吭聲。

沈雪峰在她的頭頂吻了一下，又道：「其實還是晚了些，我瞧八月十五這個日子就很好，當初應該把成親的日子定在今日的。」

朱朱抬起頭，伸出一隻纖細的手指在白嫩的臉上刮了兩下，「不知羞！」

沈雪峰一把抓住朱朱的手指，眼中帶笑地看著她。

朱朱被看得羞澀不已，推了推他，「別鬧，還得去祖母屋裡呢！」

沈雪峰雖順勢放下她的手，卻又摟住她的腰，輕聲說：「中秋最有趣的是結伴出遊，只是如今妳是待嫁之身，出不得門，要不然我就帶妳出去玩了，今日坊市有許多有趣的東西。」

朱朱笑笑，「去年也去瞧過的，只是沒逛足，明年再去逛也是一樣的。」

「明年我帶妳去逛，我們像以前一樣逛遍每個鋪子，吃遍所有的攤位。」沈雪峰的豪言壯語逗得朱朱笑個不停。兩人正說得熱鬧，門口的蜜糖估摸了時間，忍不住提醒道：「姑娘，該回老太太那裡去了。」

朱朱推推摟著自己的手臂，朝門口指了指，示意沈雪峰鬆開手。

沈雪峰遺憾地嘆了口氣，回頭看了眼簾子，見絲毫沒有抖動的跡象，大著膽子低下頭，瞬間含住了朱朱的紅唇。

朱朱被突如其來的吻嚇了一跳，下意識睜大了眼睛，可唇齒相依的觸感讓她羞澀起來，不自覺閉上眼睛，細細感受著沈雪峰溫熱的嘴唇啄吻著自己的唇瓣。似乎過去了很久，又似乎只是一瞬間，兩人慢慢分開。

朱朱垂下眼簾，羞澀得不敢多看沈雪峰一眼。

沈雪峰摸了摸朱朱羞紅了的脖頸，又在她唇上快速親了一下，這才不捨地將她放開。

蜜糖在外頭等了半天，才見沈雪峰和朱朱一前一後出來。

沈雪峰一臉正經地拿著月光紙，朱朱雖然臉上帶著幾分羞意，但髮型未亂，衣裳整齊，蜜糖悄悄放下心來，趕緊伺候兩人去了徐婆子的屋子。

朱朱怕旁人看出她臉紅，一進屋就先找話說，左看右看沒瞧見青青，問道：「剛才青青還在這，這會兒要吃午飯了，怎麼又不見她？」

徐婆子舉著眼鏡在瞅花樣子，頭也不抬地說：「子裕接她出去玩，說下午回來。」

沈雪峰：好嫉妒怎麼辦？我也想帶朱朱出去玩！

晚上一輪明亮的圓月掛在天上，徐婆子拿出朱朱畫的金碧輝煌的月光紙，只見上面太陰星君立在廣寒宮前，旁邊有一站立的玉兔在臼中搗藥。

徐家中庭的供桌上擺滿了葡萄、紅棗、石榴、蘋果、西瓜等瓜果，另外還有一罈上好的美酒及宮裡賞下來的月餅，徐婆子領著家裡的女娘們燃燭焚香，共同拜月。

徐婆子祈禱的是家裡事事順心、平安如意，朱朱姊妹幾個是要趁此機會向嫦娥仙子乞美的，徐婆子囑咐說：「禱告時要乞求『貌似嫦娥，面似皓月』，這樣才能越長越俊。」

青青看著圓圓的月亮，堅定地搖頭。

要是面似皓月，不就整個大餅臉出來了？這事不能幹。

焚燒了月光紙，徐婆子領著女孩子們又玩占卜遊戲。以往在村裡都是占卜明年的風雨，預測莊稼的收成。如今在京城也不預測那些了，而是卜算明年的吉凶。現在徐家卜凶吉成了個應景的事，原因無他，自打青青出生，每年卜的都是大吉大利，事事順心得不得了。

等玩夠了，一家人圍著大圓桌團團坐下，除了瓜果月餅，又傳了一桌酒席，徐家人彼此敬酒暢飲，幾個小的吃了幾口菜就放下筷子滿院子亂跑，丹丹、藍藍幾個年紀大了些，如今沉穩多了，坐在桌前啃螃蟹，一個個都很老實。

青青端著酒杯，想到今日和朱子裕共遊的場景，望著空中皓月，在心中問道：此時他是不是也和我一樣在望著天上的月亮？

鎮國公府，老太太坐了會兒便嫌累回屋了。朱平章連看都沒看高氏一眼，摟抱著自己喜歡的小妾歪歪扭扭地走了。朱子裕則是木然地看著一家人轉眼間走了個乾乾淨淨。

今天朱子裕放了天莫和玄莫的假，讓他們回家團圓。天莫還和朱子裕客氣，而玄莫咧個大嘴就跑了。自打玄莫前幾天娶了媳婦，忠誠度直線下降，恨不得天天在家裡看玉瓶做鞋，至於主子，那是誰？不認識？他要和媳婦玩！

中秋月團圓，朱子裕卻倍感孤單，他獨自拿著個酒壺端著酒杯坐在一棵粗壯的樹上，自己斟了杯酒，慢慢地飲了一口。

望著天上的圓月，朱子裕輕聲說道：「青青，我多希望此時妳能在我身邊。」

越想越坐不住，他扔下酒盅，從樹上躍到牆頭，幾步就到了街上，連馬車也沒叫，就憑著一身勁力，從街道的屋頂上快速奔跑……

徐家熱熱鬧鬧地喝著酒做著遊戲，誰也沒發現自家的牆頭不知何時多了一個人，他靜靜地坐在那裡，默默看著嬉笑玩鬧的青青，臉上帶著微笑。

……

中秋後的第二日，宮裡一道懿旨下到鎮國公府，太后怒斥高氏品行不端、立身不正、言語不敬，並賜下一把戒尺和一本《女誡》，責令打手二十，抄寫《女誡》三十遍。

高氏接到旨意，癱坐在地上，實在不明白自己到底做了什麼。這些日子她沒出門，每日待在屋裡裝鵪鶉。昨日還因是中秋節，是出嫁女歸寧的日子，這才回家坐了小半個時辰，又匆匆回來了，太后娘娘為什麼罰她啊？

喜慶的節日接到這樣的旨意，任是好脾氣的老夫人也動了怒，等太監打了高氏的手板，也沒給她用藥，直接命令下人將高氏拘在屋子裡，沒有吩咐不許放她出來，又讓人將寶珠挪到自己的暖閣裡住，「有妳這樣的娘，也不怕影響了自己閨女的婚事。」

老夫人氣喘吁吁地扶著丫鬟回去。

朱平章強忍著踹高氏的衝動，一臉怒氣地扇了她一個耳光，「是妳說回娘家看一眼，我才讓妳去的，妳說妳昨天又幹了什麼好事，怎麼太后娘娘都知道了？」

太后待人和善，這些年被斥責的命婦屈指可數，都是犯大忌的人才會被太后如此打臉。高氏捂著腫了一寸的臉，嗚嗚哭泣，卻什麼也不肯說。

朱平章見問不出來，懶得理她，叫人把她扔回院子。原先高氏手裡那點僅剩的權力也被奪了去，分給了一個最近得寵的姨娘。

高氏坐在屋裡一邊哭一邊心驚，昨日她藉著回娘家的機會，問起了當年那巫咒之事，說不靈驗白費了二千兩銀子，還差點害得昊哥兒送了命，讓她娘把銀子要回來。她娘咬死說是靈驗的，又哄她說不行再讓那仙姑作一次法，也不要頭髮之類的。

高氏寫了朱子裕的八字給高夫人，說若是真靈驗，再送一千兩白銀。若是不靈驗，以前的銀子必須拿回來。

高氏躺在床上哭腫了眼，明明當時和娘說話時在小屋子裡的，屋裡又沒有旁人，太后怎麼知道？她越想越怕，想叫人給她娘送個信，可這院子別說她了，連伺候的丫頭都出不去。她的丫鬟想去廚房取點心，都被看門的婆子攔了回來，說到點自會有人送點心送飯。

高氏惶恐不安，宮裡的太后則冷哼一聲，「前幾年居然敢當著那麼多命婦的面說我家青青是狐狸精，我看她才是狐狸精，勾得那麼老實的鎮國公不學好，就該打爛她的嘴。」

鎮國公府的老太太難得麻利了一次，寶珠當天就搬進了老夫人屋裡的暖閣，幾個庶出的女孩也從各自姨娘身邊離開，住進了老太太院子的左右廂房。旁人不知，寶珠倒是高興，老太太可比高氏對自己上心多了，一來先叫人開了庫房拿了今年的新料子給女孩們做秋天的衣裳，又打發人給她們新打首飾，說她們穿戴得不像樣子。

高夫人並不知道女兒被太后斥責之事，高家如今是破落的人家，裡子難看，面子也不怎麼好瞧。高夫人當年從高氏那裡拿的銀子都自己花用了，給那道姑的不過一百多兩子。想想以後的富貴日子還得靠女兒和外孫，高夫人咬了咬牙，打開箱子，從匣子裡拿出來一張二十兩的銀票塞袖袋裡。

◆ ◆ ◆

過了中秋，朱子裕更不願意在家待著了，帶上一匣子書就奔小院來。雖然看著朱子裕面上帶著笑，青青卻感覺到他內心的脆弱和不安。

她拽了拽朱子裕的手，心疼地問：「過個節怎麼又不高興了？」

朱子裕強撐著笑笑，「沒事，這些年我都習慣了。妳呢，昨天玩得開不開心？」

青青點點頭，揀了兩件有趣的事說，見朱子裕心情好轉了，這才笑道：「我一直想給你畫一幅小像，正好今日有空，你跟我來。」

朱子裕屁顛屁顛地按照青青的指揮，搬了個木頭打的畫架出來，立在園子裡，又從隔壁拿來一桿長槍，身手矯健地舞弄了一番，最後選了個瀟灑的姿勢站住。

青青一邊打量著朱子裕，一邊快速拿炭筆勾畫起來。隨著時間的推移、線條的完善，一個俊朗的少年躍然紙上。眼看著小像就要畫完，朱子裕忽然捂著胸口「哎喲」叫了一聲，臉上閃過一絲痛楚。

青青連忙放下炭筆，過去扶住了他，急切地問道：「這是怎麼了？哪裡不舒服？」

她趕緊端著他的手腕，去摸脈搏。

溫熱的手指搭在朱子裕的手腕上，之前還有絲絲的心悸瞬間消失了。青青摸著脈搏平穩有力不像是生病的樣子，有些疑惑地看著他。朱子裕伸手將脖子裡一直戴著福袋拿了出來，說道：「剛才這福袋忽然燙了一下，心窩有刺痛的感覺，可是妳給我把脈時又覺得好了。」

福袋是用上等的紅色綢緞做的，顏色最是鮮亮無比，如今看來，卻呈現一種灰烏烏的顏色，摸著有些燙手。青青臉色一變，解開福袋往裡瞧，精心繪製的平安符已化為灰燼。

「這是何故？」朱子裕不解。這福袋他日日掛在胸口，只有沐浴時才會摘下來放到伸手能及的地方。昨晚洗澡後他戴上福袋時顏色還是鮮亮的，怎麼這會兒變化如此之大？

青青拿著福袋，臉色有些凝重，「文師父說這平安符可以擋一切凶煞，尤其對邪魔歪道最為靈驗，難道有人要作法害你不成？」

朱子裕聞言，臉色微變，眼中閃過一絲凌厲。

青青來不及多想，將原有的福袋讓朱子裕收好，「我去書房再給你畫一道平安符。」

兩人匆匆來到書房，青青開箱子取了文道長當年送的符紙和朱砂，在調和朱砂時，她拿出一根銀針在無名指上扎了一下，滴了三滴血在朱砂裡。

朱子裕見狀，手忙腳亂地掏出帕子緊緊將她的手指按住，「怎麼還要扎手滴血？」

青青哭笑不得地看他一臉緊張的樣子，安撫道：「沒有大礙的，不過是幾滴血有什麼要緊的？按一下就好了。」說著將手指從手帕裡拿出來。

朱子怡見青青的手指果然不再流血，臉色才好看許多，只是仍忍不住說她：「若是以後再用妳的血畫符，我寧願不戴。」

青青一邊調和朱砂，一邊說道：「文道長說，若遇邪祟，用我的血和朱砂效果比之前強百倍。我想著也不知是誰要害你，一擊不中難免會再次出手，畫一個效力強的，免得我不在你身邊時，平安符失效。」

青青暗念法訣，揮筆而就，一氣呵成。因朱砂調和的較多，青青連畫了三道平安符，親手疊了起來，從匣子裡找了一個備用的福袋裝進去，掛在朱子裕脖子上。

此時京郊的一處破舊道觀裡，一個道姑口吐鮮血，奄奄一息躺下地上，枯枝一樣的手指緊緊抓著高夫人的衣角，淒厲地喊道：「妳為何要害我？」

高夫人嚇得腿都軟了，哆嗦著手去拽自己的衣裳，偏生一點勁兒都使不動，不禁帶著哭腔說道：「不是仙姑作法嗎？怎麼又說我害妳？」

道姑使盡全身力氣往前挪了一步，另一隻手攀住她的腳踝，狠狠地握住。

高夫人尖叫起來，想抬腿將道姑踹開，冷不防自己絆倒，摔在了道姑身邊。

道姑用沾滿了汙血的手掐住她的脖子，聲嘶力竭地問道：「妳不是說作法的那人身上沒有護身的寶物嗎？為何我會被反噬？」

「我不知道，我不知道，他小時候身上沒有護身物件的！」高夫人躺在地上，鼻涕一把淚一把的，兩隻手緊緊攥住道姑的手腕，就怕她一下子把自己掐死了。

兩人正撕扯著，屋子中間一個人偶身上纏繞著的最後兩條絲線突然蹦開，道姑疼痛得大叫一聲，吐出三口血，昏死過去。高夫人趁機撥開壓在自己身上的道姑身體，兩手哆嗦地掏出帕子，胡亂擦了兩把臉上被噴上的汙血。

看著血跡斑斑的帕子，高夫人險些吐了，隨手丟在地上，扶著牆顫巍巍地走了出去。

車夫正抓了把草在餵馬，忽然看見高氏神情狼狽，渾身是血，踉踉蹌蹌地出來，嚇得連忙往後退了幾步，「太太，您殺人了？」

「別胡說八道，是道姑作法被反噬了，你快來扶我一把，咱們趕緊回家去，別叫旁人發現了！」高夫人扶著門框，氣喘吁吁地叫那車夫。

車夫也怕在這荒郊野外出事，連忙過來扶著她，把她架進車廂裡。

馬車走兩刻鐘才見到人煙，車夫鬆了一口氣，甩著鞭子，趕著馬車往城門方向駛去。等到了城門口，發現馬車和百姓們排了長長的隊伍，看樣子城裡又不知出了什麼事。車夫也沒在意，從簾子外頭和高夫人說了一聲，高夫人忙從座位下的櫃子裡扯出一條薄被圍蓋在身上，遮掩身上的血跡。

馬車緩慢地往前行駛，到了城門口，幾個官差忽然把車團團圍住，車夫發著抖，按照高夫人教的話，哆哆嗦嗦地說道：「我們家夫人身子不好，特意到京郊的寺廟去燒香祈願。」兵馬司的指揮朝一名差役使了個眼色，那人撩起簾子，只見一位頭亂有些凌亂、臉色蒼白的婦人裹著被子，一臉惶恐地看著外頭的人。

「妳是何人？」南城兵馬司指揮使劉奇冷冰冰地看著她。

高夫人搬出自家的老黃曆來，「祖上是永定伯爵府高家。」

「哦，原來是早就沒了爵位，只知道吃老本的高家啊！」劉奇陰陽怪氣地笑了一聲，看著高夫人蒼白的臉，大手一揮，「抓的就是她，拿下！」

南城兵馬司的差役們蜂擁而上，將高夫人從馬車裡拖了下來。百姓們尖叫著四處逃散，離得遠遠的圍觀。被差役一拖一拽，高夫人身上沒了遮擋的東西，血跡斑斑的衣裳暴露在官兵百姓面前，百姓們頓時議論紛紛，連劉奇也愣住了，饒有興致地在馬上問她：「怎麼？妳把那會魘魔的道姑殺了？」

「不是，我沒有，我沒有殺她！」高夫人慌忙地擺手，劉奇懶得跟她廢話，下令道：「先把人關進大牢，等大理寺審判。」

高家的車夫縮在馬車底下，嚇得動也不敢動，副指揮使孟兵過去，蹲在地上，用手啪啪打了他的臉兩巴掌，「別裝死了，帶路！」

「去……去哪兒？」車夫嚇得都快尿了，癱跪在地上直哆嗦。

「去你們家太太剛才去過的地方，那個作魘魔法事的道觀。」孟兵站了起來，立刻有一個差役遞過韁繩，孟兵翻身上馬，另一個差役將車夫丟在一匹馬上，自己隨後翻身躍上。

劉奇吩咐道：「查找時仔細點，哪怕是個紙頭都要帶回來。」

孟兵抱了抱拳，「是，大人！」

南城兵馬司的高頭大馬跑得非常快，不到一刻鐘的功夫，一隊官兵就到了郊外的破舊道觀。一差役一腳踹開屋門，孟兵率先進去，只見裡頭黑漆漆的，還未見人，便先聞到了刺鼻的血腥味。

幾個差役打開窗子，用刀割去遮擋窗子的布簾，屋裡瞬間大亮，眾人這才看清這間屋子靠北的方向供著一個沒見過的邪道。邪道神像前擺著一個火盆，火盆旁邊有個釘了八字的草人，旁邊倒著一名身上臉上滿是血汙的道姑。

一差役上前伸手在那道姑鼻子前摸了摸，起身回道：「大人，還有點氣息。」

「帶回去！」孟兵喝道。

「是！」

兩個差役把那道姑抬到院子裡，留一個看守，剩下的人留下繼續抄撿。

來的十幾個差役分了幾隊，去各個屋子查找，就連廚房都沒有放過。孟兵看那火盆裡應該剛燒過什麼東西，裡頭滿是灰燼，便用刀撥弄了兩下，翻找出幾塊燒了一半的尺頭，其中一塊上面寫了八字，雖年月沒了，但日和時辰還沒燒掉，與草人身上的八字能對得起來，一瞧就是同一人的。剩下幾塊似是畫了青嘴獠牙的惡鬼，有的只剩手臂，有的只剩下頭。

兩刻鐘不到，差役們便都捧了東西回來。

有一卷紙頭是這道姑記的與各個人家來往作法事的小帳、各種草人、紙畫的魔鬼、娃娃銀針、悶香等物。另有一包銀子，大概有二百多兩，孟兵取出一百兩單包起來，這是要回去孝敬上頭的，剩下的孟兵拿了大頭，其餘的便都平分了。

這時，後頭緊趕慢趕的囚車到了，差役們把車夫和那道姑塞進去，一行人才打道回城。

大理寺卿薛連路正在鎮國公府等朱平章拿主意。

原來是朱子裕察覺有人試圖作法害他，便沒有回家，直接去了大理寺報案。

一個十二三歲的少年郎，又是鎮國公府嫡子，爵位的繼承人，五品三等侍衛，為人正直，從未在外結仇。若說有人無緣無故要害他性命，大理寺卿肯定不信，可若是有一個繼母呢？繼母又有一個親生兒子呢？這事就不好說了。

面對大理寺卿的詢問，朱子裕也未隱瞞，將這些年和高氏的種種恩怨說了出來，以及前兩年弟弟突然發燒，高氏的異常也逐一點了出來。

大理寺卿顧忌著鎮國公的臉面，只帶了兩個差役悄悄上門。

朱平章顧不得兒子將家醜外揚，畢竟那擋了災難的平安符一拿出來，朱平章就先信了五分。高氏原本還以為是朱平章心軟放自己出來了，可一到前院的正廳看見了官差，瞬間就軟了腿腳。大理寺卿很會審訊，幾個來回便將高氏的話套了個一乾二淨。

朱平章一聽這惡婦打幾年前就想著作法害自己的兒子，氣得顧不上斯文，用腳照著她的臉狠狠踹了幾腳。大理寺卿調動了南城兵馬司去拿人，劉奇等人先到了高家，知道高夫人出門後便派一路官兵去城門，剩下的翻檢了高夫人的私物，果然找到幾年前高氏和高夫人來往的書信，兩人商議著如何魘魔朱子裕的事。

書信送到鎮國公府，大理寺卿給朱平章看了。鐵證如山，不容抵賴，可是否要送高氏過堂，朱平章猶豫了起來。高氏畢竟是鎮國公府的夫人，若她去過堂，首先得太后下旨不說，另外鎮國公府的臉面可就全沒了。高氏生養的一雙兒女也會被其連累，兒子還算好些，怎麼著都能娶到媳婦，分個鋪子也能養活自己，可女兒寶珠呢？敢問這些高官貴冑家裡，誰家敢娶一個這樣的惡婦所生的女兒為媳？

朱平章猶豫再三，最終嘆了口氣，「平章無能啊，父親留下這偌大的基業，我不但沒能光耀門楣，反而給祖宗臉上抹黑，娶了這樣一個毒婦回來。」

看著朱平章一臉悲涼的樣子，大理寺卿也唏噓不已。

當年朱平章的雙胞胎兒子戰死沙場時，整個京城的人都為之心酸落淚。想起當初那對英姿颯爽的少年郎，大理寺卿語氣緩和了幾分，「國公爺的意思是？」

朱平章道：「勞煩大人過堂時繞過鎮國公府吧，只說是高家的主意。」

大理寺卿道：「按理說這個倒不難，只是夫人這官司涉及到了邪魔歪道，是皇上和太后最忌諱的事，其中又牽扯了你們公府的小少爺，只怕太后娘娘會過問。」

朱平章抹了把臉，「只能勞煩我家老太太給太后娘娘上封摺子了，哪怕是暗地裡處死這毒婦，也不能過堂毀了我鎮國公府的名聲。」

大理寺卿起身拱了拱手，「那我們先審著，國公爺這邊還是早點往宮裡遞摺子要緊。」

朱平章應了一聲，親自把大理寺卿送出去，回頭就叫人將高氏關在園子的小佛堂裡，親自審問起來。有和高家來往的書信，又聽說母親和道姑都被抓了，高氏也沒什麼好瞞的，為了少挨兩鞭子，便將自己的心思、這些年做的事一五一十倒了個乾淨。

朱平章全都記了下來，拿了紙張去老太太屋裡，將高氏做出的事都告訴了老太太。

老太太聽了連連抽氣，氣得都罵起人來：「我說後娘心黑，你瞧瞧她做的事，比白雪少爺的後娘還可惡！」

朱平章正在想誰家的公子叫白雪時，老太太便連聲叫人請了朱子裕進來。

一看見自己的寶貝孫子，老太太可忍不住了，抱住他哭了起來。

「我的孫子啊，你娘就留了你一個命根子，你說你要是有個三長兩短，我可要和你祖父怎麼交代？就是你哥哥也會生祖母的氣的！」

想起和原配楊氏恩愛的那些年，又想到兩個被稱為少年英雄的兒子，朱平章難得的落了淚，老太太更是哭得抽氣。朱子裕伸手擦掉了老太太的眼淚，笑著哄道：「祖母，多虧了嘉懿給我的平安符。當時我正好在徐家，平安符一陣滾燙又化為灰燼，替我擋了災難。嘉懿知道後，又拿血和了朱砂給我重新畫了三道平安符，叫我不許離身，這才保了我的平安。」

老太太忙說：「那你可得隨身掛好。我聽徐家老太太說過，這嘉懿是個有福氣的姑娘。我瞧著也喜歡她，長得俊俏不說，還會說故事，畫的符也靈驗，滿京城就沒比這好的孩子。」

朱平章不知道徐家，聽母親把徐家一頓誇，知道這家人得了母親的眼緣，也順勢誇了幾句，又將話題轉到正事上：「大理寺卿薛大人說怕是得上個摺子給太后娘娘。」

老太太冷哼一聲，「你以為這事一個摺子說得清楚？太后娘娘看了能把摺子丟到咱們家臉上。罷了，豁出去我這張老臉吧，給宮裡遞牌子，我進宮跪在太后娘娘面前親自說。」

柒之章 ◆ 親姊出閣招喜氣

鎮國公府老太太遞了牌子進宮，太后看到時有些驚奇，原因無他，這鎮國公府的老太太除了必須進宮的日子外，等閒不外出，如今節也過了，離過年還早，難道有什麼要緊事？

想到鎮國公府和青青的關係，太后坐不住了，讓鎮國公府的老太太明天一早就進宮。

老太太穿上冠服進了宮，因她年紀大了，太后特意賜下小輦，抬著她走了一段。太后見了朱老太太，還是很高興的，只是朱老太太卻面帶苦澀，請完安依然跪著不敢起來。

「這是怎麼了？」太后臉上帶著疑色。

「是我們鎮國公府出了醜事。」老太太跪在地上，將高氏的所作所為說了，「如今案子在大理寺審著，因顧忌老公爺的顏面，沒敢讓她過堂。」

太后滿臉怒色，指著朱老夫人道：「妳瞧瞧妳給妳兒子選的這個繼室，打她進門起，你們府裡成了什麼樣？我聽說妳兒子滿院子的鶯鶯燕燕，哪像個好人家的做派？」

老太太羞紅了臉，「如今他大了，又沒了爹，我哪裡管得了他？」

太后瞪了老太太一眼，心裡也知道她的那白得和紙一樣的腦子，「也就是妳命好，若是換個人家，妳早死了八百回了。」

畢竟老太太年紀大了，太后也不忍讓她跪太久，命宮女扶她起來在凳子上坐下，「既然高氏做出這等事情，她自己又供認不諱，雖不能過堂受罰，也不能輕饒了她。」她看了眼老太太，想想這對窩囊母子，擺了擺手，「妳回吧，一會兒我打發太醫去妳府上。」

老太太一臉不解地走了，等回府上沒多久，果然常來他家看診的太醫來了，先給老太太送了祛淤青的藥膏，又道：「聽聞府上夫人得了惡疾，太后娘娘命我來瞧瞧。」

老太太不敢多問，忙讓人送了太醫進去。太醫像模像樣地把了脈，拿出一粒藥丸看著高氏吃下，後半夜高氏就昏昏沉沉地發起燒來，不過三四日就嚥了氣。

高氏剛死，大理寺這宗魘魔作法的案子也審理清楚了。道姑本來就被反噬得只剩了一口氣，剛交代完口供就一命嗚呼。所有的罪責由高家承擔，高家一家老小被流放，高夫人判了個秋後問斬。因案件處理得迅速果斷，京城內並沒有多少人聽到風聲。

高氏被富貴的日子迷了眼，用她的蠢腦子謀劃了蠢事，最終把自己命也給謀劃了去。

青青在一切塵埃落定後才知道高氏做的事，忍不住拉著朱子裕說：「我只當她這些年消停了，卻不料她居然能做這樣的事，也不知她拜的什麼邪道，居然學了這樣惡毒的法子。」

朱子裕道：「聽大理寺說，前些年就審過這樣一個案子，這作法的道姑和上次被處決的幾個道士道姑都是一個教派的，她算是當年清剿的漏網之魚。」

青青鬆了口氣，又道：「好在你平安無事。」

原本眾人以為這事就這樣過去了，不料沒幾天，大理寺夫人遞了帖子拜訪，說了不知多少恭維話，終於道出了來意：「能不能請二姑娘幫我們老爺畫一道平安符？」

青青：……

徐家眾人：……

◆ ◆ ◆

高氏死了，朱平章以怕衝撞了老夫人、家裡無人主持中饋為由，並未大肆辦理。在家裡停了三日，往京城各府送了訃聞，便將靈柩挪到了京郊的家廟裡，停靈四十九天念大悲咒。

來往親近的人家來給老太太道了惱，也知道鎮國公府如今的情形，老的老，小的小，家裡最大的女孩不過才九歲，實在沒個能幹的人。四十九日後，高氏靜悄悄地躺在一副杉木板上下葬了。家裡搭在各處的白布都撤了下來，除了幾個兒女和原本伺候高氏的丫鬟婆子穿著孝外，其他伺候的人只穿著素淨即可。

因高氏的去世，鎮國公府一下子清靜了不少，原先愛鬧騰的幾個姨娘通房看著朱平章整日不愉的臉色，不敢再出什麼么蛾子。鬧騰了這一回，老太太也病了一場，好在有太醫給精心調養，這才又緩了過來。看到母親滿頭的銀髮，朱平章更加愧疚。

見朱平章給自己餵湯餵藥的，老太太將太后娘娘吩咐的話說了，「太后娘娘說，你後院太亂了些，鬧糟糟的不成樣。兒啊，你也上了歲數，該精心保養才是。」

朱平章連連稱是。

說起來朱平章雖好色，但已經有些力不從心了，畢竟原本就是虛弱的體質，上半輩子好在有楊氏看著還算強壯些，等娶了高氏，這幾年身體素質急速下降，床笫之事也通常是有心無力，拿他最得寵的一個小妾私下的話說，就是「一下一下一下一下下下下下就完事了」。

朱平章後院的女人不少，多數是通房，有幾個伺候得久的，或是生養了孩子的才提了姨娘。朱平章把姨娘和通房們都叫到一起，除了姨娘和一個最近喜歡的通房外，其餘的都給了銀子打發出府了。

滿院子的鶯鶯燕燕只剩下六個人，五個姨娘年紀大了，其中三個有閨女的以後算有了指望，剩下的那兩個沒孩子也沒了容貌，都消消停停地在屋裡念佛。唯一留下的通房看到了前車之鑒，也老實不少，每日精心伺候國公爺，瞧見其他的姨娘也不敢拿眼角瞥人了，都恭恭敬敬地叫姊姊。

後院消停了，老太太的心情暢快不少。想著家裡的中饋幾個姨娘把著總不是事，瞧著寶珠也大了，便讓她管家，若是忙不過來，再將些不要緊的事交代給那些姨娘去辦。

寶珠從小讀書習字，就是冷心冷情的，家裡的大小事心中早就有數。這次高氏的死她也隱隱約約明白大概。看弟弟哭得一塌糊塗，她卻連一滴淚都掉不下來。

高氏剛去世的時候，寶珠就讓人封了屋子和院子，把那些丫鬟婆子另拘到一處去。如今倒空出來，又有了管家權，寶珠先開始查帳，一邊對帳，一邊帶著心腹丫鬟到高氏的屋子一個箱子一個箱子地翻查，最後居然找了三萬兩銀子出來，還附著一本小帳。

寶珠細細翻看了一遍，除了是府裡大事小情的油水，大部分是當年替朱子裕打理他娘親的嫁妝時截留下來的收益。

寶珠封了箱子，鎖了房門，回屋裡發了幾天呆，等再次出門時已有了主意。從府裡得的那些都歸到官中堵帳本上的窟窿，屬於朱子裕的部分，她咬了咬牙，決定原數歸還。

朱子裕看著寶珠送來的厚厚一疊銀票，表情十分平靜。打他當年從玫城縣回來要回自己親娘的嫁妝時，高氏就沒給過他這些年賺的銀子，朱子裕每年核帳，對高氏昧下自己的銀子倒是有數，只不過他沒想到寶珠會拿出來還給自己。

朱子裕並未伸手去接，寶珠將匣子放在了桌上，有些發白的小臉似乎要哭一般，「哥，我知道我娘這些年對不住你。」

看著寶珠握在一起的手有些顫抖，朱子裕嘆了口氣，親自倒了一盞茶放在她手中。

略微熱燙的茶杯溫暖了她冰涼的手掌，低頭看著茶盞，寶珠又說道：「我娘有些歪心思，這些年三哥也因此吃了不少苦頭。我看了我娘的小帳，這些銀子原本就是哥哥的，如今不過是物歸原主罷了。」

朱子裕看了眼寶珠，嘆道：「寶珠，妳心思太重了，其實大可不必這樣。妳和子昊是我的弟弟妹妹，我不會因為她的所作所為便疏遠你們的。」

眼淚從寶珠臉上滑落，滴到茶盞裡，蕩起一圈圈細小的漣漪。

朱子裕拿起匣子遞給她，「這些銀票妳拿著吧，就當是提前給妳的添妝。」

寶珠拚命搖頭，哽咽的聲音裡帶著一絲痛楚，「這些銀子都是她昧下的骯髒錢，若是我拿了，豈不是和她一個樣了？就是官中的錢我也都送回去了，雖然短了許多，但也補上不少窟窿。」看著朱子裕，她的臉上帶著一絲祈求，「哥，若是你疼我，就把銀子收起來，添妝的事等我以後出嫁再說。」

朱子裕的手頓住，半晌才緩緩地收回去，「也好，往後有什麼難處妳就和我說。若是喜歡什麼想買什麼，和祖母不好說，就找我要。」

寶珠拭了眼淚，露出笑容，「我也有月例銀子，加上這些年的壓歲銀子也攢下不少。」

朱子裕點點頭，寶珠趁機站了起來，「我去瞧瞧四弟，他……他只怕還在傷心！」

想了想那個以前整日被高氏拘在屋子裡讀書，整天之乎者也都快讀傻了的弟弟，朱子裕也跟著站起身，「我也去瞧瞧他。」

看到朱子裕臉上的關切之色，寶珠心裡安慰了許多，兄妹倆都披上了披風，寶珠戴上兜帽，兩人去了朱子昊的院子。

因高氏在朱子昊面前一直都是慈母的姿態，朱子昊就和曾經的朱平章似的，一直以為自己家是母慈子孝，和樂融融。高氏病故，細心如寶珠早發現事情有蹊蹺，可朱子昊是真的相信母親是病故的。

朱子裕和寶珠兩人過去的時候，朱子昊正坐在書案前看書，只是書雖攤開著，眼睛卻愣愣的不知看向何方。寶珠見弟弟如此情形，一下子就落了淚，快步走過去攬住他的肩膀，哽咽地說道：「若是難受就好好歇歇，別熬壞了身子。」

朱子昊轉頭看了寶珠半天，才回過神來，起身行禮問安，「三哥，大姊。」

寶珠見朱子昊這情形，越發哭得不能自已。

朱子裕看著弟弟瘦弱的身軀，抓起旁邊的披風就給他裹上，拽了他往外走。

寶珠大吃一驚，追了幾步跟出去，「三哥，你帶子昊去哪兒？」

「帶他習武去！」朱子裕將弟弟拽到大門外塞進馬車裡，丟下一句話絕塵而去。

朱子昊打三四歲開蒙起，每天就以書為伴，每日走幾步路到書房就算運動了。如今他受喪母的打擊，又吃睡不好，朱子裕不敢讓他蹲馬步之類的，而是將從徐鴻達那裡學來的五禽術教給他。

徐鴻達第一次練習時，學了好幾個招式才大汗淋漓，而朱子昊原本應該淘氣的年紀，只學了兩招便出了一身虛汗。朱子裕只好帶他到練武場旁邊的小院子，裡邊已燒了地龍放了火盆，兩個小廝幫著朱子昊拿熱水擦身子，又換上乾淨的衣裳，朱子昊這才緩了過來。

朱子昊葡萄似的大眼睛委屈地看著朱子裕，「哥，我不想習武，好累。」

朱子裕沒好氣地道：「你瞅瞅你現在都成什麼樣了？堂堂的鎮國公子孫，和病秧子一般。別忘了，咱們祖父可是能上場殺敵的大將軍。」

朱子昊打小崇拜祖父，一聽此言，豪情萬丈，可瞬間卻洩了氣，「哥，我只會讀書。」

朱子裕塞過去一盤點心，「沒事，往後你跟著三哥，保證你就不只會讀書了。」

朱子昊將信將疑地看著他，摸起一塊點心塞進嘴裡。剛咬一口，一個小廝就打起簾子，狗腿地巴結道：「這麼冷的天，二姑娘怎麼親自送東西過來？打牆那說一聲，小的把東西拎過來就成了，哪還勞動姑娘跑一趟？」

朱子裕正好走到門口，聽見此話，一腳將那小廝踹了出去，接過青青手裡的提盒，就要扶她進來。青青看了看從地上爬起來的小廝，瞪了朱子裕一眼，「又動不動就踹人！」

朱子裕訕笑一聲，辯解了一句：「玄莫的徒弟，皮糙肉厚得緊，成天被踹，嘴巴還經常犯賤。若是不打兩下，只怕得上天。」

青青去過鎮國公府幾回，和朱子昊也見過。

朱子昊恭恭敬敬地站在一邊，待青青進來，忙行禮問安：「徐姊姊好。」

青青笑著回了個禮，說道：「聽見這邊有動靜，便問了一句，知道你們兄弟過來練武。我想著如今天冷，練武出一身汗容易吹了風，便下廚做了雞湯麵，你們趁熱吃一點。」

朱子裕從提盒裡拿出雞湯麵條，心疼地看著青青，「這麼沉的盒子，勒著手沒有？」

青青笑道：「你小瞧我？我連做十回五禽戲都不會腿軟。」

朱子昊正在洗手，聞言嚇了一跳，驚愕地看著青青。這樣一個漂亮的小姊姊居然能做十回五禽戲，他剛才只做了兩個動作就累得腿軟。朱子昊臊紅了臉，接過朱子裕遞給他的雞湯麵，一聲不吭地吃了一口。滑嫩勁道的麵條，濃郁噴香的雞湯，瞬間讓朱子昊將羞愧丟到腦後，幾口就吃完了一碗麵，不聲不響地又自己去盛。

吃了雞湯麵的朱子昊，像打了雞血一樣，第二天一早就跑到朱子裕院子裡，老老實實地蹲在牆角，等朱子裕打完一套拳，立刻跑上前，「三哥，我們去小院練五禽術吧！」

朱子裕正對弟弟的突然上進感到欣慰時，朱子昊又冒出一句：「徐姊姊做的麵條真好吃，今天還會給我們做嗎？」

朱子裕：這個熊孩子！

◆ ◆ ◆

當第一場雪花飄下的時候，離朱朱成親的日子越來越近了。徐家擺了酒席，請了來往密切的人家來吃席。這些年和朱朱交好的小姊妹也來了，都來給她添妝。

出嫁前一天，沈家送來鳳冠霞帔，又送來「雞席」催妝。

徐澤浩的媳婦帶著徐家準備的八十八台嫁妝，領著家人送到沈太傅府。徐家來京城時候短，又是鄉下人，往常和他家不熟悉的，都以為他家底子薄，沒什麼銀錢。有些親近的人家雖然知道瑰馥坊是她家的，但也沒料到徐家給長女準備了這麼豐厚的嫁妝。家具都是用的好料子，又做了精緻的雕花。成匹的精緻衣料、滿滿的首飾匣子，一百多幅畫軸也頗為惹眼，房子田地鋪子樣樣不缺。這些人這時才知道，原來內城那家最繁華的酒樓和最出名的點心鋪子居然是徐家大姑娘的嫁妝。

到了沈太傅府，嫁妝裡的家具、櫃子等擺進新房，徐家人請了父母雙全、兒女昌盛的國子監祭酒夫人孫氏幫忙鋪床。孫氏安床時說著吉祥話，祝福小倆口百年好合、琴瑟和鳴。

朱朱的嫁妝從小倆口的院子裡一直擺到院外，親戚朋友們都來觀看。沈雪峰翰林院的同僚們也都好奇地來看，見那最後一個箱籠裡滿是畫軸，有人按捺不住，去看嫁妝單子，這才知道除了古畫和書香居士的畫作之外，剩下的都是食客的畫作，足足有一百幅之多。

聯想到書香居士是徐鴻達的二女兒，再想想如今出嫁的徐鴻達的大閨女，翰林院那些人看著沈雪峰的眼睛頓時紅了。一個和他同科的進士勒住他的脖子，「你說你娶的徐大姑娘是不是食客？是不是食客？」

沈雪峰忍不住大笑。

「居然瞞了這麼久。」翰林院的同僚們紛紛譴責他，也有馬後炮的說：「當初說書香居士是徐大人的二女兒時，我還猜著食客是不是也是徐家的人，這徐大人真是好命。」

太傅府熱鬧非凡，徐家卻充滿了離別的惆悵。一家人坐在一起吃了一頓團圓飯，寧氏提出要來女兒的院子過夜，和朱朱說說私房話。寧氏知道青青最是古靈精怪，又好聽人說話，因此攆了她去摟著小弟弟睡，自己則和朱朱同榻而眠。

寧氏躺下，朱朱非要先給寧氏捏捏腿，寧氏拗不過她，只得隨她去。朱朱一邊熟練地按揉寧氏腿上的各個穴位，一邊笑道：「小時候給娘按的還多些，這兩年娘都不讓我按了。」

寧氏一臉欣慰地看著她，「妳這幾年又要作畫，又要忙碌妳的酒樓和點心鋪子，我只擔心妳會累壞了身子，哪捨得妳再給我按腿？」

朱朱臉上露出了幾分遺憾，眼眶也紅了，「原先總覺得出嫁的日子還早，還能多陪陪娘，誰知一眨眼就到日子了。一想到明日就要離了家裡，我就捨不得娘，捨不得弟弟妹妹。青青從小和我一個屋睡，也不知我走了，她會不會害怕？」

寧氏從枕邊拿起帕子輕輕拭掉朱朱的眼淚，像小時候一樣將她摟在懷裡，安慰道：「姑娘大了都要成親，好在妳嫁得近，想家了就常回來看看，我們得了閒也去太傅府看妳。」

朱朱趴在寧氏懷裡嗚嗚哭個不止，寧氏一隻手摟著她，一隻手輕輕拍著她的後背。母女依偎在一起，寧氏不禁想起自己當年嫁入徐家，第一次瞧見朱朱的情形。

當時朱朱才兩歲，瘦瘦小小的不如人家一歲多的孩子壯實，話也不會說，路也不會走，像養不活一樣。還是寧氏從村裡養羊的人家訂了羊乳，又時常託小叔從鎮裡買精細的點心回來，一點一點地餵朱朱。等生了青青後，朱朱又跟著吃了一年多的奶，個子這才長起來，身體也康健了。朱朱雖不是寧氏生的，但在她心裡朱朱和青青是一樣的。

等朱朱情緒平穩下來，寧氏喚蜜糖進來打了水伺候朱朱洗臉，自己也換了一身中衣。朱朱看見寧氏換下來的中衣都被自己的眼淚打濕了，忍不住紅了臉。母女兩個收拾妥當後，攆了丫鬟出去，寧氏打開帶來的匣子，匣子上刻著一行小字：春宮圖十八式。

寧氏拿出第一幅畫，鄭重地展開。

朱朱下意識說道：「誰作的畫？線條太粗糙凌亂了，用色也不好，構圖也差……」

寧氏：……

見朱朱馬上要評論到人物的眼神動作，寧氏連忙打斷她，無力地指指畫卷，「畫不重要，重要的是內容。」

朱朱一臉茫然。

寧氏暗罵徐鴻達買的春宮圖太過抽象，這畫別說青青了，就她這個老婦女看了都以為是兩爺們兒在摔跤。這樣粗糙的春宮圖，到底怎麼讓閨女意會啊？

徐鴻達：這種東西……不好意思當場驗貨啊……

寧氏無奈，又怕朱朱洞房時鬧笑話，只能厚著臉皮，指著畫面上的圖，細細講解洞房之事。朱朱聽了幾句才反應過來，轟一下子紅了臉，鑽進被子就不肯出來。

寧氏硬把被子拽開，哄著她道：「起初可能有些疼，忍一會兒就好了。」

朱朱又縮進去了……

寧氏拍了拍被子，說道：「妳若是害羞，娘不在這裡，娘去青青那屋睡，妳記得把圖都看一回再鎖到箱子裡。」

寧氏說完，見被窩裡沒反應，便披了衣裳，到青青的床上去睡。

朱朱在被窩裡憋得有些喘不過氣，這才滿臉通紅地掀開一條縫，喘兩口氣，聽外頭沒動靜，便緩緩坐了起來。床幔垂地，架子床自成一方天地。她看著床邊的畫匣子，裡頭整齊擺放著十來個畫軸。她伸手去摸，剛碰到匣子又彷彿被針刺般縮了回來。輕輕撩起床幔看了一眼，見外面靜悄悄的，一個人也沒有，這才大著膽子又打開一幅畫。

「這畫得也太差了……」習慣賞畫先看整體的朱朱，直覺地抱怨了一句，這才想起寧氏說要看內容，就仔細瞧那男女的姿勢，瞬間又紅了臉。

朱朱慌亂地把畫丟在匣子中，鎖到箱子裡，這羞死人的東西再也不想看了。閉上眼睛，可不自覺想起之前看的畫，想到那日沈雪峰在自己唇上的那一吻……

朱朱臉上越發火辣。

一晚上輾轉反側，不知什麼時候才睡著，等朱朱醒來時，天色已經大亮。簡單梳了個抓髻，穿了家常衣裳，吃了早飯，略微休息了兩刻鐘，丫鬟們才提熱水進來，伺候朱朱沐浴。

幾個丫鬟用了幾十條汗巾擦乾朱朱的頭髮，到了下午，「全可人兒」給朱朱開了臉，又有「全福人兒」念著祝福的歌謠，幫朱朱梳上婦人的髮髻，替她換上鳳冠霞帔。

就要出嫁了，看著鏡中穿著大紅喜服，臉上塗著厚厚脂粉的自己，朱朱意識到，自己要離開家了。她猛然起身，一左一右拉著青青和寧氏的手，眼淚掉了下來。看著圍著她的弟弟妹妹們，更是哽咽得說不出話來。

寧氏看著比自己高一點的女兒，一遍遍囑咐她過日子的經驗，就怕她在沈家吃了虧。朱朱越聽哭得越厲害，最後抱住寧氏的脖子，「娘，我捨不得妳！」

「好閨女，這是大喜事。」寧氏也哭成了淚人兒，一邊安慰朱朱，一邊抱著她不撒手。母女兩個依依不捨，看得眾人都跟著哽咽，青青的眼淚更是像珠串斷線般掉下來。

徐婆子抹抹淚，趕緊勸道：「時辰快到了，三天後朱朱還回來呢，有話到那天再說。」

寧氏應了一聲，和朱朱分開，幫朱朱撫平衣裳的皺褶。

朱朱又伸手握住徐婆子的手，抽噎地說：「祖母，往後我會常回來看您的。」

「好好好，祖母知道了。嫁過去以後好好過日子，記得孝順公婆。」徐婆子看著花一樣的孫女，心裡也很捨不得，可滿口的話卻又不知道怎麼說。

全福人提醒道：「時辰快到了，請大姑娘去拜別父親吧。」

朱朱回頭又看了看滿屋子的親人，這才和寧氏拉著手來到前廳，徐鴻達此時已經坐在正位上偷偷拭淚了。朱朱扶著寧氏坐下，這才鄭重地向父母磕了三個頭。

徐鴻達紅著眼，不知說什麼，直到下頭人來報：「迎親的轎子來了。」他才慌忙起身，說了些常規的套話。眼看女兒要走了，忍不住說出了心裡的話：「若是沈雪峰那小子欺負妳，妳要記得回家告訴爹，爹去收拾他。」

朱朱一聽，哭得不能自已，跪著不肯起來。

喜娘聽見外頭的人催得緊，慌忙地扶起朱朱，蓋上紅蓋頭，半扶半抱著出了門。

外頭的人打了紅傘遮在朱朱的頭上，朱朱聽著耳邊的炮仗聲，踩著前頭人撒下的米和豆子，一步步上了花轎。

大人們送親去了，孩子們都情緒消沉地回了屋子。

徐鴻達和寧氏握著彼此的手，滿臉淚痕地看著略微空曠的大門。想起養了十五年的嬌俏女兒從今以後就成了別人家的媳婦，徐鴻達心裡酸澀不已，不由說道：「等青青長大了，非得留到她十八才叫她出嫁。」

「撲通！」一沉悶的墜物聲響起，徐鴻達和寧氏齊刷刷看向牆頭。

朱子裕趴在地上，玄莫不解地蹲在他前面，「少爺，你怎麼掉下來了？」

朱子裕：嗚嗚嗚，我想十五就娶媳婦！

玄莫：十五有點早，我覺得像我三十娶媳婦正好！

朱子裕：滾……

◆　◆　◆

龍鳳喜燭搖曳著，散發出柔和的燭光。

沈家新房內，穿著鳳冠霞帔的朱朱端坐在床上，頭上蓋著紅蓋頭，兩隻白嫩的小手緊張地交握在一起。沈雪峰的伯娘、嬸嬸、嫂子和一堆侄子侄女，將新房圍得嚴嚴實實的，都笑嘻嘻地等著沈雪峰掀蓋頭。

喜娘說了吉祥話，將代表「稱心如意」的秤杆遞給沈雪峰。

沈雪峰吞了吞口水，拿起秤杆挑起蓋頭一角，新娘子紅潤的嘴唇出現在眾人眼前。隨著蓋頭挑開，精緻妝容的朱朱微微垂著頭，臉上帶著羞澀和不安。沈雪峰看著自己的新娘，呼吸停滯了，周遭的一切彷彿都化為虛無，他的眼裡只有他的朱朱。

感受到沈雪峰熾熱的目光，朱朱緩緩抬起頭，兩雙眼睛視線纏繞，情意綿綿。

「噗哧！」見兩人的樣子，有人忍不住笑出聲。朱朱回過神，羞紅的臉又垂了下來。

沈雪峰惱羞成怒地回頭瞪了家人，那些婦人都繃不住了，嘻嘻哈哈地掩嘴笑了起來，紛紛說道：「怪道新郎官看癡了眼，原來新娘子長得這般俊俏。」

沈雪峰的嬸子故意逗沈雪峰：「怎麼還不喝交杯酒？難不成等晚上關了門才要喝嗎？」

朱朱有些不知所措，還是沈雪峰的伯娘說了一句：「孩子們還在呢！」

沈雪峰的嬸子失望地咂了咂嘴，轉身攆孩子們出去。幾個五六歲的男孩子正是淘氣的時候，東躲西躲的非要留在這裡看新娘子，所幸被趕走，這對新婚的小夫妻才逃過一劫。

前面還擺著酒席，大家不能多待，說笑了一回還得趕緊回去招待賓客。等人走得差不多了，沈雪峰坐在朱朱旁邊，拉住她的手道：「我去前面陪喝兩杯就回來。」

見朱朱垂頭不語，沈雪峰故意靠近，在她耳邊吹氣，「就沒什麼要和我說的？」

朱朱紅著臉往後躲，輕輕推了推他，「外頭還有人呢！」

屋裡靜悄悄的，丫鬟們守在外頭，連喜娘也出去了，只有一對新人在房裡。看著近在咫尺的紅唇，感受到彼此溫熱的體溫，曾經那一吻的記憶湧上心頭，沈雪峰哪還顧得上外面有人，忍不住摟緊心愛之人的腰，含住她的唇。

唇齒相依，十指纏繞，也不知親了多久，直到兩人都氣喘吁吁才放開彼此。看著朱朱凌亂的髮絲、纏綿的眉眼，沈雪峰越發走不動了，恨不得現在就洞房。

前頭吃酒席的人都等著灌新郎兩杯，可左等不來右等不來的，有人笑道：「不會是見著新娘子貌美，走不動道了吧？」

也有和沈雪峰的好兄弟調侃道：「這麼大的年紀娶個媳婦不容易，哪還記得你我啊？」

眾人哄堂大笑。

沈夫人早就交代三兒媳婦宮氏今日照看好新媳婦，方才宮氏隨著眾人出去，淨了手又回到新房，見幾個丫鬟面紅耳赤地待在明間，誰也不肯往後去。宮氏成親七八年了，還有什麼不明白的，頓時忍俊不禁，一邊小聲囑咐自己的丫鬟去小廚房提來預備好的食盒，一邊喝著茶耐心地等待著。

可是，宮氏茶都喝了兩碗茶了，裡頭還嘀嘀咕咕的不肯出來，她故意咳嗽了兩聲，高聲提醒道：「四弟，前頭還等著你陪酒呢！」

朱朱的臉紅得像火一樣，將賴在自己身上膩歪的沈雪峰推開，趕緊起來整理衣裙。

沈雪峰哀怨地看了朱朱一眼，卻也知道拖延不得，不如早點出去敬酒，再早點回來洞房是正經。在朱朱臉上啄了一口，沈雪峰戀戀不捨地囑咐道：「叫蜜糖和酥酪伺候妳換一身輕便的衣裳，我讓人提來酒菜，妳洗漱了先吃，然後乖乖等我回來洞房。」

洞房兩個字說得又輕又快，饒是如此，朱朱依然捂著臉不敢看他。

沈雪峰笑了兩聲，在她捂著臉的手背上親了一口，才一步三回頭地出去了。
宮氏好氣又好笑地看著沈雪峰出來，說道：「快前頭去吧，那些人定要灌你酒。」
沈雪峰朝宮氏作個揖，「好三嫂，好表姊，妳幫我照顧好我家朱朱，可別鬧她羞她！」
宮氏是沈雪峰表舅家的女兒，小時候也時常見的，因此沈雪峰和她不見外。
宮氏笑道：「我知道了，你還信不過我？」
沈雪峰笑笑，又揚聲道：「朱朱，我先到前頭去了！」
「等一下。」朱朱顧不上嬌羞，拿著一個荷包跑了出來，見明間有個婦人，不知怎麼稱呼，先福了一禮。
沈雪峰介紹道：「這是三嫂。」
「三嫂。」朱朱含羞帶怯地叫了一聲，又將手裡的荷包遞給沈雪峰，「這裡面是解酒的藥丸，你喝酒前先含上一粒，既能清醒頭腦，又不傷五臟。」
沈雪峰應了一聲，打開荷包就含了一粒，剩下的連荷包一起揣在懷裡，囑咐了兩句叫她好生吃飯，就匆匆走了。
朱朱獨自面對一直含笑看著她的宮氏，難免拘謹和害羞。宮氏也是打那時過來的，自然知道她的心思，便笑道：「已經叫人提了熱水來，弟妹卸了妝，換身衣裳好吃飯。」
朱朱請宮氏先坐著吃飯，自己則回了內室。糖糕打開箱子，從裡頭翻出一件大紅常服。酥酪替朱朱脫下鳳冠霞帔，沈家的兩個丫鬟花露和琉璃提了熱水來，一個捧著水盆，一個拿著帕子伺候朱朱洗臉。
酥酪此時已找出梳妝匣子，取了洗面膏出來。先替朱朱摘了鐲子挽上袖子，朱朱用洗面膏淨了面，換了兩次水，才洗淨臉上厚重的脂粉。朱朱重新塗了香膏，撲了薄薄一層胭脂，這才換上衣裳出來。

東次間的榻桌上已擺好精緻的酒菜，宮氏正靠在椅子上吃瓜子，見朱朱出來便站起來。和剛才初次見面是厚重精緻的妝容不同，只用了淡淡胭脂的朱朱越發顯出眉目清秀來，白嫩的臉上透著一抹羞紅。

「好俊俏的模樣！」宮氏拉著她的手來到榻上坐下，吩咐丫鬟盛粥，笑道：「只怕打中午起就沒吃什麼吧？先喝碗粥墊墊肚子。」

朱朱道了謝，拿起調羹舀著粥慢慢喝了一碗，又吃了些小菜。宮氏吃的不多，朱朱也跟著放下了筷子。丫鬟們上了茶，伺候著漱了口，妯娌兩個又攜手到裡間坐著說話。

沈雪峰快步來到前院，只聽見裡面觥籌交錯，熱鬧非凡。因今天吃酒的人多，因此正廳和棚都擺了酒席。位高權重的高官貴胄們坐在正廳裡，年輕人及沈雪峰翰林院的同僚們，品級略低些的官員都在卷棚吃酒。

沈雪峰進了卷棚，眾人一見他便起鬨大笑，有那年輕的指著他道：「不過是去掀個蓋頭，怎麼這麼晚才來？不會先入了洞房了吧？」

沈雪峰顧不上多說，只道：「小虎子，你給我等著！」便急匆匆去了正廳。

光棍了二十年的兒子終於娶媳婦了，沈太傅心情舒暢，不等兒子來就先喝了個半醉。沈雪峰進了正廳，提了酒壺，乖乖去了主桌。原以為都是些一二品的大員，不料先瞅見了一個年輕的面孔。

「三殿下！」沈雪峰為他斟了一杯酒。

「沈公子，恭喜啊！」祁昱舉起酒杯，眼裡閃過一絲複雜，似笑非笑地道。

「多謝三殿下！」沈雪峰笑吟吟地舉杯，先乾為敬。

祁昱看著沈雪峰臉上的笑容，心裡隱隱約約感覺不痛快。對於朱朱，他曾經志在必得，覺得那個小丫頭實在有趣，難得的是還會作畫，誰知沈雪峰卻橫插一槓，捷足先登，與徐家的小丫頭訂了親事。

沈雪峰看著祁昱晦暗不明的眼神，輕輕一笑，轉身又向其他人敬酒，叔叔伯伯叫得甭提多親熱。正廳敬完，卷棚那裡還有一堆人等著，翰林院那些同僚見了沈雪峰，恨得牙直癢，要了一罈酒就放在旁邊，一副不把他灌倒不讓他走的架勢。

書香居士和食客的畫，一個磅礴大氣，一個靈動細膩，兩人雖師從一人，但畫風各有千秋。食客的畫雖不如書香居士賣的價高，但追捧她的也有不少。書香居士年幼暫且不說，這食客一直很低調，尤其近一年除了定期的展品外，少有畫作向外出售。喜歡她畫的，只能去書畫坊裡去一飽眼福。

原本以為大家都一樣，不料沈雪峰這臭小子悄無聲息地把食客給娶走了。

庶起士李客山與徐鴻達和沈雪峰是同科進士，他指著沈雪峰，痛心疾首地道：「實在是太卑鄙了，自己偷偷摸摸討好徐大人也不告訴我一聲，同科的情誼呢？我也沒娶媳婦呢！」

又有一個年紀略大的搖頭晃腦道：「你說這徐大人命怎麼這麼好？他自己畫的竹林像一堆燒火棍似的，居然能養出兩個書畫大家來。」

有徐鴻達的同鄉說道：「哪是徐大人培養的，書畫坊一進門那四大道人的畫像，那才是兩位姑娘的師父呢！據說文道人精通天下文章，畫道人壁畫乃是世間一絕，可惜我去過幾次都被拒之門外，也不知徐大人怎麼那麼好命。據說他們父女三人跟著四位道長學了六年，才有今天這名頭。」

眾人談論了一番，越說越嫉妒，忍不住拽住沈雪峰，狠狠地灌了他幾杯酒才饒了他。

沈雪峰原本酒量就不錯，又提前吃了朱朱給的解酒丸，因此即使喝了半罈酒，也只是有些醉意。看著同僚們都喝得半醉了，他也半瞇著眼裝起醉來。

有沉穩些的人忙說：「快扶他回去灌些醒酒湯，晚上還要洞房。」

一句話說完，眾人哈哈大笑，年輕的都嚷嚷著要去鬧洞房。

沈雪峰使出渾身解數才擺脫了這些人的糾纏，沈雪峰趁人不備，一溜煙跑了，進二門時從懷裡掏了把鑰匙鎖門，將準備鬧洞房的人擋在了外頭，急得看門的婆子直道：「老爺和幾位少爺還在前頭吃酒沒回來呢！」

……

估摸著沈雪峰要回來，宮氏便提前走了。

朱朱無聊地坐在床上，順手從撒滿紅棗、桂圓、蓮子的新床抓了一把。

糖糕發愁地看著自家小姐轉眼就把床上撒的各種乾果吃了多半，忍不住戳了戳酥酪，「這上頭的『早生貴子』可以吃嗎？」

「可以吧？」酥酪也不確定，「這樣寓意的果子，吃進肚子應該更靈驗吧？」

糖糕看著朱朱剝了一個又一個的桂圓，只能認同地點了點頭。

好在朱朱沒把東西吃光，吃了大半，就從床上跳下來。糖糕和酥酪收拾了床鋪，將上面剩下的乾果都倒了下來，重新清掃了床鋪。等兩個丫鬟收拾妥當，朱朱自己也洗漱好了，坐在床邊等沈雪峰回來。

龍鳳燭爆了個燭花，把昏昏欲睡的朱朱嚇醒，她揉揉眼睛問道：「什麼時辰了？」

「二更天了。」看朱朱難掩睏倦，酥酪勸道：「奶奶不如寬了衣裳，躺下略歇歇？」

朱朱猶豫地搖了搖頭，半靠在床上，閉上眼睛打盹兒。

不知過了多久，糖糕和酥酪已退了出去，沈雪峰坐在朱朱身邊，小心翼翼地將她摟在懷裡。看著躺在自己肩膀上仍睡得香甜的朱朱，沈雪峰眼裡閃過幾許愛憐。

望著小臉紅撲撲的朱朱，沈雪峰忍不住含住她小巧的耳垂，用舌尖慢慢勾畫。

朱朱「嚶嚀」一聲，睫毛顫了顫，緩緩睜開眼睛。看到自己吵醒了佳人，沈雪峰忍不住把她抱到懷裡，在她紅唇上不停啄吻，輕聲笑道：「這就睡了？我們還沒喝交杯酒呢！」

朱朱眨了眨眼睛，直至看到滿屋子的大紅色才清醒過來，又瞧著自己坐在沈雪峰腿上，頓時紅了臉，掙扎著要下來。沈雪峰哪裡肯放過她，緊緊地把她摟在懷裡，吻住她的紅唇，細細品味著那嘗了多次仍吃不夠的芬芳。

親吻了一遍又一遍，直到朱朱的紅唇微微腫起，沈雪峰才意猶未盡地放過她，起身從桌上拿來已準備多時的酒杯，遞給朱朱其中一個，說道：「我們該喝交杯酒了。」

兩個酒杯，雙臂交纏，一雙含羞的眼睛，一雙滿含愛意的眸子，沈雪峰和朱朱彼此注視著，喝下杯裡的酒，許下白首到老的誓言。

一件件大紅衣衫褪在床上，搖曳的紅燭閃爍著微光，繡著大紅石榴的床幔垂了下來，遮住了新人的交纏，卻擋不住朱朱微痛的驚呼，以及他們纏綿的聲音。

沈雪峰正是血氣方剛的時候，朱朱卻是剛剛綻放的美人花。沈雪峰縱使有萬般武藝，也捨不得累著好不容易娶進門的媳婦。看著朱朱倦乏的表情，沈雪峰拿著熱帕子替她擦乾淨身子，摟著瞬間熟睡的香軟媳婦親兩口，過過乾癮。

……

沈家喜氣洋洋，徐家異常安靜，寧氏回了屋就歪在床上，晚上飯也沒吃兩口。青青則在朱朱的屋子轉了一圈又一圈，總覺得心裡空落落的。珍珠勸了兩回，青青才回了自己的東次間，躺在床上輾轉反側了半宿，直到東方露白才勉強睡著。

好在青青還未出閣，家裡人寵她，知道她晚上沒睡好，徐婆子和寧氏都不許人去叫她，青青一覺睡到了快晌午才起來。

吃了飯，下午不免無聊起來，自己趕了盤圍棋，下到一半就覺得無趣，用手撥亂棋盤，忍不住又去朱朱屋裡坐了一會兒，對珍珠說道：「姊姊才出嫁一天，我就覺得過了許久。」

珍珠道：「兩位姑娘從來沒分開過，乍一分開，難免不適應。」

青青在朱朱的床上歪了一會兒，想起朱子裕來，打發人去隔壁問了問，知道朱子裕兄弟都來了，便換了身半舊的衣裳去廚房，選了一斤重的小公雞，去掉骨頭，只留嫩肉配松仁、竹筍、山藥、蘑菇等物，做了一道芙蓉雞羹。剝下來的雞皮焯水後加上筍片、青筍、麻油、荸薺和芥末，涼拌了一道芥油雞皮……

青青做菜速度極快，小半個時辰就做了五道菜，接著從灶上拎下來一瓦罐鴨子肉粥，挑了幾樣點心，叫了兩個婆子拎著一起出了二門。

朱家的小廝拎過提盒和瓦罐送了青青進去，朱子昊一聽隔壁漂亮的小姊姊來了，五禽戲也不做了，急匆匆回屋，用熱水胡亂擦了兩下，又催著小廝趕緊梳頭髮。等對著鏡子照了又照，覺得打扮整齊了，才露出害羞的笑容，蹦蹦跳跳地去找青青。

朱子裕：總覺得哪裡不對？

青青將提盒的飯菜一樣樣擺到桌上，笑著對朱子裕道：「我想著你倆都是半大的男孩子，總吃點心和湯麵難免不飽，就做了幾樣肉菜，你們嘗嘗可還順口？」

朱子裕笑了笑，剛要開口，就聽朱子昊殷勤地說道：「青青姊姊做的菜是最好吃的。」

朱子裕狐疑地看了朱子昊一眼，夾菜的手慢了幾分。朱子昊似乎什麼也不知道，一雙筷子飛快在幾個盤子之間飛舞，趁著朱子裕走神的功夫，就將桌上的菜吃了大半。

青青驚訝地道：「看著他瘦瘦弱弱的，飯量倒是不小。」

朱子裕說：「也就這陣子能吃一些。」

朱子昊嚥下嘴裡的飯菜，朝著青青露出乖巧的笑容，「青青姊姊做的飯吃著香甜，我不免就吃多了。」

朱子裕：喂喂喂，臭小子，別以為我沒瞧見你對我家青青眨眼！

有這麼個搶吃的還有點糟心的弟弟，朱子裕沒了食慾，只吃了一碗粥就拉著青青到隔壁屋子說話。朱子昊露出得逞的笑容，將幾個盤子都拽到自己面前，朝天莫伸了個大拇指，又低下頭狼吞虎嚥起來。

高氏還在的時候，總是怕朱子昊吃了肉食不克化，通常只許他吃些青菜。

朱子昊一個小孩子，聞著肉香難免饞肉，有時候到祖母房裡吃飯，多吃了兩口肉，回來除了看書後到點就睡，每回夜裡都胃腸難受得不行。現在朱子裕整日拎著他跟著練武，幾日功夫朱子昊就開了胃口。

他年紀小也沒人教，不知道守孝要吃素的事，通常他哥哥吃什麼他就跟著吃什麼，各種肉類吃得十分香甜。

隔壁屋內，青青和朱子裕一個坐在榻上，一個坐在凳上，兩人說著話。

朱子裕委屈地看著青青，「昨天朱朱姊出門後，我聽徐叔叔說讓妳十八才出嫁。」

青青噗哧一笑，「我覺得十八正好，我手上好些事呢，哪有功夫嫁人？」

朱子裕很哀怨，「怎麼沒功夫？等我們成親，妳該做什麼還做什麼，我又不會攔妳。」

青青瞅著他，眉毛一挑，「別的不說，這嫁衣我就沒繡。你也知道我針線活不好，我十八歲之前能繡好嫁衣就謝天謝地了。」

朱子裕說：「我有品級，到時先給妳請封，成親時妳就穿鳳冠霞帔，繡嫁衣做什麼？」

青青拿帕子掩著嘴，「成親第二日就要穿自己做的嫁衣了。」

朱子裕聽了更開心，「我祖母也不會繡花，聽說當年她嫁給我祖父的時候就穿繡娘做的嫁衣。青青，我去尋個最好的繡娘給妳做嫁衣好不好？」

看著朱子裕一臉認真，青青不好繼續開玩笑，一邊拿手指繞著髮絲，一邊說道：「你呀，等我爹允了你的提親再說吧。」

朱子裕嘆了口氣，「我算是知道大姊夫等朱朱長大時的焦心了，太難熬了！」

窗外的玄莫一臉崇拜，「不愧是少爺，這麼點就知道娶媳婦的好處，比我聰明多了。」

天莫：你以為別人都跟你一樣蠢嗎？

朱子裕：我說你倆偷聽的時候，能不能小聲點？當我不存在是嗎？

從沉睡中醒來，沈雪峰只覺得懷裡沉甸甸的，睜開眼睛，朱朱的睡顏呈現在自己眼前。昨天的記憶像潮水一樣湧來，沈雪峰摟緊自己的小媳婦，咧著嘴傻樂：終於每天能和媳婦在一起啦！終於可以抱著媳婦睡覺啦！終於不用看老丈人的臉色啦！成親太幸福啦！

在朱朱臉上嘴上親了幾口，沈雪峰悄悄地從朱朱脖子下抽出手臂，可即使他十分小心，朱朱仍然哼了一聲，轉身平躺著又沉沉睡去。聽著媳婦小貓一樣的哼唧聲，看了看自己的異樣，沈雪峰差點跪下了，娶了媳婦其實也有甜蜜的煩惱。

胡亂找到中衣，沈雪峰穿在身上繫上帶子，叫了丫鬟進來，囑咐把屏風後頭的大浴桶打滿熱水。昨天兩人都很疲憊，洞房花燭後又纏綿許久，實在熬不住才睡下。今日朱朱要拜見公婆，又要謁見舅姑，若是帶著昨天的汗漬，身上定是不舒服。

花露和琉璃兩人帶著小丫頭連續提了幾桶水進來，總算把沈雪峰專門找人做的超大浴桶填滿了。兩人又提了兩桶滾燙的水進來放在一邊，預備著往桶裡添加。花露將後面拾掇好，小聲回道：「四少爺，可以沐浴了。」

沈雪峰擺了擺手，示意兩人出去。

丫鬟們退出去，沈雪峰掛起床幔，手伸進被子裡輕撫，「朱朱，醒醒，該沐浴了。」

朱朱正睡得香甜，忽然聽見有人在自己耳邊嗡嗡嗡的不知說什麼，又有一隻手在自己身上遊走，摸得她又癢又難受。翻了個身，朱朱將沈雪峰放在自己身上的爪子丟了出去，不滿地哼唧兩聲，「睜不開眼睛。」

看著衝自己撒嬌的小媳婦，沈雪峰的心都酥了，忍不住在她臉上嘴上脖子上親了又親，讓朱朱癢得咯咯直笑。見朱朱依然閉著眼睛，沈雪峰幾下扒掉了媳婦鬆鬆垮垮的中衣，然後打橫抱起，快步走到屏風後頭。

泡在浴桶裡，微燙的熱水舒緩了酸乏的身軀，釋放了渾身的疲憊。朱朱舒服地讚嘆了一聲，調整了個舒服的姿勢，又要沉沉睡去。

沈雪峰兩下子將自己的中衣扔到地上，跨進桶裡，一下子將小媳婦抱個滿懷。

朱朱睜開眼睛，看著對面光溜溜的沈雪峰，嚇了一跳，四下看看，忍不住說道：「你們沈家的浴桶怎麼這麼大？」

沈雪峰坐在裡頭的小凳上，抱著朱朱讓她跨坐在自己腿上，藉著溫水的遮掩，肆無忌憚地撫摸著朱朱滑溜溜的身軀。

畢竟是剛經世事的小媳婦，朱朱對赤裸相見這種事還很害羞，捂著臉不去看他，卻不料這樣的動作正中沈雪峰下懷，不一會兒就弄得朱朱氣喘吁吁，連聲討饒。

朱朱小手極力推拒著沈雪峰的胸膛，面紅耳赤地說道：「你快出去，我要自己沐浴！」

「我怎麼捨得讓我的小新娘如此操勞呢？」沈雪峰不正經地嬉笑一聲，略微抱起朱朱一點，藉著水勢順利地攻入城池。若說朱朱昨晚的洞房還有些痠疼不適，那今天早上這番雲雨可謂是讓朱朱嘗到了身心合一的銷魂滋味。

兩人在浴桶裡待了許久，弄得屏風後面像水簾洞似的，直到水涼了下來，沈雪峰才將朱朱抱出去，拿著大汗巾幫她擦乾淨身子，給她裹了中衣抱回床上。

乾淨的衣裳疊得整整齊齊地放在架子床中間的小桌上，朱朱拿過小衣，睨了期待的沈雪峰一眼，嘟了嘟嘴，「快去擦乾身子，不許偷看。」

沈雪峰湊過來在朱朱嘴上親了一口，才又回到屏風後面打理自己。

丫鬟們魚貫而入，糖糕和酥酪替朱朱擦乾打濕的秀髮，替她挽起婦人的髮髻。因還未吃早飯，也沒抹胭脂，朱朱只塗了一層香膏便和沈雪峰手拉著手到東次間吃早飯。

兩個丫鬟提了食盒進來，身為沈家四少奶奶嫁進來的第一頓早飯，廚房花了不少心思。八種點心，四樣甜、四樣鹹。三種粥品，有棒松、栗子、果仁、梅桂糖熬的甜粥，有拿紅棗熬的粳米粥，還有一品珍稀黑米粥。幾樣小菜都是精心準備的，有奶罐子酥烙拌鴿子雛、糟鵝醃掌、杏仁豆腐、玉筍蕨菜四道熱菜，又端上一碟麻油拌的醬瓜絲、切成蓮花瓣似的金黃流油的泰州鹹鴨蛋，最後又提上來一罐子餛飩雞。

朱朱昨晚和宮氏用飯也就吃了七成飽，晚上又被沈雪峰折騰了半宿，早餓得飢腸轆轆。這會兒看見滿桌噴香的飯菜，頓時胃口大開。

沈雪峰讓丫鬟盛了一碗餛飩雞，這款湯點是用小嫩母雞放在砂鍋裡文火燜了兩個時辰，寬湯慢煮，燉得酥爛，又下了餛飩進去。

沈雪峰舀一勺雞湯先去餵朱朱，朱朱歪著頭喝了，又吃了個餛飩，說了句鮮美。酥酪問了朱朱，盛了碗黑米粥給她。朱朱就著幾樣菜品，吃了兩個千層蒸糕，把一碗黑米粥都吃完。沈雪峰是知道朱朱食量的，見她喝完粥，問她：「喝一碗甜粥還是吃餛飩？」

「吃餛飩吧，我吃著那鵝掌開胃。」

糖糕舀了餛飩給朱朱，又要夾百合糕，朱朱擺手道：「吃不下了，把那幾樣點心和那罐果仁桂糖粥擱一邊，等請完安回來吃點心時再用。」

糖糕便將幾樣沒動過的點心和粥收回食盒裡，花露接過去送到院子的茶水間。

小夫妻倆吃罷了飯，朱朱洗臉漱了口，重新抹上香膏，擦上胭脂。糖糕為朱朱梳髮髻，配著大紅禮服。朱朱選了一套金鑲玉嵌寶的頭面，其中最惹眼的就是青青送的金嵌寶金簪，上頭荔枝大小的紅寶石光彩奪目，灼灼生輝。

沈雪峰同樣穿了一身紅色的喜服，兩人來到正房時，沈家上上下下二十幾口人已經到齊了。沈太傅和沈夫人坐在正位上，丫鬟在地下放上軟墊，沈雪峰和朱朱跪下行了大禮。

朱朱從丫鬟端著的托盤上端起茶盞恭敬地遞給沈太傅和沈夫人，「爹、娘，請喝茶！」

沈太傅接過喝一口，拿了畫軸遞給朱朱，「妳是愛畫之人，這幅古畫妳拿著把玩吧。」

朱朱接過古畫，「謝謝爹！」

沈夫人則從丫鬟手裡拿來一個精緻的黃花梨雕牡丹匣子，「給妳打了一套金玉頭面，選的是蝶戀花的樣式，正適合妳這樣的年輕小媳婦帶。」

朱朱鄭重地謝了沈夫人。

沈雪峰又帶朱朱認識了大伯和伯娘、叔叔、嬸嬸、堂兄弟和堂姊妹、侄子侄女等一大家子。朱朱將準備好的東西一樣樣送出去，又收到各種各樣的回禮，等昏頭轉向地從正房出來時，已過了一個時辰。

沈夫人待人寬和，對兒媳婦更是和善，中午不過讓朱朱佈了一輪菜便讓她坐下。等吃過了飯更是囑咐她好生休息，晚上不必過來了。

朱朱聽著這話還好，沈雪峰已經喜形於色。見他那模樣，想起他二十年的光棍生涯，沈夫人實在覺得太心疼兒媳婦了，忍不住囑咐道：「朱朱年紀還小，你悠著些，別累著她。」

朱朱聞言羞紅了臉，忍不住掐了一下抓著自己的大手。

沈雪峰有些擔憂地看著朱朱，若不是人多，只怕要當場問她哪裡不適了。好在他知道這樣會被媳婦打，便強忍著回了屋子，這才問朱朱：「可有哪裡不舒服？」又撩起她的衣裳，急急地說道：「脫下來我瞧瞧！」

朱朱忍無可忍，一巴掌將湊到面前的大臉推到一邊，自去屏風後換了衣裳準備歇晌。

沈雪峰委屈地蹭進被窩，「我也想睡覺。」

朱朱看著他，「那你不許動手動腳！」

沈雪峰連連點頭，「我就摟著妳。」

過了片刻……

朱朱：你幹麼呢？

沈雪峰：親一口，就親一口！

又過片刻了。

朱朱：又在做什麼？

沈雪峰：蹭蹭，就蹭蹭……

一炷香後。

朱朱：你拿我的手做什麼？

沈雪峰額頭上滑下汗珠：借我用一下！

朱朱的午睡就這麼泡湯了。

寧氏一掃前兩天的頽廢，天剛濛濛亮，就一巴掌把徐鴻達拍了起來。

徐鴻達撩起床幔，迷迷糊糊看了眼昏暗的屋子，「時辰還早呢，這麼早起來做什麼？」

「今天是朱朱回門的日子，可不得早點起來預備著？」見徐鴻達又要睡過去，寧氏忍不住推了推他，「女兒、女婿就要回來了，你也睡得著？」

徐鴻達打了個哈欠，忍不住將寧氏拽回床上，摟在懷裡，「還早著，他們也得在家吃了早飯，再給公婆請完安才能來，妳趕快再睡一會兒吧。」

寧氏此時心裡都是對女兒的掛念，哪裡還有睡意，翻來覆去的就是躺不住。徐鴻達的瞌睡都被寧氏鬧光了，忍不住將她按在床上。

寧氏一不留神被脫下衣裳，便去推徐鴻達，「你鬧什麼？」

徐鴻達將頭埋在了寧氏的頸窩裡，喘著粗氣，「當初給朱朱買春宮圖的時候，我多買了一份，咱們也試試新花樣？」

寧氏別開頭，耳朵又被攻占，「你不是說沒瞧見裡面畫的什麼樣嗎？」

「給朱朱那個沒瞧，我瞧的是我買的那套。」看著寧氏緋紅的臉，徐鴻達輕笑道：「咱們那份花了三十兩銀子，朱朱那份是搭頭，免費送的。」

寧氏：你這坑人的親爹……

在床上鬧了大半個時辰，老夫老妻兩個才磨磨蹭蹭起了床。

此時天色已經大亮，青青和徐澤寧、徐澤然都來了。小兒子徐澤天正是貪睡的時候，跟著奶娘睡在廂房，還未起床。

寧氏埋怨地瞥了徐鴻達一眼，徐鴻達渾然不在意，宛如饜足的老虎，渾身舒坦極了。洗漱完畢，兩口子到東次間，正在吃點心的孩子們都放下手裡的東西，向徐鴻達和寧氏請安。

兩口子帶著孩子們一路往徐婆子的院子去。

徐婆子穩坐在炕頭，看著兒子兒媳請安，又瞅著一排的孫子孫女，樂得合不攏嘴。徐家慣用的大圓桌擺上，一家人吃了早飯，說了會兒閒話，朱朱和沈雪峰便來了。

沈家對朱朱非常滿意，因此準備的回門禮相當豐厚。管事收了東西，將禮單送進正房，預備著寧氏備回禮。

沈雪峰和朱朱依然是一身大紅，站在一起宛如金童玉女，喜氣洋洋地行禮請安。

「好好好！」徐婆子笑得臉上像綻放的菊花，皺紋都開了。她拉著孫女打量了一番，見她眼中帶著羞澀，表情帶著喜悅。又看沈雪峰，只見他容光煥發，雖和眾人說著話，但時不時就要看朱朱一眼，臉上都是寵溺之色，一瞧小倆口便是極和睦的。

徐婆子拽著沈雪峰道：「你剛來我家時，還叫了我許久的大娘呢，這一轉眼就成了我的孫女婿了。」想想沈雪峰剛和徐家人相識的日子，整天大侄女叫著朱朱，大家忍不住笑出來。

青青和朱朱兩日未見，兩人彼此想得不行，拉著手坐在一邊就嘰哩呱啦說個不停。看著婦人打扮的朱朱，徐鴻達心裡既欣慰又酸楚。養了十五年的寶貝女兒如今成了別人家的媳婦了，徐鴻達實在沒忍住，瞪了沈雪峰一眼。

正樂呵呵地討老太太歡喜的沈雪峰頓時嗆住了，心裡萬分悲愴：不是說成親了，老丈人就不給臉色看了嗎？怎麼瞪得更凶了？

徐鴻翼老實本分也不知和這個探花侄女婿說什麼，只在一邊憨厚地笑著。徐鴻飛倒是能說會道，只是他插不上話，眼見被家人稱為書呆子的徐澤浩拽著沈雪峰說個不停，又是問文章又是討論策論。沈雪峰知道這個比自己小的大表哥明年要參加春闈，因此有意提點他。

沈雪峰原本學問就好，又在翰林院待了兩年多，眼界更是開闊不少，當年還有些生澀的他，如今說起春闈來是侃侃而談。

其實徐鴻達也懂這些，只是他是長輩，徐澤浩多少懼怕他，不像同沈雪峰這樣相處起來更自在些。徐鴻達撓了撓頭，不再搭理這兩個無視他的人，湊到朱朱面前，好奇地聽著她們姊妹倆說話。

朱朱：爹，你幹啥？

青青：我什麼都不想說了！

姊妹倆相視一眼，手牽手繞過徐鴻達，鑽到徐婆子屋裡的暖閣去。

徐鴻達就這麼被閨女嫌棄了……

跟徐澤浩講了些春闈的要點後，便出了一道策論題讓他去解。徐澤浩如視珍寶般屁顛屁顛地走了，徐鴻達又挪到沈雪峰面前，沈雪峰立刻狗腿地給他端茶剝橘子，喊道：「爹！」

徐鴻達哆嗦了一下，熱茶險些燙著自己。

看著笑得一臉燦爛的沈雪峰，徐鴻達忍不住強調：「說過多少次了，叫岳父！」

沈雪峰將剝好的橘子放到徐鴻達手邊，「叫爹不是顯著咱們翁婿關係好嗎？」

「可不是關係好？」徐鴻達掰了橘子扔進嘴裡，「想當初一口一個徐兄叫得多親熱！」

沈雪峰被噎了一下，無語地看著徐鴻達。岳父什麼都好，就是太小心眼了，整天翻我的黑歷史！

老丈人不願意搭理拐走自己乖女兒的女婿，吃完橘子，昂首挺胸地走了。

沈雪峰想起自家親爹教導的要時刻討好岳父的教誨，一路殷勤地將徐鴻達送到前院。徐鴻達進了書房，沈雪峰剛要跟進去，門就在他面前甩上了。

「小心眼兒！」摸了摸鼻子，轉頭看看和朱家相鄰的牆頭，沈雪峰決定要過去看望朱子裕，和他分享新婚的喜悅。

因朱子裕正值孝期，怕自己衝撞了喜事，因此這段時間沒敢到徐家和沈家去，頂多時不時趴趴牆頭看個熱鬧。青青沒覺得朱子裕身上有孝就是晦氣，因他不來便每日主動找他。沈雪峰也是如此，多少年的交情了，也都知道那高氏是怎麼回事，聽聞她死了不但不覺得是晦氣，反而認為是個喜慶的消息。

朱府的門房看到沈雪峰，連忙請安叫道：「沈四爺，大喜！」

沈雪峰從荷包裡摸出兩個銀錁子丟給他，「倒是個嘴甜的，賞你的！」

門房接過銀子立刻塞進袖子，把沈雪峰迎了進去。

來了朱府多次，沈雪峰熟門熟路地來到朱子裕的書房。

朱子裕從府裡帶來的手箚剛看一半，見沈雪峰來了，便笑著說了聲恭喜，又吩咐小廝上茶，這才道：「怎麼來我這裡了？也不怕衝撞了你的喜事？」

沈雪峰舒服地坐在羅漢椅上，從高几上的乾果盤裡抓了把栗子，一邊剝，一邊笑道：「咱倆誰跟誰啊？」

朱子裕看他吃栗子一口一個，探過頭問道：「今日不是你回門嗎？沒吃到點心？是不是岳父大人又看你不順眼，訓斥了你兩句？」

沈雪峰瞥了他一眼，更正道：「那是我岳父！你訂親了嗎？就叫岳父？」

朱子裕聞言想起前日的事來，氣急敗壞地說道：「你說你這麼些年都等了，就不能多等兩年？你那天剛娶走朱朱姊，徐叔叔就心疼得發誓要把青青留到十八歲。」

沈雪峰哈哈大笑，眼看著朱子裕要發火，才強行把笑聲吞了回去，好心好意地勸他：「其實十八也不算晚，算一算也就還有六年吧，哈哈哈哈……」

朱子裕冷哼一聲，「就是等六年我也能十八成親，不像某人等到了二十。」

一句話將沈雪峰的笑聲逼回去，瞅了瞅氣急敗壞的小屁孩，沈雪峰大方地決定不和他計較，一臉幸福地描述起自己的新婚生活，「雖然等到了二十，但我現在成親了不是？每天可以和心愛的人一起入睡，醒來時睜開眼睛第一個看到的就是躺在身邊的她。什麼一起吃飯啊，下棋啊，說話啊，簡直是太平常的事了。對了，你知道畫眉之樂嗎？今天你朱朱姊的眉毛就是我親手畫的，你要不要去瞧瞧？」

朱子裕：好嫉妒！好想把他從牆上丟過去！

蹲在門口的玄莫聽得津津有味，忍不住探頭進來說道：「我也給我家玉瓶畫過眉，可惜玉瓶嫌棄我畫得不好看，每回我畫完就擦掉重畫。」

沈雪峰立刻給了中肯的建議：「你拿炭筆多在紙上練習，我可是從訂親那會兒就練習畫眉了，不知費了多少紙，現在什麼眉形都會畫，今早我家媳婦還誇我了呢！」

「真好！」玄莫挪了兩步，坐在門檻上也開始秀媳婦，「我家玉瓶還會做鞋，我穿的這雙鞋就是我媳婦做的，可合腳了！」

沈雪峰洋洋得意地伸出自己的大腳，「我的鞋也是我媳婦做的，昨天我媳婦開箱子拿出十雙的鞋，都是給我的！」

知己啊！

玄莫眼裡閃著興奮的光彩，又往前挪了幾步，「有媳婦以後真的不一樣，你說往年這麼冷的時候，不就一個人裹著被子孤單單的。現在晚上往床上一躺，那滋味，嘖嘖……」

正深得其味的沈雪峰連連點頭，滿臉的回味。

天莫從門外探頭瞅了一眼，只見沈雪峰和玄莫面對面蹲在一起，兩人剝著栗子，說得眉飛色舞，朱子裕坐在椅子上，怒氣沖沖地瞪著他倆，估摸著再過一會兒玄莫就得被踢出來。

為一起出生入死的兄弟默哀了一下，天莫歡天喜地去搬了小凳子坐在門口，叫來六個小廝，押下賭注，猜測玄莫這次會被踢出來多遠。

「我跟你說，要是惹媳婦不高興了，就得給她買買買。布料啊首飾啊胭脂啊點心啊，挑好的買，回家以後乾脆利索地往她面前一跪，好話不要錢地往外掏，保准沒一會兒她就不生氣了。」玄莫積極地傳授自己的經驗。

沈雪峰默背了一遍，表示記住了，示意玄莫繼續往下說。

玄莫挽起袖子道：「女人都怕冷，睡覺時要主動把媳婦摟在懷裡……」

朱子裕實在忍無可忍，從椅子上跳下來，一腳將玄莫踹了出去。

天莫等人激動地看著玄莫從空中畫了一道弧線，重重地落在地上。

兩個小廝連忙拿來繩子，從門口開始丈量遠近。

「三丈二！」小廝歡喜地跳了起來，「這回是我猜準了！」

玄莫摸摸屁股，一頭霧水地看著撒腿往外跑的沈雪峰，「少爺怎麼又生氣了？」

朱子裕黑著臉背著手出來，小廝們瞬間如鳥獸散不見了蹤影。

朱子裕似乎更生氣了，吩咐天莫道：「去給我找炭筆和硬紙來！」

天莫不解地道：「炭筆？少爺要學作畫嗎？」

朱子裕輕咳兩聲，臉上出現了一抹可疑的紅色，「我要練習畫眉！」

捌之章◆誘蛇出洞解疑難

吃了晌午飯，又坐了一會兒，寧氏就備好了回禮，打發朱朱和沈雪峰回去。看到朱朱和沈雪峰夫妻恩愛，又聽朱朱說婆婆和善、妯娌和睦，寧氏頓時放心不少。

青青倒是比寧氏更不捨，天氣冷了，顏料不好調和，因此她在深秋來臨之前就畫好了影壁牆，如今隔三差五去宮裡陪太后說說話，剩下的時候多半在家裡，可朱朱嫁出去了，她頓時覺得寂寞不少。

送走了朱朱，青青百無聊賴地把徐澤然揪過來，讓他背書給自己聽。

徐澤然面露苦澀，站在屋子當中，看著桌上擺著的《論語》有些懵。這幾日家裡在辦喜事，沒人管他，他光在書房裡塗塗畫畫了，根本就沒背書。青青盤腿坐在炕上，剝著松子不去看他求救的眼神。

和徐澤寧打小就會讀書不同，徐澤然也算是個天資聰穎的孩子，甚至記性比他哥哥還強一些，只是他不把心思放在讀書上，反而對書畫很熱衷。青青雖時常指點他書畫，卻也不希望他因此放下功課。

徐澤然也知道若是今天再背不過《論語》，怕是明日的繪畫課又要被占用了。一咬牙一狠心，徐澤然抱起《論語》就往書房跑，還丟下一句話：「給我一個時辰我再回來背。」

看了看天色尚早，青青點點頭，先讓他去背書，自己轉身往徐婆子屋裡去了。

徐婆子屋裡正熱鬧，幾個小的都在徐婆子的炕上爬著。青青的小弟弟徐澤天如今一歲多些，正是牙牙學語的時候，十分招人喜歡。王氏和吳氏的小兒子凱凱、瑞瑞和徐澤天同歲，只是小四個月，如今剛過了周歲。

青青請完安，挨著徐婆子坐在炕上，徐澤天踉踉蹌蹌走過來，抱著青青就不撒手，口齒清晰地叫著，「姊姊抱！」

青青一把抄起徐澤天，拿起帕子將他嘴角的口水擦掉，一點也不嫌棄地在他胖臉上親兩口。徐澤天美得哈哈直笑，也湊過去親青青的臉。

徐婆子看著白胖胖的孫子，喜歡得不行，順手接過去，「淘啊，親祖母一下。」

徐澤天轉頭看了徐婆子一眼，小嘴一撇，小胳膊小腿開始掙扎，「不不不……」

青青被逗得哈哈大笑，寧氏等妯娌見狀也忍俊不禁。

王氏順手將徐澤天接過去，「小澤天親伯娘一下？」

徐澤天認真地看了看王氏，默默將頭轉到一邊，不去看王氏的臉。倒是吳氏接過徐澤天時，徐澤天露出了笑臉，「嬸嬸好看。」然後爽快地送上香吻一枚。

徐婆子笑罵道：「你個臭小子，還知道好看孬看了？再不好看，我也是你祖母！」

徐澤天看了眼徐婆子，委屈地癟了癟嘴，「祖母不好看。」

一家人哈哈大笑，凱凱和瑞瑞不知道眾人在笑什麼，但看起來似乎是什麼好玩的事情，一個個抱著腳丫也跟著呵呵直樂。

徐婆子知道徐澤浩在書房讀書，徐澤天、徐澤寧上學去了，徐澤宇跟他爹去了鋪子，左看右看沒瞧見徐澤然，忍不住問道：「妳二弟呢？」

青青道：「背書去了，我說了今天要是把《論語》中的《學而》背過，明天給他一幅山水畫讓他臨摹，他這就上了心，趕著背書去了。」

徐婆子忙說：「他若是喜歡作畫，妳只管叫他畫去，也不是所有人都能考上狀元。咱們家出了這麼多讀書的苗子，已經不孬了。」

寧氏解釋道：「也不是為了讓他考功名，只是男兒多讀些書，叫他明些事理罷了。」頓了頓又道：「也就青青能降得住他，若是背不過，只怕後天上學也要被先生打手板的。」

徐婆子又問吳氏：「澤宇讀書怎樣？」

吳氏嘆了口氣，「我看他不是讀書的料子，倒是喜歡聽他爹講些生意上的事，我看能考出個秀才就不孬了。」

徐婆子說：「若是能和他爹似的，長個會做生意的腦子也很好。咱們家這些年富裕起來不就靠這些生意嗎？若是靠妳大哥的俸祿，也只夠養活他一個人罷了。」

吳氏附和說：「如今咱們家人多，他們這一輩的堂兄弟也多，將來有做官的有讀書的有做生意的，相互幫襯，咱們家會越來越興旺的。」

徐婆子就愛聽這話，「可不是？想妳爹、妳爺爺都是單傳，你們連個姑姑都沒有，過年過節都沒能走動的地方，更別提什麼親戚幫襯了。也就是我，挽救了咱們老徐家，一下子生了三個兒子。如今妳們也是能耐的，一家至少都三四個，咱們家也算是枝繁葉茂了。」

眾媳婦立刻使出渾身解數誇讚徐婆子，把徐婆子美得，看哪個媳婦都覺得順眼。

晚飯的時候，徐澤然跑過來，把《論語》往青青手裡一放，流利地開始背了起來。青青給他指派的是背《學而》，不料徐澤然一口氣背了大半本。

青青翻翻書的厚度，說道：：「難得有這腦子，若是用功些，咱們家又能出個狀元。」

徐鴻達看著二兒子的眼睛瞬間冒出了綠光。

徐澤然：姊，這和咱們說好的不一樣！」

青青看著弟弟求助的眼神，無奈地攤了攤手，我只是發表了一下感慨。

翌日一早，又到了青青例行進宮的日子。

自畫完影壁牆後，太后以習慣了青青陪伴為名，讓她每五日進宮一次陪自己說話。這種事在當今看來，是至高無上的榮耀，別說一個小官的女兒，就是那些郡主、縣主，也難得有這樣的臉面。

寧氏經過這幾個月的反覆刺激，反而看開了。當初她是當著大太監的面喝下避子湯的，想必皇上早忘了她，何必整日擔驚受怕的，反而讓家人擔心。

青青的冬裝依然是宮裡專門為她做的，打從夏天起，福壽宮裡有專門的一份份例是給她的。吃的用的不說，單那衣裳料子也是太后先挑了好的給青青，剩下的才賞給各宮嬪妃。

青青膚白，穿紅色越發襯托膚如凝脂，因此太后賜給她的衣料多半以紅色為主。今日進宮，青青也選了紅色，穿了件醉仙顏妝花過肩蟒龍緞的窄袖褙子，裡頭著了月牙白色長裙，腳下蹬了一雙鹿皮小靴，外面又罩了大紅鶴氅，戴上了雪帽。

王海老早就來徐府候著了，熟門熟路地坐在倒座裡吃茶，聽見青青姑娘的馬車出來了，連忙過去請安，一路往宮裡去。

今日進宮的不止青青一人，淑妃的親娘趙夫人也進了宮。

淑妃娘娘在中秋前被禁足後，實實在在地在宮裡待了三個月，好不容易解了禁足，去向太后磕頭，又被太后娘娘不冷不熱地斥責了幾句，當眾丟了臉面。淑妃著實不明白，當初不就是說讓那個徐姑娘給自己作畫，怎麼就拂了太后的臉面，惹她老人家發那麼大的火？

太后的不喜不過讓淑妃多些煩惱，可皇上的厭煩才是淑妃恐懼的。自她解了禁足起，皇上不但沒翻她的牌子，沒來瞧過她，就是淑妃親自提了補湯去皇上的書房都被擋回來。

伴君二十年，淑妃認為自己縱使紅顏老去，皇上待她也會同旁人不一樣，畢竟這張臉在宮裡是最特殊的，如今她卻不確定了。

淑妃在宮裡心煩意亂，她親娘又來訴苦，哭哭啼啼地抱怨家裡的胭脂生意。

淑妃娘家並不算是鼎盛之家，她祖父只是三品的通政使，沒什麼實權，父親和叔叔都是捐的官，最大的也就五品的虛職。可是，自從家裡出了淑妃後，趙家搖身一變成了京城熾手可熱的家族。有送銀子的有送鋪子的，最賺錢的還數家裡的胭脂生意，因為那是進上的。

如今這以皇權為貴的年代，什麼東西一牽扯上皇家，頓時高大起來。趙家的胭脂也是如此，甭管好不好用，宮裡娘娘用的，肯定差不了，趙家便靠這胭脂發了十幾年的財。今年也不知怎麼了，內宮監突然傳出話，說宮裡進上的胭脂換了人家，以後和她趙家沒關係了。

趙家這些年不知給內宮監的常慶山送過多少銀子，往日見了都是哥哥弟弟叫得親熱，這回常慶山雖也是面上帶著笑，卻咬死了不鬆口，只說是皇上的口諭，沒有商量的餘地。

趙家聞言唾棄不已，一個胭脂的小事，皇上會放在心上，欺負他趙家不懂行嗎？從常慶山這邊打不開缺口，趙家又找了常到自家借銀子的另一個太監蘇盛。蘇盛倒是透露了幾句口風，說是瑰馥坊接了這筆生意。

這瑰馥坊趙家也知道，從鄉下來的小鋪子，好好的胭脂鋪子還弄什麼吃的，偏生一堆人捧場，每天都生意火爆，搶了趙家不少客人。蘇盛好人做到底，又收了趙家銀票，索性和盤托出，「這瑰馥坊是翰林院侍讀學士徐鴻達家的買賣，這徐鴻達也就罷了，偏偏有個好女兒很會作畫，深得太后娘娘喜愛，三天不見就想得吃不下飯。」

本來趙家想使些威脅利誘的手段，一聽說成天能見太后的人，瞬間就慫了，只得找淑妃娘娘幫忙。可淑妃被禁了足，趙家不知遞了多少牌子都沒動靜。一等三個來月，淑妃娘娘好不容易解禁，趙夫人趕緊進了宮。

聽了趙夫人的一番哭訴，淑妃也皺緊眉頭。這些年她在宮裡用了家裡不少銀子，更何況三皇子如今也大了，出宮建府後各項花銷不少，沒有趙家的支援，只怕三皇子也捉襟見肘。雖說趙家旁的生意也賺錢，可胭脂生意每年的盈利卻占了一半以上，不怪趙家不重視。

「又是這個徐嘉懿！」淑妃提起那個比自己年輕貌美，又和自己長得相似的女孩，恨得牙根癢癢的。皇上對自己的冷遇讓她不得不尋思，是不是皇上又瞧上徐家這個新的替身了？無論是為了幫趙家，還是為了自己，都得將這個徐嘉懿踩下去！

「這個徐嘉懿是什麼來路？就這麼得太后娘娘喜歡？妳侄女夢茹也會作畫，不行的話，叫她來宮裡給太后瞧瞧，指定比那鄉下丫頭強。」趙夫人一副理所當然的語氣。

淑妃不耐煩地看了眼親娘，一個不識字的女人，平時幫不上自己的忙就罷了，關鍵時刻還光出餿主意，「妳以為那徐嘉懿是只會畫兩筆嗎？她的一幅畫如今能賣上一二千兩銀子，就這還都買不到呢！」

「我的乖乖，這麼值錢？」趙夫人咋舌，又嫉妒又惱怒，「那她整日作畫去賣且不便宜，和咱家搶這胭脂生意做什麼？」

淑妃頭疼地揉了揉太陽穴，「這也就罷了，關鍵是……」她壓低了聲音，悄聲說道：「那丫頭同我長得很像，但比我年輕還俊俏，我怕皇上動了心思。」

此言一出，趙夫人頓時將胭脂的事丟到了腦後。淑妃是怎麼進宮得寵的，趙家是心知肚明。當年聖文皇后一過世，趙家的老太太就把肖似聖文皇后的孫女親自放到身邊教養，從言行舉止到走路坐臥，無一不照著聖文皇后的樣子學，因此才一路從昭儀越到淑妃之位。

「她比妳還像那個娘娘嗎？」趙夫人戰戰兢兢地問。

「我怎麼知道？」淑妃娘娘有些煩躁，「我也沒見過聖文皇后。」

趙夫人啞然，她也沒見過的，以她的身分，現在都不夠單獨向太后娘娘請安的。

趙夫人想了想，忍不住說道：「徐家那姑娘還進宮嗎？不行就讓妳祖母瞧瞧？」

淑妃嘆了口氣，「祖母那麼大的年紀，真不忍心勞動她，可若不知道皇上的心思，我心中實在難安啊！」

趙夫人心有戚戚地點了點頭，

五日後，再次進宮的青青就在福壽宮瞧見了趙家的老夫人。

趙老夫人磕了頭，順勢將話題拐到青青身上，「這是誰家的孩子？看著怪俊俏的。」

太后笑道：「妳不認識她？這是翰林院侍讀學士徐大人家的女兒，我喜歡她靈透乖巧，讓她時常進宮陪我，她在我心裡就像我孫女一樣。」

趙老夫人聞言有些變色，奉承道：「可見這孩子是真好，能讓娘娘如此喜歡。」

說了些沒營養的話，趙老夫人顫巍巍地去了孫女的宮內。淑妃娘娘一見祖母，不等她跪拜就抱住了她，使了個眼色打發人下去，親自扶著她坐在東次間的榻上。

看著祖母灰敗的臉色，淑妃心中咯噔一下，問道：「難道真的很像？」

看了眼孫女，趙老夫人回憶起當年那母儀天下的女人，緩緩說道：「除了眼睛外，其他地方無一處不像。」

淑妃的心沉到了谷底。

「不過……」趙老夫人話音一轉，淑妃心裡湧出一絲希望，「怎麼？」

趙老夫人面上有些疑惑，「我瞅著太后娘娘的樣子，似乎真的只把她當孩子疼，沒有想讓她進宮服侍皇上的想法。」

淑妃嘆了口氣，「太后娘娘是把她當孩子，皇上就說不定了。我聽說……」她的臉色十分難看，「每當徐嘉懿在的時候，皇上總會找藉口過去，我看皇上是真動了心思。」

看著年邁但睿智的祖母，淑妃臉上帶了幾分殷切和乞求，「皇上已經三個多月沒來瞧過我了，祖母，您得幫我想個法子！」

趙老夫人瞇了瞇眼睛，微微地點了點頭。

淑妃想除掉青青，卻不是一件簡單的事，如今太后幾日就召見青青一回，徐鴻達最近又頗受皇帝重視，時不時就被皇帝召進書房商談政事，更別提徐家的長女嫁給了太傅府的四少爺為妻。而趙家老太爺雖然還掛著三品的名頭，卻許久不去政通司了，皇上不過是看在三皇子的面上沒讓他致仕罷了。

如今趙家看著花團錦簇，卻是因為趙家有個盛寵的淑妃，以及外孫三皇子。家裡沒了宮裡這樁胭脂生意，雖然會使趙家短時間內艱難些，但做點強取豪奪的事總能夠尋到發財的生意。若是淑妃失了寵，就很有可能動搖趙家的根本了。

淑妃想起徐家，止不住的厭煩，抱怨道：「這徐鴻達也是個能鑽營的，他一個無根無萍的鄉下人，居然和太傅府搭上了親事，也不知沈家怎麼想的。」

趙老夫人眉頭緊鎖，「他們在外頭和太傅府是姻親，在宮裡又得太后青眼，怎麼收拾這個徐嘉懿，我得回去好好琢磨琢磨，必須一擊即中，而且不能留下把柄。」

淑妃面帶愁苦地道：「還得請祖母費心，在宮裡我也多留意，看有沒有機會治她。」

趙老夫人恨鐵不成鋼地斥責：「入宮這麼多年了還沉不住氣，我還是那句話，若是能一次把她毀掉，那妳就出手，若是不疼不癢的，妳就歇了那個心思，還嫌皇上不夠厭煩妳？」

一句話說得淑妃臉色灰敗，沉默地點頭。

趙老夫人緩和了神色，拍拍淑妃的手道：「皇上只是一時生氣罷了，你們這麼些年的感情了，又有三皇子，豈是她一個十來歲的小賤人能破壞的？妳聽祖母的，溫柔小意些，早點把皇上哄回來是正經。」

「至於咱家的胭脂生意……」趙老夫人沉默了片刻，說道：「等妳復寵後和皇上略提提，看看皇上對這事到底是個什麼態度？」

淑妃眼珠一轉，柔美的臉龐帶了幾分狠厲，「不如找人往徐家的胭脂裡下點東西，若是她家的東西出了事，不但會丟了宮裡的這樁生意不說，估摸著連太后也會對她不喜。」

趙老夫人臉上現出幾分讚許，隨後又道：「這個主意倒可以一試，回頭我會找個穩妥的人去辦這事。若是不行還可以有後招，妳且安心伺候皇上就是。」

淑妃乖巧地應下，又要留老夫人吃飯，趙老夫人擺了擺手道：「妳這裡人多嘴雜，我不如回家躺躺舒坦。回頭有什麼事就傳妳娘進宮，她雖愚笨些，可來往捎個信還是行的。」

淑妃親自把趙老夫人送到門口，才又回來歪在榻上想轍兒。她的心腹大宮女秋銘看著淑妃的臉色，小心翼翼地建議道：「不如讓三皇子妃把小皇孫帶進宮？皇上若是聽說皇孫來了，也許會召見娘娘。」

想了想自家那個剛冒出幾顆牙的小孫子，淑妃臉上又露出了幾分笑意，遂點點頭。

秋銘剛要找人傳話，淑妃又喊住了她，「這幾日母親、祖母接連進宮，若是馬上叫三皇子妃帶著皇孫來，怕是會入了有心人的眼，先等幾日吧。」她臉上帶了一抹苦澀，「三個多月都熬過來了，也不差這幾天了。」

福壽宮裡，青青見過了趙老夫人就將她拋到了腦後，倒是太后臉上略有些深沉，歪頭和錦瑟嬤嬤說了句：「這趙家的老婆子手還是這麼長。」

錦瑟嬤嬤恭敬地道：「也就是娘娘仁慈，不與她們計較罷了。」

太后冷哼一聲便不再言語，轉過頭笑咪咪地看青青吃果子。

宮裡甜食房的手藝極好，何況是伺候福壽宮的點心，做得酥軟香甜，十分可口。

青青喝了牛乳吃了點心，額頭上就冒了一層薄汗。太后親自拿帕子幫她抹了抹額頭的汗水，憐愛地看著青青，「這孩子吃什麼東西都香甜，一瞧就是有福氣的。」

青青笑道：「娘娘說的是，能吃是福嘛！」

太后聞言哈哈大笑，拿手點了點她的鼻子道：「促狹鬼！」

裡面正熱鬧，有宮女來報：「太子來了。」

青青在太后宮裡半年多，第一次遇到太子。往常太子都是天一亮就來請安，等青青進宮時，太子早就跟皇上在書房處理摺子了。

青青猶猶豫豫地不知該不該迴避，倒是太后笑道：「無妨，妳就站在哀家旁邊就好。」

青青聞言，與錦瑟嬤嬤一左一右站在太后身邊。

青青看著門口，想起幾年前在南雲觀梅花林偶遇太子的情景。據說當日是太子的生日，他醉酒後到了聖文皇后進宮前栽種的梅林裡思憶生母，不巧碰到了青青。當時太子誤將青青看成了聖文皇后，拽著青青叫娘親，把青青險些嚇哭了。

祁顯穿著紅色金織盤龍常服走了進來，看到太后身側的青青，愣了一下，瞬間回過神，向太后請了安。青青則對太子福了一福，站回了太后身側。

祁顯在宮裡也聽說過太后喜歡叫一個書香居士的姑娘進宮陪伴，可他見了這姑娘的長相後有些不解。太后雖喜歡母后，卻不喜歡肖似母后的人，更別提讓她們進宮了。他忍不住看了眼青青，內心翻滾，這書香居士長得可真像自己記憶裡的母后。

青青低著頭，避開了太子探究的視線。

按理說，祁顯不應該瞅著人家姑娘直看，可他控制不住，忍不住問太后道：「這是誰家的姑娘？看著眼生。」

「她是徐翰林的女兒。」太后似乎對太子格外放心，多說了一句，「別看她不是咱皇家的人，可哀家是拿她當親孫女疼的，以後還要給她尋一門好親事。往後你若是知道誰欺負她，可得為她撐腰。」

祁顯笑了笑，「謹遵皇祖母吩咐，孫兒恭喜皇祖母得了一個伶俐的孫女。」

這句話算是說到了皇太后的心坎裡，她拉著青青的手笑得合不攏嘴。

祁顯看到太后發自肺腑的笑容，心裡嘀咕著，倒是太后很快反應過來，補了句：「哀家就喜歡嬌嬌滴滴的女孩子，可惜你父皇一直沒給哀家生個嬌俏可人的孫女。如今你們都大了，也該努力些，給哀家生個可愛的重孫女才是。」

祁顯道：「孫兒一定努力。」

此話一說，連錦瑟嬤嬤都笑了兩聲。

原本祁顯打算待一會兒就走了，可打瞧見了青青，他就有些邁不動步子，故意歪纏著找話說就是不願離去。雖然知道這姑娘不是自己的母后，可他卻想多看幾眼。

太后和青青說著閒話，扯到了圍棋上，太后想著有些日子沒下棋了，便讓人擺上棋盤，想與青青手談一局。太后年輕時候也會下棋，如今年紀大了，腦子就有些跟不上，走了不到五十手就潰不成兵。看著慘不忍睹的局面，她看了青青一眼，說道：「哪有這樣和老人家下棋的，也不知讓讓哀家？」

青青一邊收著棋子，一邊笑著，「那臣女下回再讓得明顯一點。」

太后聞言也不惱，樂呵呵地說賞她。

這時一個聲音在後面響起：「母后是遇到什麼開心事了？有兒子的賞嗎？」

「皇帝來了？」太后起身，又看了眼外頭的宮女，「怎麼也不通傳一聲？」

祁顯和青青連忙請安，皇上笑著叫平身，和太后一起坐在了榻上，「是朕不許她們通報。在外頭聽見了母后的笑聲，怕擾了母后的好心情。」

太后指了指青青道：「剛才和這丫頭下棋來著，五十手就贏了哀家。哀家不過是抱怨了兩句，她就不依了。」

盛德皇帝頗有興致地看了看棋盤，可惜上面的棋子已經收得七七八八，看不出原有的棋路。盛德皇帝索性脫下鞋子盤腿一坐，對青青道：「妳坐下和朕下一盤。」

青青下意識看向太后，太后笑道：「那妳就和皇帝下一盤，可不許讓他，若是妳能贏了，哀家就把今年他們進上的那套瑪瑙圍棋賞給妳。」

青青盈盈一笑，坐在棋盤的另一端，手執黑子。

說起來，盛德皇帝和青青都是從五歲開始學棋，盛德皇帝比青青多了幾十年的閱歷，又是執掌一國的君王，下起棋來邏輯緊密，高瞻遠矚，而青青的棋藝卻是在一局一局和四位嚴師的對弈中提升的，她不被規則所局限，往往在劣勢的情況下出一妙手反敗為勝。

盛德皇帝起初沒有多認真對待這盤棋，他一直覺得這麼大的孩子能有多高超的棋藝，何況青青平時的心思多在作畫上，只怕對圍棋只是粗通罷了。可是，下了三十手以後，盛德皇帝被青青表現出的與年紀不相符的強大實力所震驚，開始認真對待起這盤棋，絲毫不敢有放水的心思。兩人在棋盤上僵持了許久，在盛德皇帝的步步為營下，始終把持著優勢，青青已呈現必敗之勢。

盛德皇帝笑著看青青，眼裡滿是欣賞的神色。能在棋盤上把自己逼到這個分上，青青也算是第一人了。青青卻絲毫不知，她緊鎖眉頭望著棋盤，在尋找著死局中的生門。

中腹？

青青的眼神停留在棋盤中腹地帶，這裡是白棋唯一薄弱的地方，若自己想反敗為勝，這裡是唯一可動手的地方。只是，如何動手，她有些搖擺不定。

是穩妥，還是急攻？各有利弊。

穩妥有可能無法擺脫白子的攻勢，只怕難逃一死；急攻，只怕容易出現破綻。

沉吟片刻，青青果斷地落下黑子。此手一出，便把盛德皇帝看似固若金湯的佈局硬生生撕開了一個口子，形勢瞬間逆轉，黑子化險為夷，而白子則宛如站在懸崖上，岌岌可危。

此時無論是坐在盛德皇帝身旁的太后，還是站在青青身後的祁顯，看著翻轉的棋面，都忍不住屏住了呼吸。在讚嘆青青這絕妙的一手的同時，緊張地看著盛德皇帝如何自救。

盛德皇帝也放下了茶盞，緊緊盯住棋盤，陷入了深思之中。

青青並未因這一秒手就放鬆心情，反而擔憂地看著盛德皇帝的棋子。雖然自己這一手挽救了必敗的局勢，卻也留下了一個隱晦的破綻，若是盛德皇帝找到此地，自己將猶如困獸，動彈不得。若是找不到，那自己便贏了這一局。

盛德皇帝思索了許久，想不出自救的法子，只能頹敗地放下棋子，「是朕輸了。」

只因一個棋子便將必敗的棋局逆天反轉，無論是下棋的盛德皇子，還是觀棋的太后和祁顯，都有些心情激蕩。尤其是祁顯，竟然忘了輸棋的是皇上，忍不住叫道：「妙局！」

好在盛德皇帝沒有不滿，反而看著棋盤有所感悟。

看著青青露出開心的笑容，祁顯鬼使神差地問道：「這棋局有解嗎？」

青青看了太子一眼，回道：「其實有一處破綻。」說著指點了棋盤一處。盛德皇帝順勢將白子放在那裡，再看棋局，白子居然因這一妙手站穩腳跟，反而將黑子逼入了絕境。

青青道：「若是皇上剛才下到這裡，我就沒輸了。」看了看棋盤，她再次搖了搖頭，「黑子寸步難行，動彈不得。」

盛德皇帝大笑，「妙哉！想不到嘉懿小小年紀竟有如此高深的棋藝，朕小看妳了！」

「來人！」盛德皇帝喝道：「將雲南進上的那副玉石棋子賞給嘉懿！」

安明達領命去了，一會兒就拿來一副精緻的圍棋。

青青打開棋盒，摸出一粒白子來，竟是拿上好的羊脂白玉磨的。

盛德皇帝看著有些驚愕的青青，笑著道：「朕下了這麼多年棋，第一次覺得下棋是如此酣暢淋漓欲罷不能的事，此棋也就只有妳配得上用它。」

太后道：「之前哀家還說贏了皇帝就將我那副瑪瑙棋子賞給青青，如今皇帝一出手，只怕哀家的瑪瑙棋子就入不得嘉懿的眼了。」

青青忙說：「太后都賞給人家了，可不能說話不算話！」

「自然算話的。」太后笑著吩咐：「把那副瑪瑙棋子拿來，還有那對珊瑚珠串也拿來。雖比不得皇上的賞賜貴重，但也不能太寒酸了不是？」

盛德皇帝笑著告饒。

祁顯看著太后和盛德皇帝難得放鬆的笑容，不由探究地看了青青一眼。原本皇上提出和青青下棋，他還以為父皇又犯了以前的舊毛病，想拿徐姑娘當母后的替身，可棋下到一半，看父皇看青青的眼神，又不似男女之情，反而欣賞中帶著一絲寵溺，似乎……似乎和太子妃看兒子的神情是一樣的。

祁顯心中不解，但事關父皇，他別說問了，連提都不敢提，只能深深地埋在心裡。

棋下完了，也給了賞賜，盛德皇帝心滿意足地回去看摺子了。走之前還拎上太子，吩咐他將剛才那局棋復盤後寫下棋譜。祁顯也正有此意，將父皇送到了書房，自己則匆匆忙忙回到了東宮開始復盤，細細地琢磨每一招每一式。

◆　◆　◆

瑰馥坊每月出一批胭脂，每批胭脂從作坊裡出來後，徐鴻飛便親自押送進庫房，然後隨機挑選出十分之一的胭脂到回家裡，由青青進行檢驗。

自瑰馥坊的胭脂香膏用了許多醫道人的藥妝方子後，便定了這條新規定。起初青青和朱朱兩人只抽檢藥妝方子，隨著對各種花草、藥材的進一步了解，又對瑰馥坊出產的所有產品都進行抽檢。畢竟是用在臉上的東西，能買得起瑰馥坊胭脂的，都不是普通人家，徐家可不願意在這上頭砸了牌子。

青青站在專門打的架子前，拿起一個晶瑩剔透的小瓶，這是瑰馥坊高端胭脂系列其中一款，擰開瓶蓋，透人心脾的玫瑰香迎面撲來。

徐鴻飛對自家胭脂也瞭若指掌，笑道：「看來這些人手藝又有提升，香味更濃郁了。」青青的臉色卻微變，她快速來到桌子旁，隨手將一塊雪白的帕子鋪在上頭，從瓶裡倒出一些胭脂。鮮豔的玫瑰紅色、濃郁的花香、細膩的脂粉，無一不顯示這次的胭脂又是上品。她從頭上拔下一支簪子，輕輕挑了一點胭脂，放在鼻子前端細細聞了聞，終於分辨出在玫瑰的香味裡頭隱隱約約夾雜著的一絲腥氣。

「腥氣？」徐鴻飛疑惑地拿過胭脂聞了聞，迷茫地搖搖頭，「聞不出來啊！」

吳氏學著青青用簪子沾了一些，半晌後說：「似乎有一點，只是極其不明顯。」

「怎麼會有腥味？」徐鴻飛臉色很難看，「難不成吃了魚沒洗手嗎？」

這些胭脂是專門為那些貴婦訂製的，一瓶就要十兩銀子，如今鬧出別的味道，只怕這一百瓶胭脂都得廢了，這可是將近一千兩銀子啊！

徐鴻飛氣洶洶地就要往外走，青青忽然叫住他，「三叔，等一下！」

徐鴻飛不明所以地停下來，雖不知青青叫自己何事，但青青小時候起，徐鴻飛就對她有著謎之信任，只要是青青說的話，聽著準沒錯。

青青吩咐人來拿一小碟，倒了些清水將胭脂化開，用一支乾淨的毛筆略微沾了沾，在雪白的紙上抹了兩道，對著光線將紙拿起來，細細地看那兩道紅痕。

徐鴻飛站在青青身後，也看得一臉認真。

「三叔，您瞧見了嗎？」青青問。

「啊？」徐鴻飛瞪著眼睛，不知青青問的是什麼。

青青將紙放下，漂亮的小臉難得呈現冷峻的神色，「胭脂裡被摻了血來紅。」

「血來紅？」徐鴻飛沒聽過這個名字，但看青青的臉色就知道不是好東西。

「血來紅也勉強算是一味藥材，若是用對了，有清肺熱的功效，只是藥效不明顯，所以鮮少有人用它。」青青一邊說，一邊調了顏料，寥寥幾筆就畫出一個紅色長著菱形葉子的植物，解釋道：「血來紅就像它的名字一樣，用葉子擰出來的汁水宛如鮮血一樣紅，但迎著陽光時又能看到絲絲的金光。它的汁水能提升香味的純度，卻也隱隱約約能聞到鮮血的腥氣。這種植物的汁水碰觸後立即洗掉或是一天內不接觸陽光倒也無礙，若是被陽光曬到，輕則皮膚發紅發癢，重則灼熱腫脹刺痛，身體敏感的人甚至會誘發嘔吐、心悸等。」

徐鴻飛一聽，臉都綠了，「這是有人要害咱們家！」

青青說道：「咱們家的作坊通常不許外人進進出出，八成是內賊。」

徐鴻飛冷哼，「咱們做胭脂的都是未嫁的女兒或孤身一人的寡婦婆子，她們吃住都在作坊裡，等閒不會外出。我估摸著是看管作坊的那幾個管事，我一個個查去。」

「查是要查，但是查出來，收買他的人家未必會承認。」青青冷笑一聲，「其實不用猜，京城上得了檯面的胭脂鋪子就這幾家。要說和咱們家有過節的，就是趙家的胭脂鋪子。」

「淑妃的娘家？」徐鴻飛臉上帶了幾分苦澀，他就是小老百姓一個，靠著哥哥和侄女撐腰，才管得起這偌大的胭脂生意。別看平時鋪子的大事小情他打理得井井有條，可一牽扯宮裡，他就有些發怵，升斗小民骨子裡對這些皇親國戚有天然的恐懼感。

青青的丹鳳眼微微一挑，瞧著竟然有幾分霸氣，「三叔，我倒是有個主意，只是這事還需要你去辦才成！」

◆　◆　◆

瑰馥坊的三號作坊裡，女娘們熱火朝天地進行手工胭脂的製作，兩個管事守在外院，若是裡頭短缺了什麼東西，或者有什麼事需要幫襯，就會喊一聲叫他們來幫忙。

說是管事，但在作坊裡並不是高高一等的存在，在徐家，這些做胭脂的女娘們可比管事的地位高多了。徐家的作坊是二進的小院，女娘們吃穿做活都在後院，二門處還有粗壯的婆子守門，晚上和大戶人家一樣也要落鎖，防止外頭的夥計和管事摸進去。

徐鴻飛坐著馬車細細琢磨下毒之事，他算熟悉做胭脂的流程，略一思索就知道是在蒸花露的環節出了岔子。因為蒸籠是特製的，每回蒸餾出來的花露都能流滿半人高的木桶。女娘們力氣小，將花露拎到下一工序的這種力氣活兒通常會叫前院的管事和夥計來做，估摸著被收買的那個人就是在拎花露的時候動手腳。

馬車來到作坊，正好瞧見管事白嚴、副管事李玉帶著六個夥計在清洗瓷窯送來的瓷瓶，然後後一個個放在卷棚裡特製的箅子上晾乾。

「都弄好了嗎？」徐鴻飛下了馬車，進了卷棚，隨意翻看了兩個晾曬的瓷瓶。

白嚴笑道：「還有這一百來個，都擺上就利索了。」

徐鴻飛掏出帕子擦了擦手，「抓緊點，一會兒都跟我去庫房一趟。店裡沒貨了，偏生庫房的幾個人都去了四號作坊幫忙，我這裡缺人手。」

「行！」白嚴應了一聲，吆喝道：「夥計們速度都快點，趕緊弄完幫三爺搬貨去！」

眾人應下，一炷香的功夫就將瓷瓶擺好了。

徐鴻飛從椅子上跳了下來，「都跟我走。」

李玉下意識看了看院子，問道：「不用留一兩個人看院子嗎？」

徐鴻飛道：「無妨，離那麼近，你們半個時辰就能打一個來回。快走，別耽誤時間。」

眾人一聽，忙呼啦啦跟著徐鴻飛出了院子。

徐鴻飛上了馬車，白嚴和李玉帶著夥計們坐了拉貨的驢板車。庫房離三號作坊並不遠，隔著三條街道便是。到了地方，看管庫房的老王打開院子的門。徐鴻飛往庫房走，又從腰上解了一串鑰匙，找到其中一把開了庫房的門。

「把裡頭那五箱胭脂搬出來放車上。」

白嚴幾個進去一瞧，庫房裡空蕩蕩的，只有貼著三號作坊封條的五箱胭脂擺在裡頭。看著上頭的日期，正是前幾日生產的那批。

李玉見狀，忍不住說道：「早知道拉鋪子去了，又得折騰一回。」

徐鴻飛道：「鋪子就那麼點地方，當時存貨還有許多，因此沒叫人拉去。」

兩個人一箱，片刻功夫就都抬到了馬車上。一個夥計丈二金剛摸不到頭緒，就這幾個箱子，怎麼叫了這麼多人來搬？

看了看沒有其他活計，他不由問道：「東家，就這麼點東西嗎？」

徐鴻飛說：「後頭還有些東西也一併搬上。你們先將這些箱子捆上再說，省得摔了。」

話音剛落，那驢子不知怎麼忽然受了驚嚇，兩隻前蹄猛然抬了起來，大聲嘶叫著，一個用力竟然掙斷了韁繩奔了出去。

這驢車尾部並沒有擋板，平常拉貨都是靠粗麻繩固定。這會兒箱子剛搬上，麻繩還沒拿來，驢子就跑了，剛裝好的五個箱子從板車上滾了下來，撞了個七零八落。裡頭的胭脂瓶經不起這猛烈的撞擊，一個個摔得粉碎。

瑰馥坊的胭脂瓶是徐家找了個好窯口專門訂製的，一直以胎薄、透光聞名。那些夫人小姐們閒了都喜歡將瑰馥坊的胭脂瓶放手裡把玩，只要迎著陽光，就能瞧見瓷瓶裡透出豔麗顏色。如此精緻的瓷瓶，唯一的缺陷就是太過脆弱，經不起碰撞。

眾人看著撒了滿地的胭脂都傻了眼，站在那裡誰也說不出話來。

徐鴻飛看著滿地狼藉，心疼得眼睛都紅了，當下喝斥車夫道：「你那驢子怎麼回事？」

車夫手足無措，看著柱子上只剩下一半的韁繩，結結巴巴地說不出話來。

徐鴻飛面上露出心痛的神色，捂住胸口說不住話來。

白嚴連忙扶住徐鴻飛，這才發現徐鴻飛不僅渾身都在顫抖，手更是涼得像冰一樣。

白嚴嚇了一跳，「東家？三爺？你可得打起精神來，可別因為這氣病了！」

「一千兩銀子的胭脂啊……」徐鴻飛捶了捶胸口，眼淚掉下來了，「我怎能不心疼？」

白嚴看了看地上的胭脂，也說不出話來，畢竟這次損失的不是小數，任誰看著也難受。

看著院門口撒滿了胭脂，入目的都是刺眼的紅，徐鴻飛難過得別過頭，「我上車靜一靜，你們將這裡收拾妥當了。」

白嚴應了一聲，將徐鴻飛扶進馬車，自己招呼著夥計們將門口這片地都掃了一遍，又去找了幾戶人家買了幾袋草木灰，細細灑在了門口，掩蓋住門口那片豔麗的紅。

「三爺，都收拾妥當了，驢子也牽回來了了。您看，咱們還繼續搬東西嗎？」白嚴站在馬車外頭，小心翼翼地問道。

「不拉了。」徐鴻飛的聲音透著頹廢，他似乎調整好了情緒，只是眼睛還有些紅。揉了揉眉心，他道：「鋪子裡的胭脂不多了，你們回去以後叫她們抓緊時間趕製一批胭脂出來。叫廚房每日多做些肉，讓那些女娘們每天多熬一個時辰。等把貨頂上，三爺給你們發賞錢。」

白嚴應下，又道：「三爺放心就是，今天正在篩選花瓣，估摸著明天就能蒸花露，我提前叫她們燒好柴火，保證不耽誤鋪子裡的生意。」

「行了，你們回去吧，我得回家和二夫人彙報一聲。」

白嚴、李玉等人看著馬車駛出了視線後，方才往作坊走去。

天慢慢暗了下來，晚霞漸漸散去，白嚴看了看，今天剩下的活也沒有什麼需要他們幫襯的，遂吩咐說：「今晚先都回家歇歇，明天蒸花露時咱們還得頂上，到時可別耍滑頭。」

夥計們都道：「白管事，您放心就是。」

天徹底暗了下來，一個鬼鬼祟祟的身影繞了大半個城，只見他不住地回頭張望，見沒人跟著自己，這才放心拐進了一個小胡同，找到最裡面一戶人家，砰砰砰敲了三下門。

「誰呀？」裡面一個不耐煩的聲音響起。
「蔣二爺，是我啊！」來人小聲說了一句。
蔣二打開門見到來人，笑了笑，「原來是你。怎麼樣，那些加料的胭脂送到鋪子沒？」
那人跟著蔣二進了屋子，蔣二挑了挑燭心，瞬間屋子明亮了兩分。來人的面貌被燭光一照頓時清楚不少，原來正是三號作坊的副管事李玉。
「別提了。」李玉聲音裡滿是懊惱，「我提心吊膽地躲過了白嚴，將你們給的東西倒進了剛蒸好的胭脂花露裡，又瞧著那些胭脂花露做出了一百盒胭脂。可今天在運送胭脂的時候，拉車的驢受驚了，一車胭脂全都打翻了，一瓶也沒剩。我們東家說，賠了一千兩銀子呢！」
「一千兩銀子？」蔣二氣惱得不行，「你可知道我那血來紅值多少銀子？那玩意兒只有蘇浙一帶的山上有，趙五爺不知花了多少銀子費了多少勁才統共得了三瓶，一直沒捨得用。你這倒好，賺了趙五爺的銀子不說，還白瞎了一瓶血來紅，我看你是吃了豹子膽了。」
李玉臉上閃過一絲害怕，忙說道：「這事真是意外，庫房就在井門胡同那，您若是不信只管打發人去問，白天的時候我們還買了旁邊人家的草木灰來蓋那灑落的胭脂。」
「你和我說這個有什麼用？」蔣二憋了一肚子火，「回頭你親自和趙五爺解釋去。」
李玉想想趙五爺的身分，頓時兩股打顫，不知如何是好。
蔣二看了他一眼，見他這膽子知道不敢坑騙自己，又想著這事未成，趙五爺暫時還要用他，自己沒必要這時候得罪人，遂緩和了口氣說：「這樣，我明日一早去和趙五爺說說，看能不能再要一瓶出來。我之前聽五爺的意思，他拿這東西也有別的用處，所以至多再給你一瓶了。若是這回再出么蛾子，你就洗乾淨脖子等著上路吧。」

李玉聽了腿腳一軟，有些後悔自己為了攀上趙家的高枝、為了多賺些銀子，將自己置於這步田地。可事到如今，他即使後悔也來不及了，只能硬著頭皮繼續幹下去，希望這次能成功。等拿了銀子，他再不幹這樣的事了。

蔣二敲了敲桌子，「行了，你先回去吧，等我消息。」

李玉應下，卻不敢動，看了蔣二一眼，快速說道：「若是五爺想快點成事，只怕明天中午就得將血來紅給我？」

蔣二皺了皺眉頭，「怎麼這麼急？」

李玉嘆了口氣，「這批胭脂已經開始做了，正好明天就要蒸玫瑰花露，若是錯過明天的機會，只怕就要等下個月了。」

蔣二略一思索，點頭道：「行，明日我一早就去找趙五爺，若是有了准信，我就打發個小孩子去作坊給你送信。」

李玉四下裡看了一眼，見周遭沒人，這才悄悄地從蔣家離開。

蔣家房頂上，兩個黑衣人對視一眼，分頭而去，隨即消失在夜幕裡。

天一亮，忙碌的一天又開始了。

內院裡，女娘們將選好的花瓣裝滿了特製的木甑，隨即蓋上蓋子。外院，白嚴帶著李玉等人逐一檢查昨天晾曬的瓷瓶，看是否有殘留的水漬。

「李管事。」門房喊了一聲，李玉身子一頓，若無其事地問道：「什麼事啊？」

「有個叫虎子的小孩找你，說是你家鄰居。」老王身邊還跟著一名八九歲的孩子。

「虎子啊……」李玉往外走了兩步，「誰打發你來的？可是有什麼事？」

虎子笑道：「李大叔，剛才你舅舅來你家瞧你，李嬸說你在作坊裡，你家舅舅打發我來找你，說上回家裡的事多虧你幫襯。如今家裡緩過來了，還得了些閒錢，晌午請你在福滿樓吃酒，託我給你捎個信。」

李玉心裡嘟囔了句：還像模像樣的！

他面上露出一絲為難，回頭看了白嚴一眼。

白嚴笑道：「難得你舅舅來，你只管去就是，只是不許喝多了，下午還得幹活。」

此話正中李玉心思，忙說道：「也就一兩杯酒，主要是和我舅舅說說話，白管事放心。」

李玉從袖袋裡摸出一把錢遞給虎子，看著他的眼睛說：「回去告訴我舅舅，中午我便到福滿樓找他。」虎子把錢揣到布袋裡，道完謝就走了。

李玉望著虎子的背影，出了會兒神，直到白嚴叫他，他才回過神，趕緊忙活去了。心不在焉一上午，還不到午時，李玉實在沉不住氣，和白嚴告了假便匆忙離開。到了福滿樓，小二見他東瞧西看的，上前問道：「這位爺可是要找人？」

李玉說道：「不知蔣二爺可來了？」

小二笑道：「來了，在二樓天字號雅間，正在等您。」

李玉聞言越過小二，幾步就上了樓，敲敲門，輕聲道：「蔣二爺？」門從裡面拉開，蔣二出來，探頭看了眼，見沒旁人後才閃開，「進來吧。」

李玉進到雅間，見到一位穿著藏青色長袍的男子坐在主位上吃茶，只見他二十多歲的年紀，頭髮梳得油亮，一副富家公子哥兒的模樣。

見李玉發愣，蔣二拽了他一下，喝斥道：「還不向趙五爺請安？」

李玉嚇了一跳，連忙行了個禮。

趙五爺眼皮挑了一下，撥了撥碗裡的茶葉，不耐煩地說：「你就是李玉？」

「小的正是李玉。」李玉手足無措，不安地看了看蔣二。

蔣二給了他一個安心地眼神，這才狗腿地上前倒茶，「五爺，您不是有話問他？」

趙五爺點點頭，看了眼李玉一眼，「我聽說加了血來紅的那批胭脂灑了，這不會是徐鴻飛發現什麼了吧？」

李玉心中一凜，細細回想了一遍，方才搖頭道：「不像。當日二爺給我了血來紅，我一直擱懷裡揣著，直到蒸玫瑰花露那日，碰巧徐三爺叫了白嚴去鋪子裡。我去提裝著玫瑰花露的桶時故意將幾個夥計支開，趁著旁邊沒人才將血來紅倒在裡頭。」頓了頓，又說：「那桶花露都做成了胭脂，當時裝在箱子裡還是我貼封條看著徐三爺拉走的。」

趙五爺聽了，似乎沒露什麼破綻，頓時惱怒，「徐家來京城這麼些年沒灑過胭脂，偏生把加了血來紅的胭脂給摔了，難道他家運道就這麼好？鄉下來的土包子，居然搶生意搶到我趙家頭上，他也不打聽打聽我趙家是什麼人家？宮裡最得寵的淑妃娘娘可是趙家的閨女！」

李玉諂媚地道：「那是，您可是小國舅爺！若不是有您撐腰，我也不敢幹這事！」

李玉的話可算是大逆不道了，趙五爺面上閃過一絲心虛，隨即又被虛榮所遮掩，他得意忘形地大笑兩聲，拿起桌上的酒杯一口乾了，往桌上狠狠一放，「這話說得痛快！你倒是有眼力，這次的事就算了，爺再給你一次機會！」

李玉躬著身子道：「五爺您吩咐！」

趙五爺打開放在手邊的一個匣子，裡頭依然是一個眼熟的瓷瓶，他往李玉那推了推，「這血來紅如今就剩下兩瓶，一瓶家裡有大用處，這瓶你依舊下到瑰馥坊的胭脂裡。事成了，我再給你二百兩銀子。若是這次又失敗了……呵呵，你就好好琢磨琢磨，能不能承受得起淑妃娘娘的怒火！」

「好大的口氣！」門忽然被推開，趙五爺正在耍威風時，猛然被嚇了一跳，剛要開口喝罵就見外頭走進來一群人。旁人他不認識，有一人他卻見過，正是瑰馥坊的東家徐鴻飛。

趙五爺心虛中又夾雜著些驚恐和害怕，他強撐膽子，拿出一副趾高氣揚的樣子，指著徐鴻飛大罵：「姓徐的，你好大的膽子，竟然敢闖我的雅間，你可知道我是誰？」

徐鴻飛輕笑一聲，臉上滿是不屑，「我當是誰，原來是趙家旁支的庶子！您這麼大架勢，我只當您是淑妃娘娘的親弟弟呢！」

此話一出，不知誰噗哧一聲笑了出來，趙五爺又羞又怒，氣紅了臉。

李玉聞言傻了眼，指著趙五爺連聲問蔣二道：「你不是說他是淑妃娘娘的親弟弟嗎？」

蔣二此時哪有心思理會這樣的小事，事情敗露，趙五爺縱然是旁支的庶子，但他確實是趙家的人，據說十分得趙老夫人的青眼，自然不會被人為難，可自己一個四處鑽營沒靠山的就不一樣了，只怕徐家不會饒了自己。

李玉見蔣二一副賊眉鼠眼，想找路逃跑的樣子，還有什麼不明白的。蔣二倒是沒什麼妨礙，徐家的人奈何不了他，可自己一家子賣身契都在徐鴻飛手上，如今背主又被抓了現行，只怕送到官府都是輕的，若是當場打死也讓人沒話說。

徐鴻飛掃了眼癱軟在地上宛如一灘爛泥的李玉和罵罵咧咧的趙五爺，轉身朝中間那位有些富態的大人拱了拱手，「薛大人，您瞧？」

薛連路走了進來，後面跟著一隊衙役，嚇得趙五爺瞬間就將嘴裡的髒話嚥了回去。

「帶回去，關進大牢。」

兩名差役依言上前揪住趙五爺，反手一壓，將他按倒在地。

「我是趙家的人！」趙五爺臉被緊緊按在地上，不斷掙扎，想用淑妃嚇退這個官員。

薛連路毫不在意，笑了一聲，「那正好，我將此時報給皇上，看皇上怎麼說。」

趙五爺呆住，他的頭被緊緊按在地上，一雙眼睛艱難地瞅著薛連路，「你到底是誰？」

薛連路低頭看著他，一字一句地道：「大理寺卿薛連路！」

趙五爺眼睛一翻，登時暈死過去。

人贓俱獲，輕輕鬆鬆地抓到了下毒之人，徐鴻飛心中那塊大石頭算是放下了。

原來那日青青發現血來紅後，便出了引蛇出洞的主意。只是以徐家自己的能力，就是抓到了趙家的人也難以處置，反而會打草驚蛇，便一邊讓徐鴻飛誘敵出洞，一邊請寧氏拜訪了大理寺卿薛連路的夫人。

薛夫人自打鎮國公府高氏巫言蠱道一案後，聽聞徐家二姑娘的平安符極其靈驗，便上門想求一張。青青感激薛大人雷厲風行地審了高家，也願意與薛家交好，便按薛家的人數，畫了五張平安符送給薛夫人。

也不知是心裡作用還是真的有效，薛夫人戴上後，覺得神清氣爽，連晚上睡覺都安穩許多。更神奇的是，前幾日薛夫人的長子在園子裡散步，護身符忽地一熱，薛大公子下意識停腳，想從領口拽出平安符看看有何異樣。

就在這時，一塊巨石從假山上滾下來，砸在離薛公子五步遠的地方。若是剛才薛公子不停下來，只怕此時已被那巨石砸死了。

薛大公子嚇出了一身冷汗，急忙去找母親。薛夫人聽了兒子的話，特意去園子看了，回來立刻備了厚禮上徐家道謝。徐家對薛夫人可謂是救命恩人，徐家如今遇到了麻煩，又是薛大人管轄範圍內，薛夫人自然不許他袖手旁觀。

薛連路便依了徐家之言，在鎮國公府的暗衛拿到消息後，提前到酒樓佈防，將趙五爺預訂的雅間鑽了幾個洞，又拿紙糊好。

薛連路等人在隔壁地字號雅間埋伏，將趙五爺和李玉的話聽得一清二楚。人贓俱獲，又有口供，趙五爺這回怕是翻不了身了。

（未完待續）

作　　者　信用卡
封面繪圖　畫措
責任編輯　施雅棠
國際版權　吳玲瑋　蔡傳宜
行　　銷　艾青荷　蘇莞婷　黃家瑜
業　　務　李再星　陳玫潾　陳美燕
編輯總監　劉麗真
總 經 理　陳逸瑛
發 行 人　涂玉雲
出　　版　晴空
城邦文化事業股份有限公司
104台北市中山區民生東路二段141號5樓
電話：（886）2-2500-7696　傳真：（886）2-2500-1967
發　　行　英屬蓋曼群島商家庭傳媒股份有限公司城邦分公司
104台北市中山區民生東路二段141號2樓
客服服務專線：（886）2-25007718；25007719
24小時傳真專線：（886）2-25001990；25001991
服務時間：週一至週五上午09:00~12:00；下午13:00~17:00
劃撥帳號：19863813；戶名：書虫股份有限公司
讀者服務信箱：service@readingclub.com.tw
晴空部落格　http://blog.yam.com/readsky
香港發行所　城邦（香港）出版集團有限公司
香港灣仔駱克道193號東超商業中心1樓
電話：852-25086231　傳真：852-25789337
E-mail：hkcite@biznetvigator.com
馬新發行所　城邦（馬新）出版集團【Cite (M) Sdn Bhd】
41, Jalan Radin Anum, Bandar Baru Sri Petaling,
57000 Kuala Lumpur, Malaysia.
電話：(603) 9057-8822　傳真：(603) 9057-6622
Email：cite@cite.com.my
美術設計　洸譜創意設計股份有限公司
印　　刷　沐春行銷創意有限公司
初版一刷　2018年06月07日
定　　價　250元
I S B N　978-986-96370-1-5

漾小說 194

家有小福妻 ②

國家圖書館出版品預行編目資料

家有小福妻/ 信用卡著. -- 初版. -- 臺北市：
晴空, 城邦文化出版：家庭傳媒城邦分公司發行,
2018.06
　冊；　公分. --（漾小說；194）
ISBN 978-986-96370-1-5（第2冊：平裝）

857.7　　107004968

原著書名：《穿越之福星高照》，由北京晉江原創網絡科技有限公司授權出版。

城邦讀書花園
www.cite.com.tw